NF文庫
ノンフィクション

海軍戦闘機物語

秘話実話体験談で織りなす海軍戦闘機隊の実像

小福田晧文ほか

潮書房光人新社

海軍戦闘機物語——目次

写真提供／各関係者・遺家族・吉田一・「丸」編集部・米国立公文書館

海軍戦闘機物語

——秘話実話体験談で織りなす海軍戦闘機隊の実像

栄光の戦闘機「零戦」で戦った五年間

名戦闘機の栄光と悲惨と共に生きた忘れざる熱き日々の回想

元二〇四空搭乗員・海軍少佐　小福田晧文

零戦は、正しくは十二試艦上戦闘機として海軍が作戦用兵上の要求と、当時の日本の技術的ポテンシャル・エネルギーを計算して計画したものである。幸か不幸か、それが当時の支那事変に間に合い、その事変中期に、大陸の第一線に姿をあらわして瞠目すべき威力を発揮した。

ついで太平洋戦争の勃発時には、その花形役者を演ずることになったわけである。しかしながら〝盛者必衰の理〟は、この科学技術の世界にも例外はなく、さしも精鋭をほこる零戦といえども、いつまでもその地位を保ちつづけ得る道理もなく、あとから出てくる米軍の新機種に圧倒され、戦況の悪化と歩を一にして、精鋭機という名から落伍していった。

小福田晧文少佐

精鋭機といえども、年月の経過とともに旧式化してゆくことは当然であり、やむを得ないが、実戦機として総数一万機以上の生産数を記録したものは世界でもめずらしく、零戦が名実ともに天才児であったことの一つの裏付けにはなるであろう。

それでは零戦のどんな点が優れていたかということであるが、戦闘機として第一義的性能である速度、上昇力において当時の各国の上位レベルにあったことはもちろんであるが、むしろ零戦の特長はその優秀な操縦性と航続力にあったといってもいいであろう。

また二〇ミリという大型機銃を採用したことも、実戦においてしばしば威力をふるったので、これも一つの特長といえるだろう。

各国の戦闘機を見渡して、なにか一つ二つの性能だけを取り上げるならば、それぞれ傑出した飛行機は少なくないであろうが、零戦の特長はそれぞれの性能がいずれも最上のレベルをしめ、欠陥というか短所らしい点が少なく、総合的に均衡がとれていた。すなわち、平均点においてはるかに他をしのいでいた点である。

優秀性を遺憾なく発揮した緒戦期

太平洋戦争の勃発後しばらくの間は、真に零戦の働きざかりというか、もっとも華やかな時期であった。すなわち、その優秀性をもっとも遺憾なく発揮した時期であった。

とくに緒戦時、真に零戦の驚異的威力を発揮したのは世に喧伝されたハワイ空襲よりも、むしろ台湾からの比島空襲であった。

戦闘機として片道洋上五〇〇余浬（かいり）の遠距離まで進出し、空戦をやって帰ってくるようなこ

零戦二二型。翼幅11mに短縮した三二型から二一型と同じ12m折畳式に戻った

とは、当時の世界の航空戦術の常識では考えられなかったことである。

このような思い切った作戦ができたのは、第一には、なんといっても零戦の卓越した性能であり、第二には隊長以下搭乗員が、その性能を一〇〇パーセント発揮させるためにはらった研究と訓練のたまものであった。

開戦前、台湾方面に展開していた零戦隊は、零戦による長距離飛行のため、実に十二時間の航続時間を目標として研究訓練をやっていた。

このように太平洋戦争の緒戦を飾った戦果も、昭和十七年六月ミッドウェーの敗戦を契機として、なにか戦局の将来を暗示するものがあった。

後になって重大な局面となったのが、南太平洋戦域、くわしくはガダルカナルに対する敵の反攻開始で、昭和十七年八月の初旬であった。

完成直前のガダルカナル島のわが飛行場は簡単に敵に占領され、しかも対岸の飛行艇隊基地ツラギはこれまた覆滅されてしまった。

愚劣を通りこした泥沼時代

このころから味方の反撃も本腰となり、一時は空母の戦闘機隊も増援のため来着、ガダルカナル奪還も時間の問題とさえ考えていた。それほど士気も旺盛であり、兵力の充実も着々と進めていた。

一方、敵側も手をこまねいているわけもなく、兵力の増強、施設の拡充強化に狂奔、文字どおりガダル基地は近代要塞化されつつあった。しかも両軍の基地はますます接近して新設されるので、勢いどうしても両軍兵力は毎日のように衝突、火花を散らせ熾烈の度をくわえていった。

作戦的には、むしろこちらが積極的で、わが方は昼間堂々と戦爆連合の正攻の陣を張って空襲をかけるのに対し、敵はだいたい受けて立つのと、夜間一機か二機ぐらいで味方の基地の夜襲戦法、および味方戦闘機の目をかすめてわが輸送艦船の攻撃に向けられていた。

しかしこちらは昼間はガダル空襲、船団上空哨戒、敵後方偵察等とほとんど毎日のように出かけ、いいかげん心身は疲労していたのである。

そこへ敵機は、夜になると九時か十時ごろ、ちょうど寝に就くころから明け方近くまで交替で、ほとんど一晩中、頭の上を飛んできて、ときどき思い出したように爆弾を落とすという、まことにしつこく、かつ始末の悪い神経戦で悩まされた。

相手を眠らせない戦術である。しかも悪いことに、夜間はこちらの戦闘機隊も飛び立たず、高射砲はなぜか終始沈黙で敵さんの暴れ放題というかたちであった。

ただ日によっては、夜襲が湾内の他の基地に行なわれるときがある。そんなときは「お隣りは今晩はお客様らしいネ」と、こちらは久し振りにゆっくり眠らせてもらうというわけだ。しかし、ほとんど連日連夜の出撃と空襲には、さすが疲労と睡眠不足でフラフラであった。

そのため、昼間空襲にいく途中、天気のいい日などは睡魔に襲われ、飛びながらうつらうつらと操縦桿を股にはさんで、瞬間の眠りをむさぼるのが常であった。そして「どうせ生きては還れぬのだ、いい加減なところであの世行きにしてもらいたいナ」と思う時が多くなった硝煙のなかの生活であった。

ただ、今でも合点がいかぬのは、そんなに心身へとへとになっているのに、食欲は旺盛で体も肥えていった。「おまえはやはり、南方未開地向きらしい、性に合っているんだよ」と同僚がよく冷やかした。

未開地向きかどうかは知らぬが、こんな環境にあると人間はしだいに虚無的になり、すべてをあきらめて欲の種類も少なくなり、思考も単純化し、やることも機械的になって、闘争の世界のみがすべてとなり、その闘争の意義さえも考えない動物の世界に近づいて行くのかも知れない。だいたい戦争に知性を求める方が無理というものであろう。

で戦いつづけた五八二空零戦隊。い号作戦時ブイン基地での一葉。

昭和17年８月のラバウル進出から昭和18年８月１日の解隊まで、ソロモン方面

いかに高尚な、もっともらしい理論や説明をつけてみても、それは真の知性ではない。戦争というものは愚劣を通りこして、動物本能のレベルにまで下がった行為であることに違いはない。

ただ人間の本能に変革をもたらさない限り、あるいはまた〝完全な世界国家〟のようなものでもできないかぎり、戦争というものを根絶し得ないこともまた真実である。戦争を嫌悪否定し、平和を希求することと、現実の世界を直視し生きるために自分を守る防衛努力とは矛盾はしても、併立させなければならないところに人類の悲しい宿命がある。

傾きかけた戦勢

このように昭和十七年八月の敵上陸いらい、秋頃までの敵航空部隊は質量ともに大したこともなく、だいたいこちらが主導権をにぎり、正攻法をもって押してゆけた。とくに精鋭なる味方空母の戦闘機隊の戦闘参加により、むしろ敵の方がたじたじであったのではないかと思われる。

空中戦闘における自信も、敵がわれと同等もしくはそれ以下ならば、わが方に絶対有利、わが方が二分の一ならばだいたい互角の勝負、三分の一ならばそうとう苦戦、それ以下ではわが方の損害はなはだしく、惨憺たる敗北を喫するのが常であった。

ガダルカナルの敵上陸から、ついに昭和十八年春、わが軍のガ島撤退までの彼我航空戦力の推移が、奇しくもちょうど前述の経過をたどっていった。

航空戦力の主要素である質と量について考えてみても、わが方の戦闘機は終始「零戦」であるのに対し、敵は最初グラマンF4Fで対抗、ついでやや零戦を凌駕するF6Fを主体とし、さらに特長的な性能をもつP38等をくわえ、つぎつぎに質の向上をはかってきた。

私と木更津から先発隊としてガ島の戦闘に加入した当時の十八名のパイロットで、最後まで生きていたのは三名であった。全滅に近い消耗である。傾きかけた戦勢というものは加速度的にくずれて行くもので、よほどの決心と処置がなければ、局面の打開は難しいということをしみじみ身にしみて痛感した。

待たれたゼロにつづく者

零戦は、結果的には太平洋戦争を始めから終わりまで戦いぬいたことになった。敵はP40、F4F、F6F、P38などを、次からつぎと新鋭機種として戦場にくり出してきた。F4FやF6F、P38とは、いずれも私は南太平洋方面の戦場で実際に渡りあった。あとから出てくる機種はさすがに手ごわく、零戦をもってしてもタジタジというところであった。さらに、ミッドウェー海戦およびガ島の消耗戦で、わが海軍は多数の歴戦の優秀なパイロットを失い、自然のなりゆきとしてパイロットの質の低下が目立ちはじめた。

そのうえ悪いことには国力の相違なのか、米軍とわれわれの兵力量の差が顕著に出はじめ、往時の零戦隊の威力は急速にその精彩を失ってきた。

普通ならば、敵と同じように次からつぎと後継の新鋭戦闘機が生まれてくるべきであるのに、後継機はどうなっていたのであろう。

当局ももちろんただポカンとしていたワケではない。

零戦（昭和十二年試作）のあとは、昭和十三年に陸上三座戦闘機（中島）。十四年には陸上局地戦闘機（三菱）。十五年は水上単座戦闘機（川西）と、続々と時代におくれないように手が打たれた。開戦になってからは、紫電（十五試水戦の陸上機改造）についで十七年には烈風、十九年には高々度戦闘機（陸海軍協同試作）と、わが国としても精一杯の努力がはらわれた。

ただ、これらの試作新鋭機がいろいろな理由で、真の零戦の後継機となりえなかったのはまことに残念なことであった。

遅ればせながら零戦の後継ぎをうけたまわったのは紫電であったが、このころはすでに戦局の大勢はわれに不利となり、国内の航空機工場はもちろん、交通、産業一般都市までも敵のはげしい空襲をうけて、飛行機の生産も思うにまかせぬ、どうしようもない状況に直面していた。

最後に、真に零戦の後継機にふさわしい傑作機が完成した。烈風（十七試艦上戦闘機）である。昭和二十年、私が横須賀の審査部でこの傑作機を飛行実験していたころの戦況は、もう説明の必要もないと思う。

烈風という戦闘機は零戦がかつてそうであったように、終戦のころの世界水準をぬく傑作機であった、と私は今でも信じている。

さようなら零戦よ

緒戦いらい、その性能と威力を世界にとどろかせた零戦が、戦局の重大化とともについに特攻機として敵艦船に体当たりをはじめたことは、まことに悲壮というか、感慨無量なものを感じるのは私だけでないと思う。

少なくともその悲壮な終焉は、むしろ傑作機零戦の最後にふさわしかったかもしれぬ。前途ある多くの青年が、祖国の必勝と民族永遠の発展を信じて、この零戦とともに散っていった。

この特攻隊の爆音こそは、かつてその精鋭を世に謳われた零戦と古い日本の葬送曲であったと考えるのは、感傷にすぎた言い方であろうか。

零戦が世に出たときから数えて星霜すでに二十余年。歴史の歯車は瞬時も止まることなく、国も世も人も大いなる流転の中に、その姿も変えながら、一切が忘却の彼方に霞んでいく……零戦よ、さようなら。

零戦ありてこそ　われ生き残りたり

被弾重傷を負いながらも奇跡の生還を遂げた撃墜王が語る愛機への熱き想い

元台南空搭乗員・海軍中尉　坂井三郎

いよいよ戦後五十年を迎えるが、今日の私があるのも私の愛機が零戦だったからである。

昭和十五年七月、中国大陸の漢口で衝撃的なデビューをして以来、太平洋戦争の緒戦から終盤まで、零戦は日本海軍のエース機として活躍した。零戦は美しく、強かった。そして零戦がたどった運命そのものが日本の運命そのものだった。

第二次大戦で活躍した航空機はさまざまあるが、とくに戦闘機ではいろんな特徴があり、一概にどれがすばらしかったとはいえない。しかし性能の中でもっとも重要な点は、航続距離である。

坂井三郎中尉

その点、零戦二一型は当時にしては画期的な航続距離を誇っていた。その距離は実に三三〇〇キロ。太平洋の大海原で戦うためには、この航続距離が不可欠であった。そしてこのおかげで、私は今日まで生きのびられたのである。

ドイツ機（メッサーシュミットやフォッケウルフ）のような高馬力でスピードを持つ戦闘機も名機ではある。が、航続距離がなかった。太平洋戦争はヨーロッパ戦線のように陸続きで、陸地で補給してすぐに邀撃(ようげき)に上がるといった戦いではなかった。

エンジンが止まり、飛べなくなった航空機は、危険きわまりない物体であり、地上にある航空機などは残骸と同じである。飛べること——それがパイロットにとって最大の魅力である、と私は考える。

よく零戦の最大の特徴はなんだったかという質問を受ける。たいていの人は優れた格闘性能や二〇ミリ機銃などの武装のことを取り上げるだろう。しかし、私に言わせれば、まず第一に長大なる航続距離こそが零戦の最大の特徴であったといえよう。

かつて私は台南空にいたころ、開戦（昭和十六年十二月八日）に突入する二十日前に、零戦がどれだけ飛べるか実験したことがある。

当時うかつにも日本海軍は、零戦を中国大陸で運用していたにもかかわらず、そういったデータを持っていなかったのである。開戦の日に、わが台南空はマニラを攻撃することになっていた。そこで、その実験に先任搭乗員であった私に白羽の矢がたった。

燃料を満タンにし、午前五時に離陸、台湾の周囲沖合をぐるぐるまわった。大体、四時間四十分ぐらいで増槽タンクが空になり、後は翼内と胴体の燃料だけで飛行を続けたところ、夕方の五時、基地の上空一五〇〇メートルでエンジンがクスクスいい始めた。

エンジン不調では、やりなおしがきかないので第四旋回の位置を通常より高く持ってきて、そのまま横滑りをかけ、ピタッと着陸した。それが午後五時五分。滞空時間、じつに十二時間五分。当時、単座戦闘機としては、おそらく世界最高の記録ではなかったかと思われる。計算してみると、その時の一時間あたりの燃料消費量は七十五リットル。もちろんなるべく燃料を消費しないように回転を落とし、巡航スピードを落としてある。

だが、この実験はその後の長距離空襲に非常に役に立った。われわれ零戦搭乗員すべてに、かぎりない安堵感を与えたのである。

実戦と実験では条件が異なるものの、ベテランでその八〇パーセント、若い搭乗員で七〇パーセントの航続距離が飛べるのではないか、と推測された。ここではじめて四五〇浬(かいり)(約八三三キロ)のマニラまでの空襲が現実味を帯びてきたのである。

開戦の日、われわれ零戦隊四十五機(二十一機が制空、二十四機が陸攻隊の直掩機)は台南基地から見事に離陸してマニラに向かい、任務を果たすわけだが、米軍は当時、空母から発艦したと信じて疑わなかった。いわんや日本海軍の上層部もマニラ空襲には空母が必要と、事前に空母を三隻持ってきて発艦訓練をやらせたことからみても、当時、だれも零戦の航続距離を信じていなかったのではないだろうか。

ガダルから奇跡の生還

私は太平洋戦争中、愛機の零戦とともに「いよいよ今日は駄目か」と目前の死を覚悟したことが七回ある。だが、零戦の持つ奇跡的な航続距離が、いつも私を基地まで運んでくれた。

なかでも鮮烈に記憶に焼きついているのは、昭和十七年八月七日のガダルカナル上空での出来事である。

ラバウルからガダルカナルまでの距離は五六〇浬（約一〇三七キロ）。東京～屋久島間とほぼ同じである。そこで空戦をやって帰還せよ、という命令である。わが零戦隊は十七機が敵七十七機と空戦し、約半数以上の四十二機を叩き落とした。

だが、私も負傷した。

グラマンとドーントレス急降下爆撃機を誤認した結果、ドーントレス八機十六梃の後方機銃の集中砲火を浴びたのである。その瞬間、頭にガガーンという衝撃を受けた。

機体はもちろん頭部に一二・七ミリ機銃弾二発が命中、右目上部から後頭部にいたり、右目失明、左目も、もうろうたる鮮血に染まってしまった。遮風板が破れたため、風圧で後ろに叩きつけられながら、

「戦死だ、戦死だ。俺もたくさんの敵機をこんな目に遭わせてきたが、とうとう俺の順番が回ってきたか」と思った。

その直後、頭の中が真っ白になり、故郷の山河が走馬灯のように回りだした。自分の生家、小学校の校舎、お寺の本堂、佐賀県を代表する天山、そして遠くに見える熊本の阿蘇山……。また幼い頃から海軍に入るまでの記憶が、親兄弟の顔とともに浮かんできた。

こんなとき魂はふるさとに帰るというが本当だ。そして遠のく意識の中で突如として浮か

島北端に接する小島で、ガ島攻撃に向かう零戦の前進基地として使用された

地上員たちに見送られてブカ基地を出撃する零戦二一型。ブカはブーゲンビル

んできたのが母親の叱咤である。

「三郎、そんなことでどうする！」髪を振り乱して叱りつける母親に叩き起こされて、やっと我に返ることができた。

意識がもどると、一千馬力のエンジン栄一二型発動機は快調に回っている。いつものことだが特に空戦開始とともに、そして帰還するとき、このエンジンに私は語りかけてきた。

「基地についたら休ませてあげるから、なんとか持ってくれよ」

なにしろ巡航時で一分間に一八五〇回転しているわけで、それが六～七時間ぶっつづけて回っているわけだから、これは大変なことである。さらに空戦による被弾も考えられる。このガダルカナルから帰るときほど、エンジンに痛切に祈ったことはない。

疲労と貧血と睡魔と戦うこと四時間四十七分、最後のガソリン一滴も使い果たし、夕闇せまるころラバウル基地に、たった一機で帰還した。零戦の航続距離と、信頼のできる栄エンジンが私を救ってくれたのだ。

また、九九パーセントもう駄目だと思ったが助かった例として、昭和十九年七月、硫黄島からの帰ることのない出撃、いわゆる特攻作戦で約三五〇浬（約六五〇キロ）先の敵空母への体当たりを命ぜられた時のことである。

この時は零戦九機と天山艦攻八機であった。

だが、敵空母を発見する前にレーダーで発見され、敵の戦闘機（グラマン）に囲まれた。上から十七機、右から二十七、八機、先頭を行く雷撃隊には真下から三十機が襲ってくる。

味方はつぎつぎと落とされ、散華していった。

　敵一機を叩き落とし、列機二機を率いて敵戦闘機をまくために積乱雲の下に入った。しばらくしてあたりを見回しても、残ったのは私の小隊のみ。さらに三十分がたって日没が近づいても、ついに敵空母を発見できなかった。

　結局、約四〇〇浬（約七四〇キロ）離れた硫黄島にむかって引き返した。日本列島に帰るには燃料が足りなかった。

　飛んでも飛んでも海また海、あたりは真っ暗闇。列機零戦の単排気管から噴き出す青いガスの炎だけが、まるで生き物のようだった。そして二時間三十分後に「やまかん航法」でやっと硫黄島に生きて帰った。零戦の航続距離なくしては不可能なことであった。

今も残るモリソン報告書

　太平洋戦争の緒戦において、日本海軍は太平洋からインド洋にいたる全域を制したが、この快進撃の根源をなしたのが、零戦の持つ航続距離だといっても過言ではあるまい。

　南方における緒戦の零戦の活躍にたいし、米軍関係者は「日本は、いつのまにこれだけのすばらしい戦闘機を、何百機いや千機もそろえたのだろうか」と感嘆したという。

　事実は、太平洋戦争の初日、三空から四十五機、台南空から四十五機のわずかに合計九十機の零戦が飛び、その一ヵ月後には稼働機は約五十〜六十機であった。その数でもってわれわれが「今日は東、明日は西」といったように東奔西走して飛んでいただけのことである。

米側はその約十倍の零戦が南の島のいたるところに配備されているとして、B17で血眼になって探したという。

また、現在でも米国防総省には零戦の行動を記録した「モリソン報告書」なるものが存在する。その報告書には「零戦隊のマニラ空襲、スラバヤ空襲、チモール島のクーパンからポートダーウィン空襲、ガダルカナル空襲は空母を使用してなされた」とあり、現在までも訂正されていない。

零戦の作戦行動は当時のアメリカのカーチスやグラマンの持つ航続距離では、どうしても考えられないというのがその理由だそうである。なぜなら、それらの戦闘機の航続距離は、零戦の半分だったからである。

これらのエピソードからしても、零戦の航続距離がいかに当時すばらしかったかといえるだろう。

ただし零戦にも欠点はあった。この長大な航続距離を生みだすために徹底した軽量化がおこなわれ、防禦がおざなりになったことであった。中期以降は米側も徹底的にこの弱点をつくために、強力な対抗機の開発に力を注いだ。

その結果、零戦は、最後には本来の目的ではない特攻機として、二五〇キロ爆弾を抱いて敵艦船めがけて突っこむ悲劇の戦闘機になってしまった。

まさに開戦初期の大戦果に慢心し、次期戦闘機の開発を怠った日本海軍首脳陣の無能と怠慢によるものである。

昭和18年後半、ラバウル東飛行場に列線をしく二〇一空の零戦五二型

零戦はデビュー以来、六年の長きにわたって第一線機として酷使された。その間、十数回にわたる改造がなされたが、改良には決してならなかった。むしろ航続距離は落ち、零戦のもつ軽快性は失われていった。

私はその間、二一型、三二型、五二型といくつかの機種を乗り継いだが、やはりオリジナルの二一型がいちばんすぐれていたと信じている。

事実、中部太平洋の戦いの最中、ベテランは五二型、若い隊員は二一型で出撃したことがあったが、若い隊員のほうが生還率が高かった。五二丙型などは、胴体左舷の七・七ミリ銃を廃止し、主翼の二〇ミリ銃のほか一三ミリ銃を三梃装備し、三〇～六〇キロ爆弾／ロケット爆弾各二発を懸吊可能にしたが、飛行性能は零戦各種の中では最低だったのである。

武装というものはただ単に強化すればいいというものではない。

二一型による対戦闘機戦闘では私の体験からすれば、七・七ミリ銃に頼ることが多かった。二〇ミリ銃は当たればその威力を発揮するが、Gなどが大きくかかる実際の空戦ではまず当たらない。それに携行弾数も左右四十九発ずつだから、すぐになくなる。

その点、七・七ミリ銃は一四〇〇〜一五〇〇発あった。私の撃墜数六十四機も対中型、対大型機では二〇ミリが威力を発揮したが、対戦闘機戦闘ではこの七・七ミリ銃によるものが大部分である。

いずれにしても零戦は、その最大の武器である長大な航続力をもって生まれた、大戦初期においてすでに完成された名機であったことは間違いない。そしてあの美しく強い戦闘機、零戦こそはわが愛機なのである。

かいぐん〝戦闘機屋〟奮戦す

厳しい要求をクリアしてみごと名機を完成させた技術陣の汗と涙の日々

元 空技廠戦闘機主務部員・海軍技術中佐　鈴木順二郎

支那事変から太平洋戦争の全期間をつうじて、日本海軍の主力戦闘機として活躍し、戦後の今日でも、名機零戦として人々に知られている零式艦上戦闘機は、昭和十二年、海軍が十二試艦上戦闘機の試作を決定し、三菱、中島の二社に、その計画要求を検討させたことがそのはじまりである。

中島社は社内のつごうで試作を辞退したため、三菱一社の試作となり、略符号もA6M1とさだめられた。Aは艦上戦闘機、6は海軍として六番目の機種、Mは三菱の略号、1は第一のタイプであることをしめす。

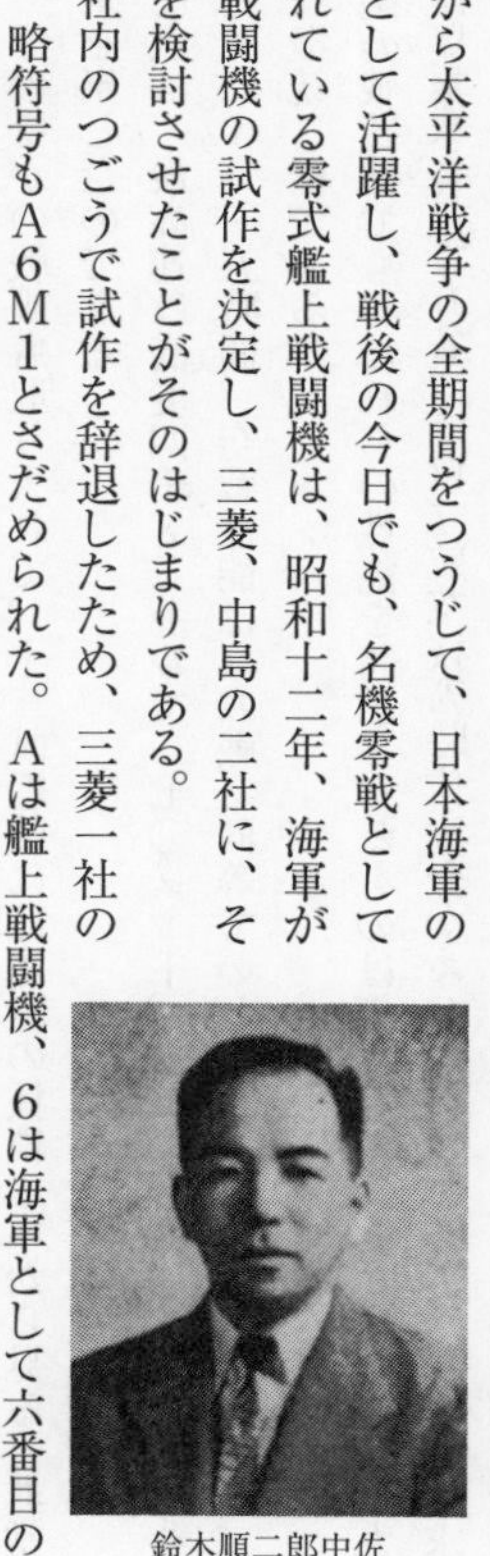
鈴木順二郎中佐

当時の第一線戦闘機は低翼単葉の九六式四号艦戦（A5M4）で、その要目は、最高速度は高度三一六〇メートルで二三三・五ノット、上昇は三千メートルまで三分三十五秒、航続力は高度三千メートルで巡航速一五〇ノットで六五〇浬（かいり）であるが、空戦性能は抜群であった。

標準の重量は一七〇〇キロ、エンジンは寿(ことぶき)四型で全開高度三千メートルで六八〇馬力、飛行機の性能を左右する翼面荷重は九十六キロ/平方メートル、馬力荷重は二・五キロ/馬力で、兵装は七・七ミリ機銃二梃であった。

支那事変では大活躍したが、海軍はこの九六戦使用の結果から航続距離と速度の不足を痛感したので、そのほかの戦訓も取り入れて、十二試艦戦には当時の技術水準から見ると非常に苛酷な要求を出したのである。

その主要な点は、最高速は高度四千メートルで二七〇ノット、航続力は高度三千メートル公称馬力で一・二~一・五時間、空戦性能は九六戦と同等ていど、兵装は七・七ミリ機銃二梃、二〇ミリ機銃二梃である。

当時、外国の戦闘機でも、これらの性能を誇示しうるものは何もなかったが、九六戦や九六陸攻(渡洋爆撃機として有名)で自立航空技術時代をむかえつつあった海軍は、この要求を強行した。

兵装や燃料をふくむ搭載量で考えても、九六戦との比較で重量二七〇〇~二八〇〇キロの大型機となる。しかも空戦性能を九六戦ていどに維持するため、馬力荷重や翼面荷重をほぼ同じにとろうとすると、全開高度で一一〇〇馬力以上の出力と、二十八平方メートル以上の主翼面積をもつ大型機となる。

当時、試運転中で見込みのある発動機の出力は、一千馬力よりそうとう下まわるものであった。したがって新戦闘機の計画は、航空力学的な洗練、構造艤装面における徹底した重量軽減、引込脚、フラップ、恒速プロペラの採用など、当時の最高技術をうまく調和させて取り入れる以外に方法はなかったのであり、試作担当の三菱の努力はもちろんのこと、海軍自体も空技廠（当時の名称は海軍航空廠）をして、徹底的に支援させたのであった。

さて、搭載発動機には、三菱側のなるべく小型の戦闘機にしたいという要望がみとめられ、定評ある金星（きんせい）のストロークを二〇ミリ短くした瑞星（ずいせい）（空冷二重星型十四シリンダー、重量五三〇キロ）が選定され、そのまわりに順序を追って形がきめられた。なお、各速度で発動機出力をできるだけ有効につかうために、戦闘機としてははじめて恒速プロペラが使用されることとなった。

これは三菱側の卓見であるとともに、異論をおさえてこれを承認した海軍側の態度もみごとであった。

空力的洗練については、細い胴体、密閉式風防の採用、ＮＡＣＡカウリング（発動機覆）の使用、主脚および尾脚の引き込み、さらに、もっとも重要な主翼の翼型の研究、翼厚比の減少、平面型、翼端の振り下げなどに入念な風洞試験が行なわれた。このようにしてあのすばらしい形がきまったのである。

こういうといかにも簡単であるが、たとえば風防の形や位置にしても、パイロットの視界という問題や、密閉風防の可否などの問題があり、一つ一つ解決する必要があった。

ほぼ要求どおりに誕生

敷きつめられた鉄板上を、整備員たちにロープで牽引される零戦二二型

左後方の花吹山が噴き上げる火山灰対策のため、ラバウル東飛行場の滑走路に

構造関係では重量軽減のため、いくつかの新機軸が取り入れられた。

まず主翼と前部胴体を一体とした。いままでは主翼を分割してつくるため、その結合部に重量が食われる。これをさけ、かつ貨車輸送を可能にするため、胴体を座席後方で分割した（これは現在のジェット戦闘機でも採用されている）。

つぎに、当時、開発された強力合金ＥＳＤの押出型材を主翼の桁フランジとして採用したことである。これも海軍機として最初であった。そのほか部品や部材の一つ一つに徹底した重量軽減策を強行した。またできるだけ薄い板材を使用し、外面は沈頭鋲とした。このような結果、軽量にできたが、工作は困難であった。

当時、海軍の審査体制はほぼととのっていて、計画審査、木型審査、構造審査、完成審査と順調にすすんで、昭和十四年四月に初飛行が各務原（航空自衛隊岐阜基地）で行なわれ、上々の素質を持つことが確認された。このようにして本機の実験がはじめられた。

ところで瑞星発動機のその後が思わしくなく、再三故障を起こしたので、試作第三号機以降は中島製の栄（さかえ）一二型に換装され、Ａ６Ｍ２と名づけられ、これが初期の量産型零戦二一型である。

強度計算でぎりぎりの設計をしたため、本機の強度試験は一年以上もかかり、少しずつ弱い部分の補強を行なったことで、結局、重量軽減に成功したのであるが、主翼のシワが問題になるとともに、フラッターによる空中分解事故が発生し、たびたび主翼外板の厚さを増したり、補助翼マスバランス量を追加した。

カウリングをはずし中島製のエンジン「栄」一二型を整備点検中の零戦二一型

本機の操縦性試験で特筆すべきは、昇降舵系統の剛性低下により満足すべき結果を得たこと（それまで操縦装置は剛性大なるほどよいと規定されていた）で、これにより操縦性能はほぼ適良となった。ただし補助翼の、空戦中の低速切り返しのときの効きがやや不足であるが、実用上に支障はないと判断された。

これがのちに再燃して、翼幅短縮の問題となった。

はじめて戦闘機に採用したハミルトン式恒速プロペラは、最初二翅であったが、振動問題がおこり三翅に交換し、ハンチングや過回転問題を克服して実用段階にこぎつけた。

心配された翼内二〇ミリ機銃の空中射撃実験も、予想以上の好成績をおさめて関係者を安心させた。

発動機を栄一二型に換装した結果はきわめてよく、計画要求を上まわる性能数値を得たので、いっきに量産準備がすすめられた。

フラッター事故に関連して、新材料ESD材の繰り返し荷重にたいする疲労破壊が問題となり、その技術的解明がすすめられた。このためには実際の飛行機が、飛行および空戦操作中にどの程度の加速度をいかなる頻度で受けるか、すなわち負荷スペクトラムを知る必要があり、横空で実機に加速度計をとりつけ、九六艦戦および十二試艦戦を使用してその結果が得られた。

おもしろいことにこの結果は、アメリカ軍の強度規程にあたえている負荷スペクトラムとほぼ同一の曲線をしめしており、当時の海軍航空技術の水準の高さの一面を物語っている。

かくしてこの十二試艦戦は試作機のまま、昭和十五年夏、漢口に進出して大戦果を挙げたことは有名であるが、同年、零式艦上戦闘機として制式機に採用されたのである。

この零戦は翼幅十二メートル、主翼面積二十二・四平方メートル、自重一六八〇キロ、全備二四一〇キロ、最高速は高度四三〇〇メートルで二八〇ノット、実用上昇限一万メートル、航続力は高度四千メートル、巡航速一八〇ノットで一二〇〇浬、発動機栄一二型（高度四二〇〇メートルで九五〇馬力）の堂々たるものであった。実用に入ってからの問題点には、脚の強度、ブレーキの不具合、油圧系統の油もれ、落下増槽の落下不確実などがあったが、致命的というほどのものではなかった。

改造による攻撃力の充実

昭和十六年になって二速過給器付の栄二一型が完成したので、これを装備したA6M3を試作して、高々度性能の向上をはかった。

本機は実験中に、シリンダー温度および油温の過昇、ブーストの不安定問題があり、振動などで実用可能にならず、しかも発動機、機体ともに生産切換えが行なわれていたので、技術関係者は非常に苦しい立場となり、文字どおり不眠不休の努力をかさね、自動ブースト調整装置を二速切換えレバーに連動させたり、発動機のバッフルプレート（冷却空気導風板）の改造などで、かろうじて苦境を切り抜けることができた。

この型から、翼端を〇・五メートル短縮して補助翼の不具合を改造し、急降下制限速を増大し、また加速性を向上した。なお二〇ミリ機銃の携行弾数を六十発から一〇〇発に増大（主翼下面に若干のふくらみ）した。これが零戦三二型であるが、戦局の関係で不評を買い、翼内に燃料タンクを増設し、翼幅をふたたび十二メートルとした。これは二二型と呼ばれた。

昭和十八年になって、ふたたび空戦性能の向上の見地から翼幅を十一メートルに短縮し、単排気管（当時ロケット排気管と称した）にあらためた零戦五二型A6M5となり、最高速六千メートルで三〇三ノットに達した。

この五二型には甲、乙、丙の三種があり、その差の主なものは兵装である。

甲は二〇ミリ機銃をベルト給弾式にしたもので、各銃一二五発となったもの。乙は胴体七・七ミリ機銃を廃止し、一三ミリ機銃一梃を装備したもの。丙はさらに翼内に一三ミリ機銃二梃を増設したものであり、このほかにパイロット前面の防弾ガラス、翼内燃料タンクの自動消火装置をつけるなどの泥縄式防禦装置をくわえた。このようにして重量は増加し、さすがの零戦もようやく性能の限界に達したかの感があった。

なお、その前のA6M4は、高々度性能をさらに向上するため、排気タービン過給器付の栄発動機を装備した実験機で、空技廠でM3一機を改造したものであるが、排気タービンの開発が思うように進展せず、中途で打ち切らざるを得なかったものである。

その後、栄三一型水メタノール噴射発動機、金星六二型装備のものなどA6M8まで試作されたが、いずれも戦力化するにはいたらなかったのである。

整備員泣かせの油圧装置

いまになって回想して見ると、まことに零戦はすぐれた資質を持っていた戦闘機といえよう。ただし、いかにも華奢な感じで、いわば秀才型であった。しかし技術的に見れば、当時のもっともすすんだ技術をうまく組み合わせることに成功したと考えることができよう。つぎから次への改造は、戦局の要望もさることながら、海軍側の空技廠と横空との連繋によるすぐれた技術能力を高く評価しなければならない。

たとえば、二〇ミリ機銃にしても、飛行機に加速度がかかると、弾倉のため機銃がよじられて故障を生ずる。これを弾倉支持の方式を研究して、故障がおこらないようにするなどは、まったく空技廠と横空関係者の日夜をわかたぬ努力の結果である。このように多くの改造を、量産は別として、海軍自体で実施しうる能力が十分にあったことが、零戦の戦力化に大きく寄与していたことを忘れてはならない。

一方、欠点としては工作が困難で多量生産性に乏しかったこと、いまいわれる品質管理などをふくむ量産の管理についての考え方が、進歩していなかったことなどが思いうかぶ。

結局、零戦の場合、すぐれた機体が発動機やプロペラ、そのほかの装備品にくらべ、光っているという印象は強くのこる。

特に当時の油圧装置の部品やブレーキなどは技術水準が低く、整備員泣かせだったことは残念で、戦後のOリング一つを見ても、彼我の差ははっきりみとめられる。今後の航空機には、関連する工業技術のバランスのとれた発展が必要なことを痛感する。

静かなる闘魂を零戦にささげて

試作一号機からテストを手がけ名機を育てたパイロットの手記

元空技廠飛行実験部部員・海軍大佐　真木成一

昭和十三年十月十日、私は海軍航空廠（昭和十四年四月に海軍航空技術廠と改名された）飛行実験部部員の辞令をうけた。

それより先、私は第十五航空隊戦闘機分隊長として、漢口攻略作戦に従事中、プロペラの切損事故で揚子江に不時着し、そのとき、前歯をぜんぶ折ってしまったため、当時は横須賀航空隊付として、治療のため海軍病院にかよっていた。

そろそろ治療も終わりに近づいたので、このつぎの勤務はどこかな、と考えていた矢先ではあったが、飛行実験部とは夢にも考えなかった。

航空廠は海軍航空技術の理論的研究にかんする総本山で、その厖大な施設と機構のなかでは、数多くの優秀な技術系統の人たちが海軍航空の発展のため、日夜心をくだいていた。その機構の一部局である飛行実験部は、各種試作機の検討、飛行実験が大きな仕事であるため、

真木成一大佐

ここに配置される人は頭脳明晰で判断力にとみ、かつ将来にたいする識見をもった人とされていたので、私などの頭に浮かぶ範囲の外にあったのである。

　さいわいにも部長は、二年前に母艦龍驤(りゅうじょう)でお世話になった吉良俊一大佐、陸上機班長は戦闘機乗りとして一見識をもつ柴田武雄少佐、そのほかの部員も、みな親しい仲であったのは心づよかった。

　引きつぎは、前任者の榊原喜代二大尉からうけた。最初に出された書類は、九六式艦戦の改造実験にかんする二、三の事項で、そこまでは私もだいたい考えていた範囲のことであったが、つぎに出されたのはA6M1と書かれてあるファイルであった。

　これがすなわち、のちに「零戦」とよばれた十二試艦上戦闘機の一件書類である。榊原大尉はスラスラと、そのA6M1なるものの計画要求性能、その後の折衝事項、現在の試作進行状況、各部の担当者……などを説明されるが、試作機がどのような順序をへてつくられるものかを知らない私の頭は、なかなか理解してくれなかった。

　翌日から、この新前部員は、いままで経験した実施部隊の気分と一八〇度ことなった航空廠の雰囲気になれるまでは、書類と首っぴきにならざるをえなかった。

　ちょうどこのころ、昭和十二年秋に出来あがった十二試艦上戦闘機の計画要求書にもとづいた実物大の木製の機体にたいして、十三年の四月から九月にかけて木型審査がおこなわれ、その結論により修正された実際の機体の組立がすすめられていた。

あちら立てれば

私が着任してから二ヵ月ばかりたった十二月の末に、第一回の構造審査が、三菱の名古屋工場でおこなわれた。

この審査は先の木型審査後、実際の工作の結果、予期どおりにいかなかった点、またはさらに改良を要する事項を実際の機体について、その適否を判断するためにおこなわれるのである。

このころ陸上機班長は柴田少佐にかわって、中野忠二郎少佐が着任された。中野少佐は私が霞ヶ浦を卒業して、館山航空隊で戦闘機に配員されたときの分隊長で、三式艦戦でイロハのイの字から教えをうけた方である。

陸上班長は、自分の専攻の機種のほか練習機を受け持ち、かつ陸上班全般のまとめ役であるので、私は思案にあまることは中野少佐に教示をうけることにし、細部はそれまでどおり仕事をすすめていくことにした。

その後、兵器装備を主とする構造審査がおこなわれ、A6M1の工程は順調にすすめられた。このころ私の頭にいつもつきまとったのは、今後の戦闘機はどのようにあるべきか、また、その要求をどのていどA6M1に反映させるべきかであった。

九六式中攻がその航続力、速力、兵装において、これまでの攻撃機の性能の限度を大きく突破して、にわかに戦闘機無用論がとなえられたのは三年ほど前からであった。その後、支那事変で戦闘機をともなわない飛行機隊の被害がはなはだしく多くなってからは、戦闘機無用論は影をひそめた。

前の年、横空で戦闘機にかんする研究会がひらかれた。私たち地方の部隊に勤務していた士官も出席したが、そのさいの論争の焦点は格闘戦性能に重きをおくか、速力、航続力を第一とすべきかにわかれ、結局、結論を得られなかったのである。

すなわち、敵戦闘機に対する戦闘は速力、航続力をいくぶん犠牲にしても、旋回能力のよいものが勝つというのはもっともなことである。また一方、逃げる敵機を射ちおとすには速力は一ノットでも多い方がよい、というのも真理である。しかもこの両者は、一つの飛行機については、理論上でも相反する性能であるため、『あちらを立てれば、こちらは立たたず』というわけとなり、二種類の戦闘機を必要ということに落ちつくのであるが……。

たまたま来廠された航空本部の小林淑人中佐に、この問題を次のように聞いてみた（小林中佐は海軍戦闘機の草わけともいわれる人で、横空、実験部などでテストパイロットをながく経験された）。

「A6M1は、すでに工事も進行中であるからしかたないが、最高速が九五戦の一九〇ノットにたいし、九六戦は二四〇ノットと五十ノットも飛躍したのにくらべ、A6M1の要求性能二五〇ノットは低すぎたのではないか。三〇〇ノットくらいを目標とすべきではなかったか。そうすれば、格闘戦戦法にも新機軸が生まれるのではないか」

小林中佐はおちついた口調で、さとすように、

「速力の大きいことは望ましいことだ。しかし現在のところ、それに使える発動機がない。

現に、予定しているエンジンの〝瑞星〟では、要求性能を満足するかどうか疑問である。だが、航空本部としてはA6の次に局地戦闘機の試作を考えているから、A6は二〇ミリ機銃を持った艦上戦闘機として検討したらどうか」とのことであった。

この言葉から、私はA6については、とくに旋回性能に重点をおいて、テストすることにハラをきめた。

地上をはなれた試作機

一方、飛行機の整備は着々と進行し、昭和十四年四月一日には陸軍の各務原飛行場で、老練な三菱の志摩勝三操縦士により初飛行に成功した。

それまでの試作機は、最初の飛行がすむとまもなく軍にうつされて、軍のパイロットにより諸性能の検討をやるのを例としたが、今回は会社側において、いちおうの実験をやることになった。これは非常によい方法であったと思う。

数字的にあらわされる性能は、だれが測定してもほとんど差はないが、抽象的な言葉しか使えない操縦性の表現は、それまで設計者とコンビになって、いろいろの飛行機と取り組んできた会社のパイロットのほうが意志の疎通がはやい。

したがって、基本的な改修も早くできるというわけになる。もちろん、飛行の模様はそのつど空技廠にも連絡があるから、必要ならば指導もできるのである。

このころ、中島の栄エンジンが海軍の審査に合格したため、第三号機からはこれを搭載することとし、A6M2と呼ばれることになった。この発動機は瑞星よりも約一〇〇馬力高性能のため、最高速力も、計画要求を満足するものと考えられた。

試験飛行は順をおってすすめられたが、途中、発動機の不調のため、二度までも発動機を換装したことは軍の試乗をいくらかおくらせる結果となり、残念であった。

こうして会社側の飛行が一段落し、海軍側としてはじめて飛行したのは昭和十四年七月六日であった。航本、空技廠の各担当者は各務原の三菱事務所に集まって、いままでの経過修正事項を聞くとともに、機体、発動機の点検がおこなわれた。その日は微風、薄日の絶好の飛行日和（ひより）である。

飛行実験部の吉武機関中佐が発動機の試運転をしたのち、私は機上の人となった。いままでにも審査のたびに、数回となく座った操縦席であるが、今日はいよいよ飛ぶんだと思うと、みずから気持がひきしまってくる。

だいたい異なった飛行機ではじめて飛ぶときは、九分の好奇心と一分の不安感にかられるものだが、今日はさらに大きな責任感と感激をおぼえる。

型通りの試運転、フラップの作動点検……と順をおってテストする。飛行学生となって初めて単独飛行をゆるされたときのような気持だ。地上にいる人の真剣な視線が、身体にささる。やがて車輪止めをはずして微速で滑走。左右ブレーキをためす。右側がすこし効きすぎるので、引き返して調整させる。いよいよ準備完了。

風は西風、吹流しがゆるくたなびいている。出発地点で機首を風にむけてから、座席風防を閉める。スロットルレバーをしずかに出す。機は草原の上を少しガタガタ反動を感じながら増速していく。基本どおりの操縦。気速のつき方がはやい。

離陸速力をすこし多めにして、操縦桿をちょっとゆるめたと思ったとたん、機は浮いていた。速度計を見ながら機首角度をきめる。上昇速力一二〇ノット。

高度三〇〇メートルをすぎてから、脚上げ操作にうつる。レバーは思ったより軽い。ランプが青から黄、赤とかわって脚は完全におさまった。左右のランプの点灯時期にだいぶ差があるが、これも差し支えないだろう。急に速力が増す。飛行場を見ながら、また機首の角度をかえる。舵には今のところ悪いクセはないようだ。筒温その他の異状なし。

高度三千メートルで水平飛行にうつる。カウルフラップを調節。ピッチレバーをうごかして回転の変化をしらべる左右の緩旋回。やや霧があるが、気流はよい。機はすべるように運動をつづける。木曽川が東から大きくくねって、南に消えていく。

つぎは特殊飛行だ。ピッチレバーを一杯にして、ブースト赤五〇で垂直旋回右、左を連続数回。どうも切り返しがにぶい。これはちょっと、ぐあいが悪いなと感じる。つづいて宙返り。ブースト赤一杯にして突っこむ。加速はすばらしく、速度計は見るまに二〇〇ノットをこす。

このへんでと操縦桿を九六戦のつもりで引っぱったら、瞬間に目の前が真っ暗になった。この飛行機はGがかかるなと感じているうちに背面姿勢となり、まわりは明るくなったが、機は三十度ばかり傾いている。スロットルレバーを一杯に引いて、目の暗くならぬ程度に水平におこす。二回、三回の後には手かげんもわかってきた。

つぎは宙返り反転。頂点での補助翼の効きがにぶい。これでは捻り込みが一呼吸おくれる。緩横転。私は手足が短いせいか、この操作はきれいにいかないのだが、補助翼の効きの悪さもてつだって、大きくミソをすってしまった。そのほか、垂直旋回の終わりごろに操縦桿がガタガタし、さらに操縦桿を引くと、自転をおこすこともわかった。

設計者への注文

以上で、いちおうの試験もおわり、着陸にうつった。高度三〇〇メートル、速力一四〇ノットで、脚レバーをさげとする。ランプが赤から黄、青とかわる。

フラップをさげる。速力は急に減って、安定が悪くなる。第三旋回点をまわってからカウルフラップを全閉、風防をひらいて座席を上げる。

第四旋回から最終コース、着陸視界はすばらしい。接地点が完全に見える。速力に多少余裕をみて最後の引き起こし……操縦桿を一杯に引いたが、昇降舵があまり効かず、前車輪着陸でいくぶんジャンプした。

準備位置にもどって中野少佐と交代。中野少佐も私とおなじような所見で、とくに急横転のさい操縦桿をとられると指摘された。

結局、本日の試験飛行でわかったことは、

一、昇降舵の効きは低速で不足、高速で効きすぎる

二、補助翼は効きがやや不良、とくに低速ではなはだしい
三、自転をおこす傾向あり
四、着陸は容易である
このうち一項にたいしては、すでに堀越二郎氏が会社操縦士の報告により腹案を持っており、操縦系統の剛性を低下したものを取り付け、再飛行の結果、この問題は一回でみごとに解決した（この剛性は当時の規格を大いにはずれるものであったため、堀越氏も社内飛行では実施しなかったのである）。
二、三項については、さらに検討、改修を約束された。なお堀越氏は運動性および重量軽減の見地から、二翅プロペラの装備を考えていたので、換装後に飛んでみたが振動が多く、プロペラは三翅を使うことにきめられた。
その後も数回試乗したが、会社側のたゆまぬ努力により、補助翼の問題はその形状を一部変更することによって、あるていど解決した。そのほかにも、ややぐあいの悪い点もいくらかあったが、兵器関係の実験をいそぐため、改修事項は引きつづき、つぎの機体からおいおいと実施検討することとして、九月十四日に領収、横須賀に空輸した。

引きつづき十月には、第二号機を空輸、両機で性能、兵装実験をおこなった。

艦戦として合格？

飛行実験部における性能試験でも最高速力二六三ノットをだし、海軍としても画期的な二

〇ミリ機銃の空中射撃実験も順調にすすみ、いずれもA6の将来を約束するものであった（ピトー管の位置誤差について、見込みちがいがあったことがのちに判明した。したがってA6M1が要求性能の二七〇ノットを満足していたことが後からわかった）。

はじめに装備された二〇ミリ機銃は、銃身の短い一号銃で、初速が少ないため散布界も懸念されたが、実験の結果はみごとなものであった。また、発射時の反動が大きいので、片銃が故障したときに照準が狂うのではないかと案じられたが、偶然、私が地上で的射撃を実施中、右銃が故障したにもかかわらず、照準線は少しも動かなかったので、この心配も取越苦労であった。

発動機をかえた第三号機についても、念のため構造審査をおこなったのち、昭和十五年一月末に領収飛行をした。操縦性にかんしては、それまでにおこなわれた数多くの飛行の結果、要求される点はぜんぶ出つくし、改修される事項もすべて実施された。

これで、この機体はいちおう仕上がりの形となったが、飛行してみると、補助翼の効きはだいたいよくなったが、まだ十分とはいえず、大迎角時に自転のおこる傾向のあるのは好ましいことではなかった。

この二つの欠点が、実際に相手を目の前にして格闘戦にはいった場合、差し支えないものか、また不都合であるかは、横須賀航空隊の実用実験の成績をまつ必要があるとおもわれたので、私は領収飛行の成績所見として、艦上戦闘機として合格という表現はもちいなかった。

この点、堀越氏以下設計陣の、血の出るような努力にこたえられなかったのは申し訳なかった。

つづいて四、五、六号機とぞくぞく完成した。飛行実験部で使わない飛行機で、横空のパイロットたちが空戦、射撃などの実用実験をはじめた。

それまでの例によると、試作機の発注数は一機か二機であるため、性能実験が終わらないと実用実験はできぬ、という不便があった。今回は発動機の変更のこともあり、追加試作機を四機発注され、けっきょく供試体が六機になったため、併行して実験をやることができた。これが本機の完成をはやめた功績は大きかった。

ベテランがつくった名機

に折り畳む機構を導入した

大分空に待機中の零戦二一型。二一型は母艦搭載のため翼幅12mの翼端を上方

少し前に、艦隊の戦闘機隊ばかりが横空に集結して、統一訓練を実施したことがあった。顔見知りの連中も多いことだから、私もヒマなときには彼らの指揮所をおとずれて雑談に時をすごしたが、戦闘機乗りの関心は、もちろん九六艦戦の次にあらわれるべきＡ６に集中していた。

私は乞われるまま、構造性能その他について説明した。もちろん無条件に賛美する人もあったが、

「風防のついた飛行機では空戦はできない」（まえに九六艦戦に風防をつけたところ、視界が悪くなり非常に評判が悪くて、まもなく廃止された）

「艦攻みたいな飛行機だ」（当時、艦上機では九六艦攻だけが引込脚であった）

「航続力がそんなにある戦闘機に乗せられては身体がもたん」などと批判論も多く、比率にすると後者のほうが多かった。

横空の実験担当者は、飛行隊長の吉富茂馬少佐のもと、分隊長下川万兵衛大尉、分隊士岩城万蔵兵曹長、東山一郎兵曹長以下、有能で老練なパイロットたちである。

彼らは一切の雑音を排して実用実験に取り組んだのであるが、やはり最初は『零戦の方がよい』という結果は出なかったようである。

飛行実験部と横空の指揮所は、八十メートルくらいしか離れていないので、私もたびたび出かけて、空戦実験から帰ってきた搭乗員に「オイ、どうだ」と聞いても、「どうも……」といったような返事で、なかには私が領収飛行のときに感じた不安をそのまま訴える者もい

た。

私は下川大尉に、「現地でも操縦上ぐあいの悪い点が、二、三あることは承知で、俺も飛行部や三菱に改良するよう、よく話してある。しかしこの点を改良したために、A6の持つ特長を殺してしまっては『あぶ蜂とらず』になる。欠点は欠点として、A6のもつ特長をよく生かした戦闘法を、横空で検討してくれないか」と話した。

兵学校一期下の下川大尉は、「自分もそう思っているところです」とのことで、私も大いに意を強くしたのをおぼえている。

その後、A6の操縦も、方向舵のわずかな利用により、また飛行機にもなれてきたため、味のある格闘戦ができるようになって、A6への批判者がいなくなったことは、一に横須賀航空隊戦闘機隊幹部の努力によるものである。

とうとい犠牲のかげに

この実験中に、プロペラ過回転の問題がおこったので、空技廠としても所管上、原因を探究することとなった。過回転のていどは大したこともないし、私は前日から引きつづいた実験があったので、三月十一日に奥山益美工手に、A6M1二号機で実験するよう命じた。

奥山工手は第一回の降下は異状なく経過したが、第二回目に、突っ込んでから五〇〇メートルばかり降下したとき、大音響とともに機体はバラバラになり、奥山工手はいったんは落下傘降下をしたように見えたが、まもなく落下傘からはずれて海上に墜落し、殉職した。

この事故にたいし、空技廠は総力をあげて原因をしらべたが、結局プロペラに起因するものではなく、昇降舵のマスバランスの、腕の折損ということになり、風洞試験の結果もこれを証明した。

その後、マスバランスの腕を補強した結果、おなじ事故はふたたび起こらなかった。しかし原因の判明するまでは、A6実験の岐路に立って、仕事もまったく手につかなかった。

奥山工手は操縦練習生の二十二期か二十三期の出身で、昭和八年に私が館山航空隊付であったとき二等水兵（そのころ航空兵の制度はまだなかった）で、私とともに中野少佐の分隊にいた。小柄ではあるが、丸顔のキビキビとした動作、すぐれた操縦素質は戦闘機乗りとして大成するといわれたが、本人の家庭の事情で、兵として満期をとり空技廠に職をえらんでいた。私より年は若いが、空技廠の実験経歴も古く私の仕事の片腕と信頼しており、おしいことであった。

昭和十五年六月、私と下川大尉は航空母艦蒼龍（そうりゅう）に、A6を使って着艦実験をおこない好成績をおさめた。

気温が日ましに暑くなるにしたがい、筒温過昇、ベーパーロックの問題がおこった。とくに後者は今まで経験のなかった事項であったが、結局、上昇能力のすぐれた飛行機が地上にいるときに暖められたガソリンのまま上昇し、気圧の減少によっておこる現象であることがわかり、これも対策をたてて解決した。

こうしてA6にたいする一連の実験は好成績をおさめてぶじ終了し、実用に使用しても差し支えなしとみとめられ、昭和十五年七月二十四日をもって兵器に採用され、零式艦上戦闘機一一型と呼称された。

そのころ、中国派遣の航空部隊からは矢のような催促があり、ついに兵器採用を待たずして漢口に進出、すばらしい戦果を挙げたことはよく知られている通りである。

以後、その年の十一月に、後任の小福田租大尉に仕事を引きつぐまでは、特筆する出来事はなかった。

無限の性能に挑戦した海軍戦闘機パイオニア列伝

海軍航空機製作のメッカ三菱につどった航空エンジニアたち

元三菱航空機技師・機体設計担当

森　武芳

私が三菱内燃機名古屋製作所（三菱重工名古屋航空機製作所）に入社したのは、大正十五年のことであった。所属は機体設計課で、このときから海軍関係航空機の機体設計の一員として、もっぱら設計図面をかいて過ごすことになった。

そして入社以来、終戦の昭和二十年八月十五日まで約二十年間にわたる飛行機造りに励んだのであったが、三菱航空機の歴史とともに、さらには日本海軍航空機の発展の歴史をたどり、苦しみも喜びも共にできたことは、私にとってこのうえもない幸せであった。

森　武芳技師

入社当時は、まだ三菱では一三式艦上攻撃機から八九式艦上攻撃機まで、もっぱら外国人技師の直接設計、または指導によって生産をしていた。しかし昭和六年、つまり満州事変の勃発のころから、わが国自身の設計者によって航空機をつくらなければならない非常事態となった。

これより先の昭和五年には、九〇式機上作業練習機が海軍より三菱へ試作要求があって、日本人最初の航空機設計がはじまった。

これには当時、機体設計課長だった服部譲次技師が設計主務者となって、加藤定彦、佐野栄太郎、長谷川実らの各技師、それに私と、そのほか多数の人々が参加し、幾多の苦心をかさねて試験飛行にもみごと合格となったのである。

これはやがて海軍制式機として採用されることになったが、このときが、日本としても、また三菱としても最初の純日本製航空機が生まれた日でもあった。この日の感激はいつまでも私の脳裏に残っている。

やがて昭和七年、こんどはまたしても最初の単座戦闘機として、しかも純国産で、という七試単戦の試作要求が海軍側より三菱に出されたのであった。

そこで三菱では、設計主務者として堀越二郎技師を起用し、さっそく設計試作にかかった。

もちろん私もそのメンバーの一人として参画したのであったが、これが堀越技師と私の事実上の出合いともなり、以来、九試単戦（九六式艦上戦闘機）、十二試艦戦（零式艦上戦闘機）、十七試艦戦（烈風）と、堀越技師を中心にして久保富夫、曽根嘉年ら各技師とともに私は、海軍戦闘機の完成のために毎日を過ごしたのであった。

そこで当時の思い出を、とくに零戦を主としてその一端をのべ、先輩諸氏の苦心をつづってみたいと思う。後世に何らかの参考となれば、私としても幸甚このうえもない喜びである。

岩国基地の零戦と九六艦戦。上２列と下は九六艦戦。中央２列が零戦二一型

技術の〝精鋭〟が一堂に

零戦の誕生は昭和十二年五月、海軍よりはじめて十二試艦上戦闘機の試作要求があり、名古屋製作所の機体設計課において試作の計画、および設計が開始されて以来、設計においては改良に改良をくわえ、また製作に当たっては幾多の改修をへて、昭和十四年三月八日に試作第一号機が完成し、翌四月一日には岐阜県各務原(かがみはら)飛行場において初のテスト飛行が行なわれ、その後さらに、海軍の手により試験飛行が実施されて、みごと海軍戦闘機として審査に合格したのであった。

折りからその年は紀元二六〇〇年の式典が大々的に行なわれ、いみじくも新しき飛行機にはその下一桁をとって零式艦上戦闘機一一型と命名され、海軍制式機に採用されたのであった。最初の計画よりこの日まで、じつに三年四ヵ月の歳月がかかっていた。

これが零戦誕生の大ざっぱな経過であるが、ここにいたるまでの最大の功績者は、なんといっても設計主務者の堀越二郎技師で、七試単戦、九試単戦（九六艦戦）という過去の体験と、苦心の蓄積がついに零戦として玉成したのである。

つぎに、主務者のもとにそれぞれに創意工夫をこらし、自発的に責任をはたすべく奮闘した人々の名をあげてみると、強度計算＝曽根嘉年、東条輝雄、構造分担＝曽根嘉年、吉川義雄、動力艤装＝井上伝一郎、田中正太郎、兵装艤装＝畠中福泉、降着装置＝加藤定彦、森武芳（私）の技師たちであった。

このほか、大局的な立場から課内の陸海軍機設計チームのチームワークに気をくばった、機体設計課長の服部譲次技師があったことを特筆したい。

また、すぐれた技量もさることながら、堀越技師の温厚篤実な人格は、零戦設計チームの一人ひとりをさらに強く結びつけるところとなり、すばらしいチームワークをつくり出した大きな原因ともなった。

これがあったればこそ、全員一丸となって縦横無尽に活躍ができたともいえよう。私などが思うぞんぶん全精魂をうちこみ、寝食をわすれて自分の責任を果たせたのも、このためであった。

零戦から学ぶもの

つぎに技術的な面からみると、まず堀越技師の苦心の創作である沈頭鋲の採用であるが、これは空気抵抗をへらすのに大いに貢献するところとなり、また重量を軽くするために材質、およびその肉抜孔のとり方を各担当に綿密に、かつ細部まで行きわたらせるように努力され、ついには世界ではじめての超々ジュラルミンＥＳＤまでを採用したのであった。

そのほか、性能向上のための一手段として堀越技師は、翼端に向かうにしたがい主翼の迎角をへらし、捩り下げを採用したり、ストリップフラップをとり入れて、着陸距離を短縮することにも成功した。

一方、空気抵抗をさらに減少させるために、主脚引込装置という新計画をすすめられ、これの設計には加藤定彦、中尾圭次郎、私らの各技師が分担し、とくに車輪格納のための開閉覆いの研究には私があてられ、いずれも実用化に成功したのであった。

そして尾輪および着艦拘束フックはすべて、胴体内へ格納することとなり、その設計にはおなじく前記の三名があたり、これもまたみごと結実した。

また、世界でもはじめてという流線型の落下増槽が実用化されたのも、まさに画期的な出来事であった。

その他、細部にわたり改良をくわえ、きびしい軍の作戦に必要な空戦性能、航続距離、兵装艤装などに苦心をはらい、世界にほこる歴史的にも輝かしい偉功をたてた零戦が誕生したのである。

私がこの〝零戦〟によってうけた教訓は数多くあるが、なによりも、たとえ画期的なきびしい要求であっても、技術者としての創意工夫、不撓不屈の努力をして、それを打開する方法を考え、さらに具体化して成功させることができる、ということであった。

これらのことは、先輩諸氏もけっして教訓として言葉ではいわれない人格者ぞろいであったので、これはただ、そばにいて私が教訓として感じただけ、ということになるかも知れない。

なつかしのユニオン会

私が入社した当時、機体設計課内にユニオン会という親睦会があって、課長の服部譲次技師を会長にして毎年ハイキングや、昼休み時に課の全員がOB、中老、YBなどから三、四チームを編成して野球試合をやるなど、スポーツを通して健康とチームワークの必要を楽しみながら体得する、という機会があった。

このため課内には、陸、海軍むけ各設計グループらとも一心同体といった、親子兄弟のような空気がかもし出され、反面、仕事は規律ただしく厳粛に、という理想的なものとなっていた。

このへんで、純国産の開祖となった九〇式機上作業練習機の主務者である服部課長以下、そのころの人物山脈の一端を紹介してみよう。

まず艦上攻撃機主務者に松原元および大木春之助技師があり、零戦主務者の堀越二郎、久保富夫、曽根嘉年技師グループ、九六式陸攻主務者の本庄季郎技師のグループ、そして複座戦闘機関係の佐野栄太郎グループ、局地戦闘機関係の高橋己次郎技師グループ、烈風関係では曽根嘉年グループなど。

さらに陸軍むけの関係者には、九七司偵、九七式軽爆の主務者である河野文彦技師を筆頭に、九七式軍偵察機の主務者である大木春之助、水野正吉技師のグループ、九七式重爆主務者の仲田信四郎および小沢久之丞、田中治郎、杉山三一の各技師たちのグループと、多士済々、キラ星のような秀才ぞろいで、いずれの機種もみな大成功をおさめ、日本のために大きな貢献をされたのであった。

野球流にいえば、服部課長が総監督であって、そして各機種別の設計主務者が各チームのキャプテンということになろうか。

主将はつねに自らの各シートをかためさせ、このことによって各技師が一糸みだれず航空機設計競争にうちかつことができた、ということができる。

二十年ぶりのあの顔この顔

昭和二十年八月十五日、ついに終戦により日本は、航空機には無縁のものとされた。こうなると、当然、三菱航空機もおなじく解体のやむなきにいたり、航空機設計技術陣および工作技術陣の技術者たちは分散、という危機にみまわれることになったが、首脳陣はこれには大いに頭をいためたらしい。

もし、このまま解散されるとなれば、ふたたびこれだけの陣容をととのえることは不可能に近かったからである。

さいわいにしてすべて解散という憂き目だけはまぬがれたが、たとえ今後、平和産業に転換したとしても人員の大縮小はのがれられない、というのが現状であった。そこで、他の事業所あるいは関係会社への転職あっせんが行なわれ、なかには帰省するものもあり、終戦後はおたがいに音信もとだえがちとなってしまった。

ところが、終戦約二十年後の昭和三十九年になって、むかしの三菱航空機時代の機体設計課長であった服部さんの古稀の祝いをと、どこからともなく話題がもちあがり、さっそく長谷川実技師、林直三技師らが幹事となってうごきだした。

これを機会に、かつてのユニオン会をしのぶ〝ユニオン会想い出の会〟をやろうではないか、というわけである。

そして昭和三十九年三月二十一日、思い出の地名古屋において、服部さんの古稀の祝いをかねて行なわれたのであったが、おどろいたことに北は青森から、東京、名古屋、大阪はもちろんのこと、西は九州まで全国よりの参加者が集まり、その数三十九名にまでおよぶという盛会ぶりであった。

いずれの面々も、二十年ぶりの再会ということで、ことさらに懐旧の念もふかく、昔ばなしに花をさかせたのであった。なかには、当時の各人各様のクセをそのまま再現したりして、たがいに大いに若返ったものである。

そして、今年の参加者は増して、五十五名となっていた。

これだけをみても零戦を生み出した、かつての機体設計部の面影をしのぶに十分だと思う。楽しかった、苦しかった日々、そして、それを親子兄弟のように分かち合ったあの頃を、私は永久にわすれることはないだろう。

マスプロ王国〝中島製零戦〟興亡秘史

零戦を防空壕内で生産！ エンジニアが綴る苦闘の記録

当時 中島飛行機小泉製作所・設計技師 中村勝治

零式艦上戦闘機――いわゆる零戦は、制式機として採用のきまった昭和十五年七月から終戦までの五ヵ年間に、総数約一万四〇〇〇機が生産された。

同一機体で一万機以上も生産されたのは、日本ではもちろん零戦だけであるばかりか、世界でもきわめてまれな例であろう。

また太平洋戦争の開戦前から量産されておりながら、四年後の終戦のときにもなお生産がつづいていたという例もめずらしい。

中村勝治技師

とくに、戦争の第一線で彼我わたりあう戦闘機ならば、日進月歩、つぎつぎと新鋭機種に置き換えられるのが当たり前なのに、零戦がこんなにも長く現役を保ちえたということは、いかにその設計が優秀であったかをしめす反面、よりよい後継機をはやく戦場に送りだしえなかった日本航空工業の総合的底力の弱さを、いみじくも物語っているのかも知れない。
零戦を設計されたのは、私の学校の先輩にあたる三菱の堀越二郎技師であり、その設計・性能・戦果などについては、同氏その他の人々の著書を通して、ひろく世に知れわたっている。

しかし同機の生産に関してとなると、発表された記録は意外に少ない。じつは零戦一万余機のうち約三分の二にあたる六五七〇機は、中島飛行機の小泉製作所（群馬県）で生産されたものであり、心臓部にあたる栄発動機は、これまた全部、中島飛行機の東京工場（荻窪および多摩製作所）で設計され生産されたものである。

このほかに中島では、零戦の脚をフロートに置き換えた二式水上戦闘機を試作し、三二八機生産している。これもひろい意味での零戦生産にくわえていいかも知れない。

栄発動機（陸軍呼称ハ二五）は、零戦のほかに隼戦闘機、九七艦攻、夜戦月光その他にも装着されて、総合数二万一六五二台の多くが生産され、これまたわが国最大の記録をしめしたが、その約半数が零戦に搭載されたことになる。

なお、零戦の月別生産推移を七一頁の《表》および《図》にしめす。
開戦以来ひとすじに増産のペースをすすめてきた零戦生産が、昭和十九年七月のマリアナ失陥、十九年十一月のB29による本土初空襲などを転機として、徐々に凋落の途をたどっていった姿が、よくわかると思う。

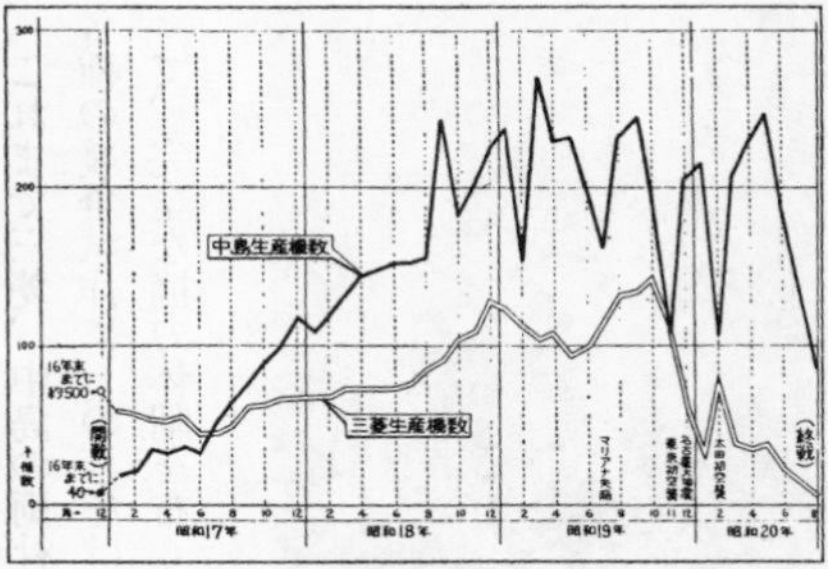

表1／零戦月別生産台数

（零戦P395を一部訂正）

		中島	三菱	計
16. 12月以前		40	約 500	約 540
昭和十七年	1月	19	60	79
	2	22	58	80
	3	35	55	90
	4	31	54	85
	5	36	58	94
	6	34	45	79
	7	52	46	98
	8	65	51	116
	9	75	64	139
	10	88	65	153
	11	99	67	166
	12	118	69	187
昭和十八年	1月	110	68	178
	2	119	69	188
	3	133	73	206
	4	144	73	217
	5	148	73	221
	6	152	73	225
	7	153	77	230
	8	156	85	241
	9	243	93	336
	10	182	105	287
	11	202	110	312
	12	225	130	355
昭和十九年	1月	238	125	363
	2	154	115	269
	3	● 271	105	376
	4	230	109	339
	5	232	95	327
	6	200	100	300
	7	163	115	278
	8	232	135	367
	9	245	135	● 380
	10	194	● 145	339
	11	109	115	224
	12	206	62	268
昭和二十年	1月	216	35	251
	2	108	59	167
	3	207	40	247
	4	230	37	267
	5	247	38	285
	6	185	23	208
	7	138	15	153
	8	85	6	91
計		6,570	約 3,839	約10,410

手を握ったライバル同士

昭和十五年の九月下旬、海軍・三菱・中島の三者幹部が、名古屋の三菱航空機に会合した。その席上、海軍側から、先般、制式機として採用した零式艦上戦闘機を海軍の主力戦闘機として急速に量産することに決定した旨の表明があり、

①この生産には三菱・中島の両社が協同して参加すること

②三菱は母会社として同機の設計変更および研究開発などに責任をもつこと

③中島は純生産の主力となること

などが指示された。そして中島は零戦の量産タイプ二一型（A6M2）の図面一式を、三菱から受け取った。（奥宮・堀越共著「零戦」より）

これまで三菱、中島の両社は、航空機製作のよきライバルとして、多年にわたって陸海軍各種の競争試作にしのぎをけずってきた仲だったが、この零戦生産ではたがいに手をとり合って、完全な協力体制を布くことになった。

区別すべく胴体の日の丸に白フチが付いている

鉄板敷きのラバウル飛行場での整備に余念のない中島製零戦二一型。三菱製と

ちなみに、海軍が昭和初期からとりつづけてきた海軍機の競争試作方針をやめて、いわゆる「実計計画」にもとづく各社分担試作方針に改めたのは、ちょうどこの頃ではなかったかと思う。

当時の中島の海軍機工場では、十三試陸戦（のちの月光）、十三試大攻（深山）、十四試艦攻（天山）などの試作開発がすすめられているかたわら、量産としては九七艦攻、零式輸送機（ＤＣ３）を生産していたていどだったから、零戦量産の内示をうけるや、さっそく量産用の構造検討、材料や治具の手配など準備に着手した。

おりしも昭和十五年の末には、海軍機専門工場として小泉製作所が誕生し、やがてその新工場のなかに零戦の組立治具がならび出した。それでも当時のわが国の工業能力としては、零戦量産の体制がととのうまでには、一年以上の時間を要したものらしい。

昭和十六年末の日米開戦のときまでに、小泉製作所をラインオフできたのは、やっと四十機を数えるていどでしかなかったのだ。

零戦は中島で若干量産むきに改造したとはいえ、根本的な構造は試作機のままであったから、必ずしも量産容易な機体とはいえなかった。

当時、航空機の組立工数はリベットの数に比例するなどといわれていたが、零戦と、後年の量産を意識しながら設計した彩雲、天雷などをリベット数でくらべてみると、それがよくわかると思う（七五頁の表参照）。

中島における零戦生産は、開戦後、月を追って数を増していったが（七一頁の表と図参照）、

機種	翼面積	自重	リベット数	鋲数／翼面積
零戦五二型	二一・三㎡	一、九七〇キロ	二三万本	一・一万本／㎡
彩雲（艦偵）	二五・五	二、八七五	一〇	〇・四
天雷（局戦）	三二・〇	五、四五〇	一三	〇・四

ミッドウェー海戦以後、南方戦場での需要が急激に増して、昭和十八年にはいるころには、小泉製作所一工場での一貫生産ではとても追いつけなくなった。

このような増産の要求は、零戦以外の機種でもまったく同様であった。

そして昭和十八年の中ごろからは、東日本一帯の紡績・製絲・織物工場などがつぎつぎに接収され、中島の小泉または太田製作所の分工場の名のもとに、部品工場あるいは半成品工場に転用されるようになった。

　さらに愛知県の知多半島に半田製作所を分家して、天山、彩雲の量産をここに移し、分工場網を東海地方にまでひろげたりした。

　こうして小泉製作所は昭和十九年の末に生徒などをくわえて、総数五万三千余名をかぞえるまでにふくれあがった。

　遠く青森や秋田、その他の各地から集団動員されてきて、毎日、小泉周辺の宿舎から工場通いをしていた女学生たちの、可憐で健気（けなげ）な姿は、いまでもはっきりと記憶に残っている。

　小泉における零戦生産の月産最高記録は、昭和十九年三月の二七一機で、三菱製をくわえた日本の零戦最高月産は同年九月の三八〇機であった。

　なお日本全体の航空機最高月産記録は、昭和十九年五月の二八五〇機であった。

山村にかくれてのゲリラ生産

昭和十九年六月十五日、サイパン島へ米軍が上陸したとのニュースを病床で聞いた私は、鋭利な刃物でグサリと身体を刺されたようなショックをおぼえ、そのときの実感を「黒南風(くろはえ)は嵐を触れて迫りけり」という拙句に吟(よ)んだ。それから約半月ほど後におとずれたマリアナ失陥は、わが国の航空機生産の様相を一変させる大きなきっかけとなったのである。

そのころ小泉飛行場には、飛行機受け取りの海軍将兵が毎日のように、サイパン・テニアンの前線基地から飛んできて、できたての銀河や零戦を領収して南方戦線に飛び帰っていたのだが、マリアナが陥落してしまうと、こんどは逆に、アメリカの爆撃機が直接、日本本土を空襲にやってくる可能性がでてきた。

それまでの航空機量産は、最終組立をする製作所本工場を中心として、各地に分工場や部品工場を展開させる集約生産型であったが、本工場や大きな分工場は好個の爆撃目標になるというので、こんどは部品工場も組立工場も、すべてを各地に分散疎開させ細分化し、空にたいしてカムフラージュするゲリラ型生産への転向方針がとられるようになった。

しかも、昭和十九年十一月の帝都初空襲で、東京の中島の発動機工場が大きな被害をうけたのをきっかけに、昭和二十年二月には群馬の機体工場の初空襲、さらにそれにつづく連日のB29や艦載機の空襲で、本工場ではオチオチ生産もつづけられなくなり、工場の疎開が緊急の実施項目にとりあげられることになった。

疎開生産の全貌をのべる紙面がないので、ここでは疎開工場のいくつかのかたちを例示しながら、零戦生産との関係を書いてみよう。

▽協力工場での組立作業

空襲危険度のすくない地方にある中小工場を協力工場として動員し、部品生産ばかりでなく組立作業をも、そこへ分散させることにした。

零戦の各部組立を受け持った板金協力工場は（昭二十年五月現在）会津航空（福島県）主翼翼端担当。宮崎航空（栃木県）主翼外翼前縁担当。山田航空（群馬県）主翼内翼前縁、昇降舵担当。両毛航空（群馬県）主翼内外翼後縁担当。小林機械（栃木県）主翼翼桁担当。鶴岡航空（山形県）補助翼、フラップ担当。茨城精工（茨城県）水平安定板担当。熊谷航空（埼玉県）後部胴体担当であった。

また小泉のほかに新設された零戦総組立工場は、若栗工場（茨城県霞ヶ浦南方）月産実績約五十機。静和工場（栃木県岩船南方）建設途中で終戦、であった。

▽学校工場での部品製作

北関東の中学校や専門学校を生徒ぐるみ学校工場として動員し、技術指導員を送って部品製作をおこなわせた。そして昭和十八年末から小泉本工場に動員されてきていた学徒たちの大部分は、もとの学校へもどっていった。

▽農山村の散開工場

農家の納屋や物置・蔵などを小工場に改装して、村落単位の散開工場群をつくった。この様式は、主として試作部門に活用され、零戦生産にはあまり参加しなかったと思う。日本最初のジェット機、橘花の試作一号機が群馬県世良田村の養蚕小屋のなかで完成したのは、有名な話である。

このほか、陸軍機の設計試作部門は、黒沢尻を中心とした岩手県全域の各町村に疎開しつつあったし、一時的に佐野・館林・熊谷など分散していた海軍機の設計試作部門は、合流して、妙義山麓に近い下仁田・一宮付近の山村に散開することになり、その移転作業中に終戦を迎えたのであった。

▽地下工場および山間隠蔽工場

地下工場の多くは、機械部品工場から資材倉庫として利用された。高尾山麓にトンネルをくり抜いてつくった浅川工場、埼玉県の史蹟である吉見の百穴を利用した吉松工場、建材の大谷石採掘で有名な栃木県大谷の石切場を活用した大谷工場などは、いずれも中島の発動機生産工場であった。

ただ穴のなかは換気が不十分なうえに、湿度が高かったためサビが発生しやすくて困ったと聞いている。また谷間や山林内に、隠ぺい工場の建設もすすめられていた。その一例として、群馬県利根川上流の後閑在の山間部に作った㊦工場がある。

ここは小泉製作所の分工場で、谷間の傾斜地を利用して建てた幾棟かの覆土式建築の群れからできており、通称後閑工場と呼ばれていた。機械工場であったが、強い夏の太陽の下で、照明が悪かったのか、ひどく薄暗い工場だったとの記憶が強い。

以上のべたような疎開分散型生産が、ひんぴんとおとずれる敵機の空襲下にすすめられたのだから、当然起こってくる問題は、資材や製品の供給複雑化と製品の精度低下とであった。これを今日流の表現でいうならば、物的流通と品質管理の弱体化であって、これが結果的には、戦争末期における生産量の減少や、飛行機の性能と稼動率の低下につながったのである。

昭和二十年五月現在、小泉製作所だけでも、材料部品の調達供給を主務とする生産第二部に二千名ちかい多数の人員が配されて、生産日程の確保につとめたのであった。

正規ルートの調達ではタイムリーな資材供給ができないとみるや、多数の部員が外注工場に馳せつけ、リュックサックに部品をいれて、つぎの工程工場に運ぶなどという、人海戦術をとっていたのが印象的であった。

このような努力にもかかわらず、生産量は徐々に減っていった。三菱における零戦生産量の低下も、中島以上に大きかったようである。

そのうちに起こってきた問題は、原材料の涸渇であった。

三十年前の議事録

中島飛行機株式会社は、昭和二十年四月一日をもって、第一軍工廠と社名が変わり、全設備、全従業員をまとめて国に提供させられて、軍需省の直轄工場になってしまった。

それまででも、航空機を作るのに必要な材料の入手は軍需省の統制下にあったのだが、軍需工廠ともなると、より一層きびしい割当制のもとで材料や副資料を入手し、それと傘下の分工場・協力工場などに配分しつつ、生産をつづけなければならなかった。

ところがやがて、その割り当てられるべき材料がなくなりそうだ、という異常事態がやってきた。

昭和二十年になってからは、国内の交通路が混乱とマヒにおちいっていたばかりでなく、南方海上の制空権を失って、海上からの交通輸送路は封鎖されていたにひとしかった。その結果、原油や原鉱石の輸入がしだいに途絶えていった。

その深刻さは、昭和四十八年の石油ショックのおりの日本のあわて方などとは、雲泥の差のきびしいものだった。

すなわち、飛行機を作るアルミニウムが欠乏し、飛行機を飛ばすガソリンがなくなってきたのだ。しかも戦いをつづけるかぎり、われわれは何としてでも、航空機の生産を維持して、前線に送り出さなければならなかった。

いま私の手もとに、昭和二十年六月十三日、群馬県太田で開かれた「試作態勢整備に関する会議」の議事録が残っている。そのなかから、航空機材料に関する部分をひろいだしてみると、こんな発言がある。

海軍航空本部長の所見として、「ガソリンは極度に不足しているから、ガソリンは誉系統の発動機にあてて、他は松根油でやることになる。後者としては、ジェットエンジンのネ二〇の局戦をやりたい。四発爆撃機連山の試作を中止し、今後は特攻機と要撃機との二つが必

ラバウル東飛行場でエンジンを整備する零戦二一型。中島製の栄発動機を搭載

要になる」とある。

また陸軍航空本部の所見として、「アルミの保有量は九月一杯ということになっているが、いまの状況では、今年一杯はあるかもしれない。しかし来年の試作機は、木製でやらなくてはならないだろう。緊急に、航空機の木鋼製化の設計試作態勢をつくり、試作を促進しなくてはならない」と。

そしてジェット機「橘花(きっか)」の試作が急がされ、木鋼製の特攻機「剣」がつくられ、四式戦闘機「疾風」の木製化がすすめられることになったのであるけれど、私自身は、今後の飛行機の設計に、かつての日のような情熱を燃やす気力を失ってしまっていた。

こんな情勢のなかにあってもなお、前述のように工場の疎開はすすめられ、零戦の生産はつづけられていたのだった。あの、八月十五日の正午まで。

海軍戦闘機の機銃と共に二十一年

戦闘機の兵装ひとすじに生きた純兵器出身初の海軍士官〝機銃博士〟の半生！

元横須賀航空隊分隊長・海軍大尉　田中悦太郎

日本海軍で、飛行機に搭載する射撃爆撃兵器専門の整備員（兵器員）を養成するようになったのは、大正十四年からであった。

このころの海軍航空隊は、全国に霞ヶ浦、横須賀、佐世保、それに九州の大村だけしかなく、霞ヶ浦で航空要員の全部、すなわち操縦、偵察、整備の各学生（士官）、各練習生（下士官兵）が、別途に養成されていた。

私は海軍三等水兵で軍艦扶桑（ふそう）に勤務中、操縦、偵察の各練習生の採用試験を一回ずつ受験したが、そのころの体格検査はとても厳重でいつもはねられ、のちには年齢の関係で受験できないので、整備術練習生中の一分科（射爆）の試験をうけて合格、大正十五年三月三日、霞ヶ浦航空隊に入隊、航空要員への第一歩を踏み出したのである。

田中悦太郎大尉

同期生はわずかに九名という少人数で、大正時代に養成された同僚は、わずか十数名にすぎず、ほとんどが終戦まで中堅になって活躍した者ばかりである。昭和に入ってから、海軍航空は拡大に拡大をつづけ、終戦直前には同じ射爆員（下士官兵）を一年に何千名も養成せねば間に合わぬほどになっていた。

その当時、海軍航空で使っていた機銃は、終戦間際まで引きつづき使用された留式七ミリ七旋回機銃（偵察員用）と、毘式七ミリ七固定機銃（戦闘機用）の二種類だけで、両方とも英国空軍から分けてもらい、使い方も教えてもらったものばかりで、日本では飛行機用機銃を造るところもなく、弾薬包も全部輸入したものばかりであった。

なにぶんにも、昭和の初めに海軍で戦闘機のあったのは、霞ケ浦、横須賀、大村の各航空隊と母艦の鳳翔に各五機か十機あった程度で、固定機銃（戦闘機の前方に向けて飛行機に固定搭載する機銃）の所要数など、ごくわずかなもので、また日常訓練も実戦の経験者は一人もなく、したがって操縦や空中戦闘の訓練が多く、空中で機銃を射撃する訓練はきわめてまれであった。

当時の戦闘機は一〇式艦上戦闘機の一機種だけで、大正十年から昭和三年までに三菱で一二八機が生産され、発動機はイスパノ三〇〇馬力（三菱製）だった。

機銃は前記の船着毘式七・七ミリ固定機銃二梃、携行弾数は一梃六〇〇発ずつの単座戦闘機で、木製羽布張複葉の木製プロペラ機である。速力も終戦当時に使用した紫電改あたりの三分の一そこそこだったが、それですら当時としては、空の護りを託していたわけである。

それが紫電改では同じ単座戦闘機でも、発動機は誉(ほまれ)一一型一九九〇馬力であり、搭載機銃はエリコン二〇ミリ機銃四梃、携行弾数一梃二〇〇発までに進歩していたのであるから、その間、二十年近い年月とはいいながら、じつに長足の進歩を遂げていたわけである。

さてこのような優秀な戦闘機は、一足飛びに出来たのではなく、この間、海軍で多量につかった単座戦闘機の進歩の過程は下表のようである。

このほかフロートのついた水上戦闘機も、多少は造って実戦につかい、また内地空襲があるようになってから、主として夜間飛行のできる偵察機の胴体上部の斜め前方三十度に二〇ミリ機銃を装備して、昼夜間を問わずB29を追いまわした。

これを夜間戦闘機と呼んでいたが、これは敵の戦闘機に出会ったら、ほとんど空中戦闘はできず、逃げるより仕方のないしろものながら、夜間、B29を追いかけるには、単座の戦闘機より都合がよく、夜間戦闘機の花形月光(げっこう)が太平洋戦争末期の本土防空に大威力を発揮したのは、世間周知の通りである。

なお終戦時、実験中の戦闘機に秋水(しゅうすい)と震電(しんでん)の二機種があり、これは両者ともB29が来かけ

	名称	製作所	製作機数	製作年代	装備機銃
艦上戦闘機	三式	中島		昭四〜七	七・七粍×二
	九〇式	右同		昭七〜十二	右同
	九五式	右同		昭十一〜十五	右同
	九六式	三菱	九二九	昭九〜十五	右同
	零式	三菱	三、八四〇	昭十三〜二〇	二〇粍×二 七・七粍×二 又は二〇粍×二 十三粍×二〜三
		中島	六、五七〇	昭十六〜二〇	
その他	雷電	三菱	四七六	昭十七〜二〇	二〇粍×二 七・七粍×二又は二〇粍×四
	紫電	川西	一〇〇九	和十六〜二〇	二〇粍×四
	紫電改	川西	四一六	右同	二〇粍×四

てから、この迎撃用に実験にかかったものである。

英人教官の講習

飛行機は初度設計から量産に移して戦線に出すまでには、どんなに早くても、三〜四ヵ年を要する。四年戦った太平洋戦争が始まってから初度設計にかかった機種もたくさんあるが、これらのうち終戦までに量産に移って戦線に送ったものは一機種もなかった。

秋水は日本特殊鋼製の三〇ミリ機銃を二梃携行し、一梃六十発の弾丸をもち、震電は同三〇ミリ機銃を四梃携行し、弾数は一梃六十発ずつを搭載予定であった。両機はいずれも優にB29を確実に撃墜できるはずの性能を持っていたが、終戦時やっと試作機ができた程度で、後の祭りであった。

このほか横須賀航空隊の実験機「天雷」双発単座戦闘機（中島で六機のみ生産）一機だけに、三〇ミリ機銃二梃を斜め前方七十度に固定装備し、昼間B29迎撃に数回出動した。それはちょうど高角砲を持ち上げたようになるが、これは敵撃墜の機会にめぐまれず終戦になった。

さて私は、前記のように霞ヶ浦航空隊で大正十五年に普通科練習生を卒業し、昭和五年には高等科練習生を終え、つづいて昭和六年には英国空軍から招聘した教官から、やはり霞ヶ浦で六ヵ月間の機銃精密整備法の講習をうけ、昭和八、九、十年は、横須賀航空隊で下士官教員をやり、昭和十年暮れに准士官に任官して、佐伯航空隊で勤務した。

昭和十一年暮れから終戦までの間に、一ヵ年だけ支那事変に出たほかは連続横須賀航空隊
勤務で、海軍とはいいながらほとんど陸上勤務ばかりであった。
年がら年中、実験機銃や実験戦闘機いじりの機銃狂のようにいわれて、七・七ミリ固定機
銃の改良、一三ミリ、二〇ミリ（一号銃、二号銃）三〇ミリ機銃、戦闘機の方は零戦、雷電、
紫電、紫電改、その他、当時、実験された前記固定機銃装備のほとんど全機種の兵装実験現
場主務者として実験に専念していた次第である。
昭和六年の英国空軍教官による機銃の精密整備法講習受講者は、全部で十一名で、機銃の
博士になったような気分だった。一部の同僚は昭和七年の第一次上海事変に参加したが、そ
れまで海軍戦闘機には実戦の経験者がなく、この空戦も少数機、短期間であったので、後で
述べる七・七ミリ固定機銃の重大な欠陥もやかましく問題になるにいたらなかった。
一方、私は昭和八、九、十年横須賀航空隊練習生の教員として、英国教官から習ったこと
を得意になって受け売りしつづけ、昭和十年暮れに准士官になった次第である。

機銃狂として

佐伯では掌飛行長、掌砲長兼戦闘機隊付を命ぜられ、このときの隊長が山中竜太郎少佐で
あり、分隊長は玉井浅一大尉であった。ちょうどそのころ佐伯航空隊は、戦闘機操縦者の基
礎訓練に重点をおき、開設されたばかりであった。戦闘機は九〇式艦戦が二〇〇機程度で、
毎日のように飛行し、射撃訓練も激（はげ）しくやっていた。私としては純兵器出身の日本海軍最初

の准士官として、腕の見せどころであった。しかし、いざやってみると、相当の故障が出て思ったように弾丸が出ない。

九〇戦は機銃二梃が操縦者の前方計器盤の上方両側に装備され、プロペラ回転中に、その間隙をぬって弾丸が通過するようになっていた。携行弾数は一梃六〇〇発ずつだったが、空中で操縦者が機銃の故障を復旧することはなかなか困難であり、初心者はなおさらで、ひどい故障は復旧できず、空戦中の故障は好機を逸し、あるいは自機の致命傷ともなった。

私は何とかして、どの操縦者も全弾射ち尽くしてくるような整備がしてみたいと思った。この解明に寝食を忘れて乗り出したのが私の機銃狂のはじまりで、文字どおり月月火水木金金であった。

その当時ちょうど二・二六事件がおきて、佐伯で訓練中の母艦鳳翔（ほうしょう）が戦闘機全弾装備で東京湾へ至急回航するという。私には東京がどんなに混乱しているか全然わからないが、もし鳳翔の戦闘機が東京で飛びだして全弾射つほどの必要にせまられても、とても全弾どころか片銃一〇〇発か、二〇〇発も出ないうちに、空中では復旧できないような故障になるだろうと思った次第である。

どうしてこう弾丸の出ない戦闘機を長年なおざりにして来たものだろう。もし大戦争が急に起きたらどうするつもりか、誰もこれを研究改善する人もおらず、またそうさせる係も置いていなかったことを思うと、不思議に思われてならなかった。しかし、私としてはそれでこの重大研究課題が与えられたわけだ。

当時は横須賀海軍工廠機銃工場で、やっと毘式七・七ミリ固定機銃の製造にかかったばかりで、まだ実施部隊の機銃は、ほとんど英国から輸入した船着銃ばかりであった。輸入の年代によって、古い銃や新しい銃を、長いあいだ同じ整備台で、二梃三梃と同時に分解手入れすると、知らずしらずのうちに部分品が混合し、結合した後の各部の間隙などが正規外となっているが、部品に合番号が打ってないので、どうしようもなかった。

昭和七年、第一次上海事変につかった三式艦戦は、機銃が胴体下方に装備され、弾倉が浅かった。しかし九〇戦では弾倉が深いために、弾丸を射って残弾が少なくなったときに、機銃からたれさがる弾帯が長かった。したがって、機銃が自力で引き揚げねばならない弾帯の重量が、弾倉が深いほど重くなり、結局、弾倉が深いほど給弾力の強い機銃でなければならないということになる。

意見書を上申

もともと毘式七・七ミリ機銃は、水冷の地上銃を、空冷の空中銃に直したもので、九〇戦では、機銃から弾倉底部までは弾帯が約六十発たれさがることとなり、六十発くらいは何とか引き揚げたとしても、空中で飛行機が引き起こしの運動をやると、機内のすべての物体が飛行機の底部へおしつけられる運動が起こることになる。

弾帯も同様で、強い引き起こしには、五、六グラムもかかることとなり（弾帯の重量が五倍も六倍もと同様となる）そのうえ機銃の銃身も、一発ごとに前後運動をしているが、これも地上または水平飛行中の射撃にくらべて引き起こし中の射撃は、五倍も六倍もの重量となって運動しにくくなる。

このように、空中でほとんど使い物にならないほど故障が多いのは、機銃整備の良否でなく、機能上に欠陥があり、そして、それがどこにあるのか具体的に研究して見つけ出すのに、半年以上かかった。

山中隊長や玉井分隊長のあたたかい諒解を得つつ、二万発以上もの弾丸を地上で射って、研究に研究をかさねたわけである。そしてその間、当時までの海軍戦闘機隊でいちばん旧い大村航空隊へ視察にやってもらったところ、弾丸が思うように出ないことは佐伯と同じであった。陸軍戦闘機航空隊のある太刀洗も近いので、いっしょに見学した。

そのころ小倉陸軍工廠で、陸軍の航空用毘式七・七ミリ固定機銃をつくっており、ここへも視察にやってもらい、だいたい結論が出たところで、司令荒木保大佐の名前で、海軍航空本部総務部長宛に戦闘機の機銃の現状はかくかくであるから、至急、根本的に研究改良しなければ、戦時まことに寒心にたえずと、激越にして詳細な意見書を起案し、中央当局に上申してもらった。

さあ、中央の機銃関係者は大さわぎであった。さっそく航空技術廠の射撃科長の藤松達次中佐や、横須賀海軍工廠からも係官が佐伯へ調査にきて、つづいて横須賀で毘式七・七固定機銃の本格的実験がはじめられることになった。

さしあたって全海軍各航空部隊から、各二〜三名ずつの兵器員を、横須賀海軍工廠（横廠）機銃工場にあつめ、機銃整備の要点を一週間にわたり臨時講習されることとなり、私も講習員として佐伯から上京参加した。

この講習によって、はじめて昭和六年の英空軍教官から習った整備法から脱皮し、日本海軍式の整備法が、実施部隊へ流れはじめた次第であった。

英空軍教官も、本国で使用している教科書や参考書をたくさん持ってきて教えたので、故意にウソを教えたわけでもなく、船着銃の新品そのままでも大荷重射撃（急激な引き越し中の射撃）では弾丸が出ないのは同じことで、当時までは英空軍でも徹底した研究ができていなかったものと思われた。

七・七ミリの改良

横廠の機銃講習がおわって、佐伯へ帰ると間もなく（昭和十一年十一月）、横須賀航空隊付に転勤を命ぜられた。佐伯で横空からきた間瀬平一郎兵曹長と交代に掌飛行長を受けつぎ、横須賀へ着任すると、私は今度は戦闘機付で、いよいよ機銃や戦闘機兵装を専門に研究する配置となった。

最初の仕事として、自分で騒ぎ出した毘式七・七ミリ固定機銃の改良に、航空技術廠に協力することになった。航空技術廠射撃科では、川北智三（戦後防衛庁技研）や久保功（戦後防衛庁調達実施本部）が、この機銃改良を熱心に研究していた。

空中実験の担当は横須賀航空隊で、中野忠二郎戦闘機隊隊長のもと、大林分隊長や新郷分隊士（戦後航空自衛隊）について、私がこの整備にあたり、横須賀海軍工廠機銃工場長の上野治作大佐も熱心に協力して、昭和十二年五月はじめまでに、機銃のどことどこを、どのように改良すれば弾倉の深い戦闘機で、かつ急激な引き起こし運動中でも、順調に発射をつづけられるかを確認し得た。

五月中旬にこの成果にもとづいて、全海軍の戦闘機用機銃をいかに処理するかの件で、航空本部、航空技術廠および横須賀航空隊関係者一同の合同会議が開催せられ、私は階級ではいちばん末席ながら、現場の一番ながい経験者として、年来の主張を実現すべく強硬に頑張った。

戦争がいつ始まるかわからない現在、このような故障の多い機銃を実施部隊にあてがっておいて、どうするのか、是非とも全海軍の戦闘機隊機銃を至急に順次工廠に回収して、改造して頂きたいと力説した。

これに対して、工廠では予期しない大仕事ながら、機銃工場長の上野大佐が快く引き受けられた。

それから夜に日をついで、横須賀海軍工廠で、毘式七・七ミリ機銃の改造がはじまった。なにしろ交代に渡す機銃が少数しかないので、全部を一時に集めるわけにはいかず、新製銃をA部隊に送り、Aの古銃を回収改造してB艦にまわし、Bの古銃を改造してC部隊にまわすというやり方であった。

私としては古い悪い機銃で、どんなに熱心に整備してみたところで、荷重射撃にはぜんぜん駄目で、戦闘機の戦力発揮不能はもちろんのこと、実施部隊で多くの後輩がただやたらに苦労するばかりだ。

何とかして、だれが整備しても正規に整備すれば、空中でいかなる運動中も、故障が絶対にないものを、実施部隊後輩の手許に送りたい一心だった。

酬いられた苦心

横廠機銃工場で右の改造がはじまって間もなく、昭和十二年七月、突如、第二次上海事変がはじまり、同事変の海軍の空戦はすべて九五艦戦または九六艦戦の改良直後の高精能機銃で行なわれたわけで、つぎつぎに見事な戦果があがった。

しかし、もしこの機銃の改良がもう一年遅かったら、その事変で、わが海軍戦闘機隊はどんなに苦戦したことだろうか。私がやらずとも、誰かがやったかも知れないが、あるいは誰もやらなかったかも知れず、当時、上海で奮戦中の戦闘機隊搭乗員や兵器員後輩から、機銃好調を伝える手紙を続々ともらったものである。

同年十月か十一月ころ、当時の海軍航空本部教育部長の大西瀧治郎大佐からも、お褒めのお手紙を頂いた。その一節に、「今次事変において、我海軍戦闘機隊が赫々たる戦果を挙げつつあるは、機銃改善に関し、貴下の佐伯空当時よりの熱狂的御努力によるところ多く、絶大の敬意と感謝を捧ぐる次第に有之候」とあった。

ついで昭和十二年暮れから、十三年春にかけて、二ヵ月にわたり本年度実験の成果を伝えるべく、内地全航空隊へ毘式七・七ミリ固定機銃の整備法の巡回講習を命ぜられ、今度は私から各部隊兵器員、後輩や搭乗員に、新整備法や取扱法を伝授した。

これで、この銃はいよいよ私の手許をはなれて一本立ちとなり、昭和十五年の秋に二〇ミリ機銃をつんだ零戦が戦列に参加するまでは、幾多の空中戦に、機銃としてはこの銃だけで多大の戦果を挙げたのであった。

初期の零戦にも、二〇ミリ機銃二梃のほか、毘式七・七ミリ機銃二梃が装備されていたが、二〇ミリの威力の前に、七・七ミリは逐次その重要性を失い、また敵機の防弾強化などのため効果は漸減した。太平洋戦争中期からは、ついに二〇ミリ機銃や一三ミリ機銃にバトンを譲って、戦闘機ではこの銃を使用しないようになった。

なお七・七ミリの英国からの輸入は昭和十二年夏ごろで終わり、これも注文の半数の二五〇梃ほどを送ってきたのが最後であった。その後の補給全部を横廠製の国産機銃でやっと充足しえた状況で、横廠では機銃も弾薬包も同時に生産開始されたが、初期の国産七・七ミリ弾薬包は出来が悪く故障が多くて、舶着弾薬包の残品を昭和十四年ころまで貴重がって使用していた次第だ。

零戦とともに

零戦は前記の毘式七・七ミリ固定機銃と同様に、私が心血をそそいで育て上げた終生忘れ得ぬ愛機である。

リ機銃を追加した。機首上部右側の13ミリと両翼合わせて機銃５梃である

武装を強化した零戦五二型丙。主翼内側の九九式二号20ミリの外側に三式13ミ

昭和十三年の春、実施部隊へ七・七ミリ固定機銃の巡回講習を終えて、ほっと一息ついた。が、機銃の方は当分これでよいが、当時、戦闘中の九六艦戦機体内の七・七ミリ機銃弾倉や、弾帯通路打殻(うちがら)放出筒などは、機銃の空中機能を完全に発揮するうえからは、不満足の点ばかりだった。

これに起因する機銃の故障は、いかに機銃を改良したとて避けられなかった。九五艦戦、九〇艦戦、あるいは同じ機銃を積んでいる艦爆や水偵では、まだまだひどかった。これを満足のいくものに改良するには、どうすればよいか。

それは飛行機の機体の初度設計のさいに、機銃の機能に精通した者が立ち会い、設計者を指導するよりほかに方法はなかった。そこで考えついたのは、まず第一に、海軍関係各飛行機会社の機銃兵装部分の設計担当者を横須賀にあつめてもらい、機銃の機能概要や該部設計上の要望事項を、詳細に講習することであった。

まず第一に、当時、設計中の十二試艦上戦闘機（のちの零戦）から、われわれの要求どおりの飛行機にしてもらうように、さっそく源田実隊長に申し出た。源田隊長はすぐに航空技術廠射撃科長の藤松中佐に相談してくれ、旬日ならずして、各飛行機会社の担当者を一週間の講習予定で、横須賀に招集してくれた。

最初の三日間は空技廠で機銃を、あとの三日間は横空で、私が七・七ミリ固定機銃を積んでいる新旧すべての機種の実地について不具合の箇所を指摘し、頭の中にだけ描いている理想型式を示して、強く要望したのであった。

この時から、私の零戦への関与がはじまり、昭和十三年暮れの零戦木型審査には、機銃にもっとも大切な給弾通路（弾倉と機銃間の接続部で飛行機機体の一部）の理想型を横空で試作して名古屋三菱に携行し、さらに各部を修正してもらって、やっとこれで永い間の懸案が解決した。

七・七ミリ固定機銃兵装としては理想のものが出来あがり、のちに何千機もつくった零戦の機銃の型が決ったのであった。

昭和十三年の暮れに南支方面の戦線へ出て、十四年暮れにまた横空へ帰って間もなく、零戦一号機の完成審査に名古屋三菱へ行ってみると、今度は実機が出来あがっていた。初めて見るとすばらしい戦闘機であった。

その頃、前進基地である漢口や私のいた南支では、九六式陸上攻撃機隊が連日のように、長駆、中国奥地の空襲を敢行していたが、その当時としては非常な長距離であったので、九六戦では航続距離の点で爆撃隊の掩護（えんご）ができず、一日も早く航続距離の長い次期戦闘機の戦列参加を要望されつつあった時である。九六戦はもはや時代遅れの感が深かった。

零戦兵装の変遷と紫電改

こんな状況で、零戦を一日も早く仕上げて戦地に出すことは、私どもに課せられた緊急な責務であった。

昭和十五年春、横空戦闘機隊の下川万兵衛分隊長のもとで零戦の実用実験が開始され、各種性能実験がだいたいすんだところで、今度は私の担任の兵装実験であった。

七・七ミリの方は、前記のように機銃が改良されているうえに、機体も兵装も既往各機種の教訓を充分に採り入れてあるので、ほとんど問題も起こらなかったが、二〇ミリの方は何分にも機もはじめてのもの、機体の二〇ミリ兵装部分も初めてのもので、三菱の該部設計担当者も私も、ともに経験が浅く、各部に不具合の箇所が出て、なかなか簡単にいかない。

当時の二〇ミリ機銃は空気装塡、空気発射で、大きな圧搾空気の気蓄器を飛行機のそばへ持ってきて、機体内の小さい気蓄器に補給し、機内には空気配管系統が入りくんで、圧力調整器の外塞止弁も多く、これらの接続部や弁からの空気の洩れがなかなか止まらず、これを洩れないようなよい整備状態までにするのには一苦労した。

やっと発射関係の整備法を探究し、つぎは翼内打殻通路（うちがら）の位置、形状の不具合などから、初期の空中射撃実験に打殻放出不良などの故障が続出したので、この部に再三にわたり小改造を加えつつ、空中射撃の実験を続行して、やっと解決した。

このようにして昭和十五年中頃には、ほぼ一通り同機の実験が終了した。

八月はじめ、最初の量産機五機がきた。ただちに二〇ミリ、七・七ミリともに機銃を搭載し、充分に試射して兵装完備のうえ、八月七日、最初の零戦分隊長として漢口に進出した横山保大尉が、この五機を率いて出発した。つぎの飛行機も同様に兵装完備のうえ、八月十二日、下川万兵衛大尉が空輸指揮官として出発した。

三菱でつくる零戦は、全部いったん横空へきて、私の指揮で兵装完備のうえ、初めのうちはみな中支へ送られた。下川大尉も三〜四回空輸していかれ、いつも二〜三日目には中攻で帰ってこられた。

零戦が最初に二〇ミリの威力を発揮して大戦果をあげるのは、いつかいつかと待っていると、九月十三日に重慶上空で、わが零戦隊が敵三十二機を捕捉し、実に二十七機を撃墜したとの情報がはいった。下川大尉が漢口で直接その戦闘状況をきいてこられて説明され、あらためて二〇ミリの威力の大きいことを知り、わがことのように喜んだのであった。

それから昭和十六年の中頃まで三菱でできる零戦は全部（二五〇機近くまで）、いったん横空へ空輸され、私の指揮で兵器完備試射のうえ各部隊や母艦に配給されたのであった。

そのうち太平洋戦争に突入し、零戦が太平洋のすみずみまで大威力を発揮して、一時は米空軍をふるえ上がらせたのは読者周知の通りである。

開戦まもなく、二〇ミリ機銃の携行弾数が片銃六十発では、弾丸が少な過ぎてどうにもならない、なんとかもっと、携行弾数を増加して欲しいと、各部隊からいってくる。そして、だんだんこの要求が熾烈になって来た。そこで空技廠で、差し当たりの対策として考案されたのが、一〇〇発入り弾倉で、一方ではこの銃を弾帯式に改造する研究に着手せられたのである。

一〇〇発入り弾倉を装備して、空中実験してみたが、ちょっと荷重をかけると、すぐ弾丸が出なくなった。実験は急ぐし、いろいろと工夫に工夫をこらし、飛行機翼内機銃装備部に機銃押上装備や、弾倉吊上固定装置などの特殊な工夫をこらし、やっと解決した。

以後の生産機は一〇〇発入り弾倉が装備されるように翼上下面にふくらみを持たせ、かつ前記特殊装置を付属させるようにして、戦地に出すことになった。しかし、この型式の飛行機が、ちょうど母艦に相当数送られ、まだ兵器員が充分その取り扱いになれていないときに、あいにくミッドウェー海戦に遭遇した。寒い時期だったと今でも思っている。

それ以後にも、零戦の兵装は、改造に改造をかさねられた。兵装の小改造にいたっては枚挙にいとまがないありさまで、いずれも戦地部隊からの緊急要求や、兵器の方でやっと準備ができたので、戦力増加のため一刻も早く戦地に出したいためなどのものであった。

試作改造機を一機つくって急速実験をやり、よかったところで、量産中の第何号機から、どこをどう改造するようにと、三菱や中島へ指示するやり方で、航空本部部員や空技廠の人たちと協力してやるのだが、現場主務者としての私の忙しかったことはもちろんであった。

零戦だけにはかかっておれず、ほかにも、はじめにあげたように各種の機銃や実験機に関与しつつ、よくも身体がつづいたと思うほどであった。ただ勝ちたい一心で、無我夢中で終戦までやり通したのであった。

なお二〇ミリの一号銃と二号銃と異なる点は、弾丸の質量は同じだが、二号銃の方が薬莢が長く（それだけ装薬が多い）、初速が速く、弾道が一号銃より直線に近く、したがって命中率がよく、それだけに機銃自体の全長が長く重量も重いのである。

つぎに紫電改は、終戦直前になってから、わずかに三〇〇機程度つくられたものであり、二〇ミリ機銃兵装については最初から零戦でさんざん苦労した資料が入手されており、初めから二〇ミリ機銃二号銃ベルト給弾型式のものを装備するように設計されたため、兵装実験の方ではあまり問題は起こらなかった。

九六艦戦に生命を託して 搭乗印象記

全金属性、低翼単葉。航空技術を一変させた堀越技師設計による傑作機

元十二空搭乗員・海軍少佐 小福田晧文

私の九六式艦上戦闘機（九六艦戦）とのつき合いは、昭和十三年六月、中支の南京飛行場からはじまった。この九六艦戦とともに中支の空に敵をもとめて駆けまわること半年、南京からはじまって安慶、九江、漢口とつぎつぎ揚子江を上流に向け進撃、新しい基地に移っていった。そしてその年の暮れ、生死を共にしたこの九六艦戦に別れをつげ、漢口をあとに内地に帰還することとなった。

そして着任した部隊が大分海軍航空隊、ここでまた九六艦戦による学生パイロットの教育を担当して一年、そしてその次は南支戦線へ……スッカリ仲よくなった九六艦戦にふたたび生命を託しての戦場の日々を送ることになった。

新旧の間の段差

機種の変わった飛行機を初めて操縦するときの感じというものは、誰でも緊張とともに非

常な違和感を感じるものである。自動車でも新しいものを初めて運転するときは、やはり最初は皆ちょっと勝手が違い緊張することは誰でも経験している。

現在の旅客機などの座席をのぞくと、操縦席まわりに素人は度胆を抜かれる。なにしろ無数の計器で埋められているからである。航空機の場合、機種が新しくなるたびに計器やスイッチ、操作把柄などの数が増えていくのが普通で、いかにも高級複雑な新鋭機の感じをあたえられる——慣れてくるとなんということもないのだが——。新しい機種の飛行機をはじめて操縦するとき、パイロットに心理的脅威（？）をあたえるものの一つに、この座席まわりの〝威圧感〟があると思う。また飛行機にかぎらず何事でも古い慣れたものから新しいものへの移行で問題となるのは、〝新旧の間の段差〟の大小であると思う。

さて、日本海軍の歴代戦闘機のなかで、この段差の一番大きかったのはこの九六艦戦ではなかったかと私は考えている。それは、なんといっても機体の画期的変革、複葉から低翼単葉になったということである。その後の戦闘機の大きな変化、すなわち段差はレシプロからジェットエンジンへの移行ということであろうか。

屋根なし機の長所と短所

昭和十三年六月、私はそれまで空母龍驤（りゅうじょう）ではじめて複葉の九五戦に乗り、中国大陸の沿岸を北から南へ、海上封鎖と内陸への航空作戦に従事したのち内地に帰還、連合艦隊に復帰して九五戦による本格的猛訓練中のある日、突然、中支方面の第十二航空隊に転勤命令をう

堀越二郎技師を主務として日本の航空技術の粋を集めて製作された九六艦戦

けた。
この十二航空隊は、前年の事変勃発以来、当初、上海に進出し、爾後、日本海軍の進撃とともに南京まで進出しており、当時、新鋭の九六艦戦の部隊であった。九六艦戦の二個分隊、常用補用合計三十六機を保有するこの部隊の分隊長を命ぜられた。しかし分隊長とはいいながら、生まれて初めての九六艦戦であり、しかも戦場で暇を見ての習熟飛行をやり、一日も

早くこの飛行機の操縦を身につけなければならない。息詰まるような毎日であった。そして悪いことにちょうど梅雨期にかかり、霖雨つづきで思うように飛行もできず、心ばかり焦った当時を思い出す。

初めて乗る九六艦戦は、それまでの複葉戦闘機にくらべ全く斬新、精悍な感じで、いまの言葉でいえばまことにカッコイイ文字どおりの新鋭機であった。とくに当時占領した南京の飛行場は、郊外の大校場という一二〇〇メートル四方くらいの飛行場で、わが日本の陸海軍が共用していた。海軍の低翼単葉機九六艦戦三十機に近い列線は、まさに壮観という感じであった。

私は既述のように、南京に着任するとさっそく九六艦戦の「取扱説明書」と「操縦参考資料」を持ってこさせ、ネジリ鉢巻の猛勉強である。そして飛行機を用意させ、操縦訓練をはじめた。誰も皆そうであったと思うが、なにしろ低翼単葉の飛行機に初めて乗ったとき感じるのは、まるで屋根のない家にいるような感じで、なんとも落ちつかない。

これがいまでも印象に残る記憶であった。

そして次は空中の操縦性だが、九六艦戦は横操作がとくに軽快で、はじめのうちは飛行中、横にグラグラしてちょっとも油断できない、気味の悪いくらいの感じである。しかし後になって慣れてくると、この横の軽快性は空中戦闘での一つの長所であるということに気がついた。

また前述の屋根なし機という感じのこの低翼単葉型は上方、とくに空中戦闘中、大事な前上方の視界がいい点で非常に有利であることもわかってきた。ただ、低翼単葉機は複座機の場合の「下翼」よりも遙かにその面積が大きいので、下方視界がかなり悪くなるということもこの時わかった。

九六艦戦を操縦して初めての着陸であるが、大勢の見ている中なので少し緊張はしたが、着陸に関してはそれまで空母加賀(かが)や龍驤などで充分に苦労しているので、それほど難しいとも感じなかった。後述するように着陸直前の低速時のバルーニング（浮き上がり）の傾向が若干感じられた。地上滑走における足の緩衝の悪いのはこの九六艦戦の特長（？）で、この緩衝問題以前に、この九六艦戦の脚の故障では会社側も技術的に相当苦労した様子である。ともかく、デコボコの南京飛行場での九六艦戦の滑走は、ゴツン、ゴツンと尻の痛くなる感じであった。

三年間におよぶ苦難の道

つぎに、この辺でちょっと九六艦戦の素性と育ちにふれておく必要がありそうである。海軍戦闘機は大正十年度試作の一〇式艦上戦闘機から始まり、三式艦戦、九〇式艦戦と大体三〜四年の間隔で性能向上をはかり、新しい試作機の開発に着手していった。九〇艦戦のつぎに海軍は七試艦戦（昭和七年度試作戦闘機）の開発にかかり、三菱、中島の両社の競争試作というかたちでスタートした。しかしこの七試艦戦は、両社のものとも海軍の要求性能に達せず採用とならなかった。

それでも三菱のこのときの七試艦戦は、はじめて低翼単葉型などなかなか斬新、意欲的な構想が打ちだされ、採用とはならなかったが技術的に貴重な経験と資料を得た。これが結果的にのちの九六艦戦、零戦という優秀機の土台となったことは注目すべきことである。

海軍は改めて九〇艦戦の後継機として、昭和九年二月「九試単戦」の開発試作をふたたび三菱、中島の両社に命じることになった。なおその間の「つなぎ」としては、中島が自発的に九〇艦戦の性能向上型として試作したものが「九五艦戦」として採用されたが、結果的には九六艦戦出現のため一年足らず使われただけで、姿を消した。九五戦は複葉戦闘機の最後のものであり、またそのころ戦闘機として性能的に複葉機型式の〝限界〟を示したことにもなるわけである。

ともかく九試艦戦で海軍の示した性能要求は、当時の九〇艦戦の最高時速一六〇ノットに対し一九〇ノット以上となっていた。そして三菱の第一号機が昭和十年の一月に完成し、その後の社内性能試験の結果、最高時速も海軍の要求一九〇ノット（以上）に対し二四〇ノット（四五〇キロ）という非公式ながら驚くべき性能を出して会社自身を驚かせ、それを聞いた海軍側もまたびっくりした。

一方、中島の方も三菱の機体によく似た形で、二二〇ノットという要求以上の性能を発揮したが、結局、三菱のものが採用されることになり九六艦戦という制式名となった。

この九六艦戦の特長としては第一に、最初の低翼単葉として性能を発揮したこと。第二は戦闘機として世界最初の全金属製として強い強度をもっていたこと、このことはあまり世上に知られていない。第三は表面摩擦を少なくするため沈頭鋲を採用したこと。第四は着陸性能をよくするため戦闘機に初めてフラップを採用したこと。第五は主脚を片持式固定一本型の採用など、素人にはあまり知られていないが、専門的には注目に価する技術的開発進歩が見られた。

また風洞実験、空力計算の的確なデータのお陰で操縦性、安定性、舵関係などははじめから適正で、ほとんど問題がなかった。

しかし、試作機にありがちなトラブルはこの九六艦戦も例外なく、当初の高性能に官民関係者を驚喜させたが、そのあとが大変であった。その主なものをあげてみると、まず第一に着陸滑空角度が極端に浅く、超低空で飛行場に進入してこなければ着陸ができない。また接地直前の飛行機の沈みが悪く、前述のバルーニングの傾向が強くてどうにもならない。空母などにはこのままでは使えない。また、主脚が前記のような新しい試みのため故障が続出して、このままでは実用になりそうもない。

九〇艦戦・九六艦戦比較

	最高速	馬力荷重	翼面荷重
九〇戦	160 kt	3.0 kg/ps	71 kg/m²
九六戦	240 kt	2.4 kg/ps	93 kg/m²
備考	50%の差	数字が小さいほど上昇力は大	数字が小さいほど旋回半径は小(有利)

つぎに装備発動機に安定したものがなかなか得られず、当時の「寿(ことぶき)」型各種、「光(ひかり)」型、「イスパノ」型、その他、総計じつに十種類にものぼる発動機をつぎつぎに積みかえ実験模索した。この間二ヵ年近い年月を要する難産である。そして量産機が部隊に渡され、訓練がはじまったのは昭和十二年に入ってからで、丸三年かかったわけである。

こうしてすべての問題を解決し、当時としては一時代を画する優秀機としてデビューした時期がちょうど支那事変の勃発したときであった。そしてこの九六艦戦の実践価値が評価される時がきた。その結果は期待どおり中国大陸の戦線を縦横に暴れまわり、敵機は大陸の奥地に逼塞（ひっそく）して終わった。

こうして零戦の出現まで九三年間に約一千機の九六艦戦が生産され、大陸の戦線はもちろん、内地における戦闘機パイロットの育成や艦隊の訓練にその性能を発揮した。しかもその間、大きな欠陥事故は一切起こらなかった。これは設計開発の適正のほか、試作実験中にその不具合な点を全部徹底的に対策改善したということであろう。

九六艦戦の性能評価

つぎは「パイロットから見た九六艦戦の評価とその用法」であるが、戦闘機の戦闘能力（機動力）を見るには最高速、馬力荷重（上昇力）、翼面荷重（旋回性能）、この数字に表わせる三つと、他に視界、操縦性をくらべれば能力比較ができる。そこで九六艦戦とその前の九〇艦戦を比較すると、右頁の表から特に目立つのは最高速であり、普通、戦闘機同士で機動戦をやる場合三〇パーセントの差があれば、ハッキリ優位に立てる。九六戦は九〇戦に対し速度において五〇パーセントの差があり、これは戦闘において圧倒的な優位である。

速度のつぎに大事なのが上昇力である。三次元の場で雌雄を決する空中戦闘では、とくに上下方向の機動力の強弱が大きくモノをいう。これは数字的に馬力荷重、すなわち馬力あたりの機体重量という数字で表わされ、「上昇性能」として空中戦闘の重要な項目であり、九六艦戦の優秀性を表わしている。

つぎの翼面荷重は旋回性能、低速性能、離着陸の難易を左右する。とくに旋回性能にそのまま水平面の機動、格闘戦性能を左右する。

以上総合して、九六戦はやはり戦闘機として九〇戦にくらべ格段の性能向上を見せている。そして時代の趨勢として速度、上昇力に重点がいき、旋回性能のある程度の低下はがまんするという方向であり、したがって戦闘機の戦闘方式も〝横の旋回戦闘〟から〝縦のダイブズーム〟方式に移行していくこととなった。しかしそれでもなお、日本の戦闘機は欧米のものにくらべ旋回性能を重視し、それが後日、第二次大戦前半における零戦の大活躍として現われた。

片翼の樫村機還る

昭和十二年の夏も過ぎようとする頃であっただろうか。上海郊外、公大の飛行場を基地とする我が海軍航空隊の九六艦戦部隊は、南京からさらに遠く南昌方面まで敵をもとめて進撃していた。ある日、樫村寛一三等航空兵曹の操縦する九六艦戦は、南昌上空で敵戦闘機と空中戦をまじえ、彼は敵一機を撃墜、さらにつぎの敵と格闘戦中、敵機と空中衝突してしまった。

当時の敵はイ15、イ16というソ連製の戦闘機であり、羽布張り、木製の胴体といわれていた。樫村機と衝突した相手はとうぜん空中分解したものと思われる。一方、樫村機も左主翼が約半分もぎ取られてしまった。しかし世界で最初の全金属製機であり、しかも着艦などの衝撃も考えてつくられた母艦機であるうえに、前述のように安定、操縦性のいい飛行機のため、樫村三空曹の沈着な操縦と相まって南昌から長途ぶじ上海に帰りついた。

当時、新聞その他をにぎわしたエピソードである。樫村三空曹は昭和九年、霞ヶ浦を卒業して、当時、数少ない海軍戦闘機部隊の一つ大村海軍航空隊に所属のころ、ちょうど私も同隊に配属され彼らとともに当時の三式戦、九〇戦などで訓練に励んだ。温厚ではにかみ屋の彼も、その後、第二次大戦の激戦に身を投じ亡き数に入ってしまった。いまもフッと四十数年前の紅顔の彼を想い出す。

生と死の谷間に

昭和十三年夏のある日、わが海軍航空部隊は当時、南京基地に集結していた中攻隊、艦攻隊と戦闘機隊の全力約百機をもって、南京から当時の敵首都である漢口を空襲した。九六艦戦部隊約二十四機を二つに分け、一つは爆撃隊の直接掩護、一つは遊撃隊として空襲部隊の先方を進撃、敵をもとめてこれを撃破という任務。私はその遊撃隊指揮官として九六艦戦十二機をひきい、漢口上空約四千メートルに進入、目を皿のようにして敵機を捜しもとめた。

情報では、この方面に三十〜四十機の敵戦闘機がいるということであった。

しかし、敵はわが大部隊の空襲に風をくらって逃げたのか（？）ぜんぜん一機も姿を見せ

九六艦戦の編隊飛行。零戦誕生までの３年間、中国戦線を縦横に飛翔した

ない。そのうちわが爆撃隊は予定どおり漢口上空に殺到、予定された漢口停車場およびその付近の大倉庫地帯に爆弾の雨を降らせた。そしてゆうゆう帰途についたわれわれ遊撃戦闘機隊は、計画にしたがって今度は空襲部隊の後方に位置し、五千メートルくらいに高度をあげ、敵の追尾奇襲を警戒する位置についた。敵の「送り狼」に対処するわけである。

いるはずの敵戦闘機が出てこないので、私はとくに敵の追尾奇襲を警戒して、後方を一生懸命に見張りながら、蛇行飛行をつづけた。何ともやりにくい飛行である。

漢口をあとにその東南の揚子江屈曲部近くにきたころ、私の列機が斜め後方はるかに、敵機と思われる黒い数点を発見、私に知らせた。敵戦闘機にちがいない。送り狼が出てきたわけである。敵はわれより五百メートルくらい高度が高い。

「出て来やがったな、よーしやるぞ！」と私は翼を左右に大きく振って全機に知らせ、直ちに反転、敵に向かった。同時にエンジン全速、上昇旋回にうつった。と、その瞬間、私のエンジンはブスーッ、ブスーッという音とともに回転が急落、いまにも停止しそうになった。そして機は上昇どころか、高度が落ちはじめた。私はハッとして血のひく思いであった。

「何ということだ、この大事な時機に……」機首を下げ、間欠的にパッパッと黒煙を出しながら落ちてゆくような私の飛行機を見て、部下の飛行機が近づいてきたが何ともならない。

私はすぐ手信号で「エンジンが駄目になった。お前たちは私にかまわず敵に向かえ」と合図した。部下はすぐ了解、私のそばからはなれ敵に向かった。

私はエンジンを操作していろいろやって見るが、増速しようとするとすぐ停止しそうになる。仕方なくエンジンを絞り気味、高度は徐々に下がってゆく。あとは不時着しかない。私は「もう駄目だ」と思いはじめて、そこで死ぬ覚悟を決めた。高度計を見るともう四千メートルを切っている。下は青々とした水田か沼沢地のようであり、そばを幅広い揚子江の濁った黄色い流れが見える。

その時ふと、どうせ死ぬなら地上の敵の陣地かなにかへ突入を……と考えた。ちょうど漢口の東南、揚子江の屈曲部右岸にある敵の高射砲陣地がすぐ近くにあることを思い出し、その陣地に突入、自爆する腹をきめた。

小さいがハッキリした、河に沿った細長い丘の上の陣地が右前下方に見える。私は何となく座席バンドをたしかめ、機首を突っ込み突入の姿勢をとった。エンジンの音は静かで、機体の風を切る音が妙に耳に入る。高度は急速に下がってゆく。計器を見ると二千メートルを切っている。

そのとき私はふと、どうせ敵陣に突入するならエンジン全速の方がよいだろう……とそんなことを考え、どうせ故障したエンジンながら増速のつもりで、スロットルを一杯、静かに前に出した。

ところがどうだろう。エンジンの回転は正常どおり唸りをあげて増速をはじめた。「ハテナ？　エンジンは生き返ったのか？」私は狐につままれた思いでスロットルを少し前後に操作した。ところがエンジンの回転はチャンと正常についてくるではないか。

私は突っ込むのをやめ、思わず機首を起こして水平姿勢とし、改めてエンジンを操作してみた。エンジンは嘘のように快調である。私はなにかどうも釈然としないながらも機首を反転し、部下と別れた戦場に引き返した。しかし、そこにはもう敵味方の姿はなかった。

そして高度二五〇〇メートルくらい、速度をやや少な目として南京まで約二時間の飛行をつづけた。不調の原因、回復の原因もわからぬまま、いつエンジンが突然ブスッと止まるか、正直なところビクビクの寿命のちぢまる思いで飛行をつづけた。

あとでの整備員の調査では、自動高度弁（高々度で自動的にエンジンに充分な空気を供給する装置）の機械的な故障であった（低高度ではこの装置は関係ない）。なお、送り狼の数は七〜八機、そのうち二〜三機が撃墜され、あとは逃げてしまったとのことであった。

ともかく、単純な故障から指揮官としてドジを踏み、しかも寿命のちぢむ思いをさせられたお粗末であった。

エンジン停止の不意打ち

南京から安慶へ、さらに九江へ、最後に漢口と、わが九六艦戦部隊も基地を前進、いつ果てるともわからぬ大陸の戦場でいい加減ウンザリしたころ、昭和十三年暮れ、私は内地に転勤帰還した。そして赴任先は大分海軍航空隊であった。戦闘機パイロット育成部隊である。機種は九〇戦、九五戦、九六戦、そして九五戦改造の複座の練習戦闘機までそろっていた。

ある日、私は司令から九六艦戦を操縦して昼休み時刻に江田島の海軍兵学校上空にいって「アクロバット」をやって見せるという任務をうけた。そこで午前の訓練を終えるとすぐ九六戦一機を用意させ、正午前に大分飛行場を飛び立った。

たしか北風の寒い二月末であった。白い波頭のたつ周防灘の真ン中くらい高度二千メートル、機首を広島の方向にむけ飛行中、なんの前触れもなくスーッと急に爆音が消えエンジンが停まってしまった。全くの不意打ちである。私はあわてた。スロットルを動かしても、もうエンジンの回転はついてこない。しかし、ともかく一通りきめられた応急処置をやってみたが、駄目である。あとは不時着以外はない。

私は、それまで二回エンジンストップで海上に不時着水の経験があった。このことはひとつには初体験と違ってある程度の自信と心のゆとりが出てくる。しかし、また一方では、引込脚でない戦闘機の不時着水は大体三回に一回ぐらいは着水転覆時の衝撃でパイロットが死んでいる、という例から「ひょっとしたら」という恐怖心が起こる。高度はどんどん下がってゆく。近づく海面は白波がたっている。

私は機首を風に立て、エンジンの止まった九六戦を操縦して失速させないよう速度を保ち、しかも着水時の衝撃をなるべく少なくするため速度を少なくという相反する条件を考えながら降下……海面に近づいたと思った瞬間、機体は海面に衝突……気がついて見ると上下もわからぬ水中、ただ真ッ白い霧の中、急いで座席バンド、落下傘バンドをとき、座席を蹴って水の中を明るい方向に向かって泳いだ。

そしてポカーッと出たところが水面であった。見ると、機体は背面で尾部が少し水面に出ている。そして間もなくというより、案外早く水中に姿を没してしまった。

どちらを見ても波頭だけ、あたりに船もいない。飛行服の首から手から、足から冷たい水が入ってくる。薄い山並みが遙か遠くに見える。中国か四国か？　どちらへ向かって泳いでも意味がないと思った私は、運を天にまかせて「浮身」の姿勢で時のたつのを待った。

どのくらい時間がたったのか、何かポッポという焼玉エンジンの音に目が覚めた感じで気がついた。やがて水から引き揚げられたのは一人乗りの小さな鯛釣り舟であり、その老漁師によると私の顔色は蒼色、凍死寸前であったとのこと。当時、周防灘は旧正月のあとで、しかも毎日、海が荒れ気味のため、漁に出る舟もほとんどない、というようなことを話してくれた。

地獄に仏、あぶないところを助けてもらった。山口県の老漁師ということであった。その時の九六艦戦は二号一型という初期の量産機で胴体が細く、不時着水時、胴体内に浮泛装置（大きなゴムの浮袋を内蔵）がなく、海中に落ちるとスグ沈没という型のものであった。

大分航空隊で私は、その年度の士官戦闘機パイロット（十二名）の育成を担当した。学生はいずれも若い優秀な青年士官であり、将来の日本海軍の戦闘機隊の指揮官となる人たちであった。私もこれら若い飛行将校とともに毎日、空に挑み、激しい戦闘訓練に打ち込んだ。

しかしその後、何年かの間に事故による殉職、戦死と、つぎつぎと櫛の歯のかけるように若い生命は散ってゆき、第二次大戦の終わった時、生き残ったのは一名だけであった。その一名も不幸にして病のため逝ってしまった。そして当時、助手をつとめてくれた名パイロットの士官もいま、重い病の床にある。

私は九六艦戦の姿とともに、若くして散った十二名の教え子の面影をまぶたに、無常の人の世を深い感慨とともに、過ぎた日々を思う今日この頃である。

練習航空隊に零練戦の爆音がとどろいた日

ソロモン最前線から筑波空の司令として着任した指揮官の追想

当時 筑波空司令・海軍大佐　中野忠二郎

マリアナ沖海戦が全面的な失敗に終わったのは昭和十九年六月二十日であった。その後、フィリピン方面の防備強化のため、いままでそこにあった航空部隊の再編成がおこなわれた。そして戦闘機隊は、私が司令だった第二〇一航空隊にすべてを統合し、内地からも補充されて、総数一九二機という大航空隊となった。

このため司令以下の幹部もほとんどの者が交代することとなって、私も先輩の山本栄大佐にあとをひきつぎ、内地に転勤することになった。松島で再編制して、ラバウル～ブイン～ブカ、ラバウル～サイパン～ペリリュー～セブと転戦してきたが、これで苦労を共にしてきた部下たちと心ならずも別れをつげねばならなくなったのである。こうして転勤した先は筑波航空隊であった。

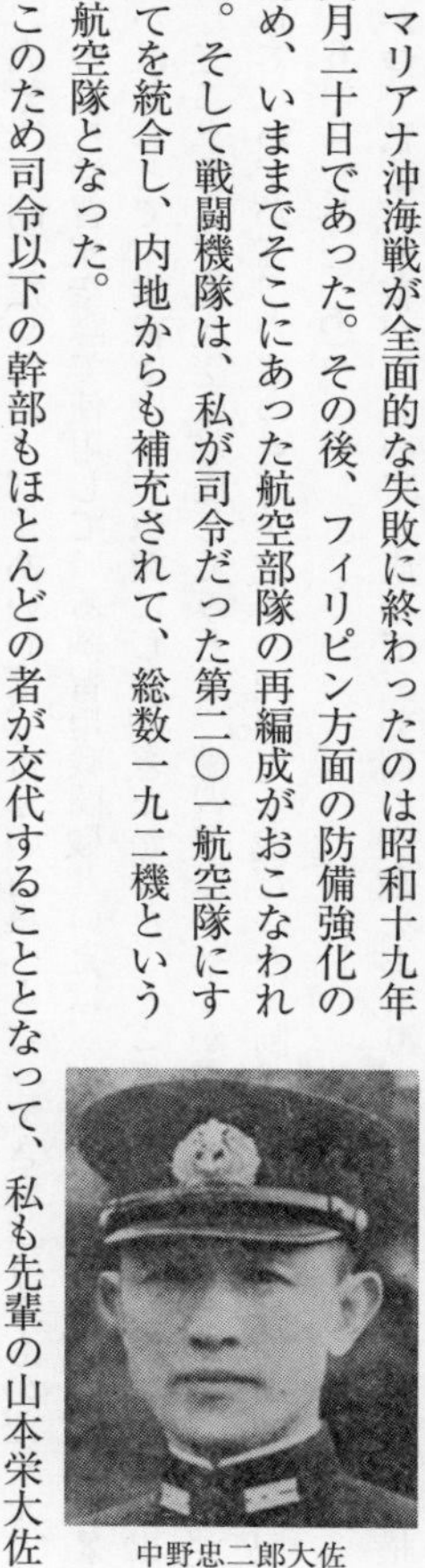
中野忠二郎大佐

当時、筑波航空隊は戦闘機の練習航空隊だったが、筑波が戦闘機の練習航空隊になったのは、その年の三月からである。

それまで戦闘機の練習航空隊は大分航空隊だったが、三月に大分は作戦専用の基地となり、大分の戦闘機練習部隊は筑波にうつされたのである。私は二〇一空司令に赴任する前の一年間、大分空の副長だったので、まあいわば、もとの古巣へもどってきたようなものだった。

そのころ練習航空隊で使用している練習用戦闘機といえば、大分空のときはまだ九六式艦戦がほとんどで、零戦はほんの数機にしかすぎなかった。ところが七月二十二日にセブを出発して二十七日、筑波空に着任してみると、練習機はすべてが零戦にとってかわっていた。そして、わずか五、六機のものが複座の練習用零戦だった。制式名称は零式練習戦闘機（記号A6M2－K）である。

かつて私は、零戦がはじめて完成して三菱側の実験をおわり、海軍がうけとったとき、横須賀の航空技術廠飛行実験部の先任部員だったので、海軍側の実験は最初から私と、主務の真木成一大尉が担当することになっていた。

そのとき各務原で初の試験飛行をおこなったが、その二度目の飛行のときのことであった。急横転をやったら、操縦桿の根元にあるエルロンを操作する伝導環がこわれ、エルロンが利かなくなった。そのときはエルロンが利かないだけなので、ぶじに大切な試作機をこわすこともなく、だましだまし着陸したのであった。

ふと筑波に着任して、そんな思い出をたぐりながら、複座に改造された零式練習機をながめた。その改造された点をのべると、だいたい次のようなものだった。

前席が訓練生用で、後席が教官用として増設されたのだが、そのため前席はやや狭くなっていたように思う。そして前席の風防がとりはずされ、後席だけ風防がついている。機銃は七・七ミリだけ搭載できるようになっていて、増槽はつけられない。

機体は二一型を改造したもので、翼幅十二メートルもあり、このとき筑波空で練習用につかっている三二型や、第一線部隊のつかっている五二型よりさらに一メートル長かった。胴体は座席が増設されたが、そのために胴体を長くするといった改造はおこなわれていない。

これらの点からみると、その性能や操縦性は、二一型ととくにかわった点があるとは思えない。重心点が多小後方に移動しているため、安定性や操縦性に影響しないかとも考えられたが、教官たちも乗ってみて特にかわったことはない――といっていた。

単座零戦へ二人乗りのカラクリ

ところでこれは余談だが、二〇一空がブインに進出していたとき、ラバウルからブインへ空輸する零戦の座席の後ろの空洞に、ブインへ急いで行かねばならないもうひとりの搭乗員が、無理にもぐり込んでやってきたことがあった。戦地でほかに飛行便もないため、無理やりにやったことだが、操縦にはなんの変化もなく無事に飛行してきた。

これはもっと後のことだが、昭和十九年十月、レイテ島に米軍が反攻してきたとき、マニラにいた第一航空艦隊司令長官の大西瀧治郎中将が、戦局打開のためには零戦をつかって特攻攻撃をやる以外に方法がない――と考え、二〇一空司令を呼んでこれを命令しようと決心し、マバラカットにいる山本栄司令に大至急マニラに来たれといってやったが、司令の到着が遅れたので大西長官はマバラカットへ向かってしまい、行き違いになった。

マニラに着いてこれを聞いた山本司令は、マバラカットへ戻ろうにもほかに乗ってゆく飛行機がないので、零戦の座席の後ろへもぐり込み、その飛行機を飛行長の中島正少佐が操縦してマバラカットへ向かった。ところが不幸にもこの零戦は、エンジンが不調でマニラの近くの畑地に不時着してしまった。

いくらうまく着地しても、畑地ではたまらない。操縦している中島飛行長は座席バンドをしっかり締めていたので、なんとか負傷はせずにすんだが、後席で胡座(あぐら)をかいていた司令は、不時着と聞いて、両手両足をつっぱって衝撃に耐えようとしたものの、そんなことで耐えられるはずはなく、やはりポッキリと脛骨(けいこつ)を折ってしまった。

そのため大西長官は、特攻命令を山本司令につたえることができず、玉井浅一副長に言いわたしたのである。七月の編制替えがなければ、私が司令として当然うけているべき命令だったのだが、人の運などというものは、どこでどうなるか全くわからないものだ。

ついでにもうひとつ、これは練習用ではなくて、偵察用に零戦を改造して複座にしたことがある。それはラバウルから航空部隊がすっかり引きあげて、ラバウルが籠城態勢をとるようになった昭和十九年三月以後のことだが、ラバウルに残された修理中の零戦五機ほどを、航空廠の手で複座に改造した。これは当時、米艦隊の拠点となっているアドミラルティ諸島を偵察し、敵艦隊の動静をさぐるためであった。

昭和四十七年八月、ニューブリテン島ラバウルの北方ランバート岬の海中から引き揚げられ、オーストラリアへ持っていかれた零戦は、この改造された偵察用零戦であることがわかった。

零練にしごかれる訓練生

ところで、飛行機の模擬訓練の場合、初歩練習機から中間練習機へとすすみ、さらに実用機にうつるとき、中間練習機にくらべればはるかに高性能の、最高速度が一五〇ノットも差があり、しかも機構が複雑で計器などがたくさんついている戦闘機を、訓練生にはじめから単独で操縦させることは不安である。

性能のそんなに高くない九五式艦戦までは、その不安もそれほどではなかったが、九六式艦戦がつかわれるようになってから、どうしても最初は複座で教官が同乗する必要を感じ、複座の練習機がつくられた。

これで練習するものも、教えるものも、不安なく教育できるようになった。

いずれにしても操縦訓練でなにがいちばん不安かといえば、それは離着陸訓練である。とくに着陸では中間練習機より着陸速度が十ノット近くもはやくなり、着陸前に、中間練習機にはないフラップさげと、脚出しの操作がくわわる。

離着陸さえあるていど不安なく行なえるようになれば、あとの空中操作は危険もなく、不

設け複操縦式にした。筑波では連日、搭乗員の速成訓練が展開された

筑波空のエプロンに並ぶ零式練習戦闘機。零戦二一型を母体に後方に教官席を

安も少ない。だが欲をいえば、編隊、空戦、射撃、急降下爆撃、いずれもその初期には同乗教育をやって目測距離、態勢、加速の加減などを会得させればそれに越したことはない。

　ところが、戦時下であってみれば教官の数もたりず、それに輪をかけるように飛行機も不足で、しかも急速養成がもっとも必要なときに、すべてを教える念のいった教育はできないので、だいたい不安なく離着陸ができるまで複座零戦が使用された。

　その期間は、訓練生の素質、適性によって異なるが、約一週間から十日くらい、飛行回数十二、三回から二十回くらいまで、飛行時間は四、五時間から十時間以内だったと思う。そして一回の飛行時間は約十五分から二十分くらいで、その間に着陸を四、五回やるわけだ。

　訓練は午前中の半日だけで、飛行は訓練をうけるもの二回だけだが、教官はつぎつぎと訓練生を乗せ換えるだけで乗りっぱなしだ。そのため緊張の連続で、大空を飛べていいなと人様の思うほど楽ではないのである。

　そんなわけで後席だけ風防がつけられたものと思う。

　海軍の搭乗員は陸軍とちがって、洋上に浮かぶ小さな〝飛行場〟である空母に着艦するということがある。陸上のひろい飛行場にくらべると、なんといっても着艦操作はむずかしい。

　現在の飛行機のように、機首に車輪がつけられてからの着艦はたいへん楽になったといえるが、とにかく零戦のように尾輪式の飛行機では、主脚と尾輪の三点が同時に、いわゆる三点姿勢で接地せねばならない。

　でないと、飛行機はジャンプしたりして、横に張られたワイヤ製の滑走制止装置にフックを引っかけないことがある。それを防ぐためにはつねに正しい機速で、正しい三点姿勢で接地することが着陸訓練のポイントであり、これを正確にマスターしなければならなかった。

私が筑波空に着任したころはマリアナ沖海戦のあとで、日本は空母の大半を失い、すでに筑波空の学生や練習生は空母に乗ることができるかどうか疑問だったが、だからといって着陸訓練をいいかげんで終わるというわけにはいかなかった。

ところがこうして離着陸の訓練をさかんにやると、当時のように滑走路に舗装のしてない芝張りだけの飛行場は、そのいたみ方が大変はげしい。そのためデコボコができてそこで車輪をとられ、脚をいためたり機体を破損したりする。大切な飛行機の損傷はなによりつらいので、私は滑走路の舗装を考えた。

かつてラバウルの東飛行場では早くから穴のあいた鉄板をしきつめて〝舗装〟していたが、筑波でも、この方法でやれば短期間でできるので、まず航空本部と横須賀鎮守府に相談してみた。しかし鉄鋼資材不足の現状では、そんなことはまったく不可能ということがわかった。

それではコンクリートの簡易舗装をするよりほかに、よい案もない。

そこで横須賀鎮守府の施設部と交渉をはじめた。はじめのうちはテンで話にも乗ってもらえなかったが、話をしているうちにわかったことは、舗装につかうコンクリートはあるが、その工事をやる余力が全然ないということである。

そこで飛行長の横山保少佐、内務長の寺島大尉らと相談して、航空隊の自力でやろうということになり、施設部から指導員数名と、コンクリートを出してもらうことになった。そしてコンクリートにつかう砕石は、稲田石で有名なちかくの稲田から、捨てられている岩石と那珂川のジャリを運ぶことにして、水戸の鉄道管理局と貨車輸送を交渉した。

　幸いどちらも非常に好意的に協力してくれることとなった。また作業人員は、航空隊の定員だけではとてもたりないので、人事部と交渉して、定員外に約三百名を増員してもらうことにした。

　また、隊員のなかから道路工事経験者をさがしたところ、数名いることがわかった。なかには技師だった人もいた。

　これで舗装工事をやるメドもついたので、その他の必要な器材、砕石機械、運搬機そのほかを施設部から出してもらい、寺島内務長を工事責任者とし、有経験者をその助手として、九月中旬から工事にかかったのである。

　しかし、ここで困ったことがおきた。

　工事を本格的にはじめると、飛行訓練ができなくなる。そこで航空隊のいないアキ屋の飛行場へ訓練基地を一時移転することとし、練習連合航空隊司令部の許可をえて、工事期間約二ヵ月を目標として九月上旬、青森県の三沢航空基地へ全機移動したのであった。

　そんなわけで三沢基地にうつったわれわれが連日、火のでるような訓練をつづけていると き、すでに敵の手におちたサイパンから飛び出したB29一機が、はじめて東京上空に姿をあらわした。

　それは十一月一日のことであった。帝都防空の主力は陸軍だが、海軍では厚木航空隊が担当していた。

しかし、練習連合航空隊司令部では、零戦をもつ筑波空にも防空任務を課しており、急遽、基地を霞ヶ浦にうつして防空に従事することを命じてきた。それで翌二日、私は零戦二十四機をひきいて霞ヶ浦空に移動した。

その日も敵機は偵察にやってきた。ついで五日も、七日も、いよいよ敵機の空襲が必至と考えられる。そこで近間大尉を指揮官とし、教官・教員で防空部隊を編成し、いつでも飛びだせる準備をととのえた。

だが、筑波空の本務は戦闘機搭乗員をすみやかに養成することである。とにかく一刻もはやく筑波空の滑走路を完成させねばならない。寺島大尉以下の工事部隊は、必死の思いで、昼夜兼行で工事をいそぎ、飛行機隊は十一月中旬、筑波へもどることができた。

筑波空の戦闘機が最初に飛びあがり、戦闘をまじえたのは十一月二十四日である。ついで一月九日、二月十日とB29の要撃に飛びたったが、零戦二一型や三二型では高空性能が不足のため、残念ながら戦果をあげることができなかった。

二月十六日、この日早朝、房総半島の南方にあらわれた敵機動部隊は前日からその来襲が予想されていたので、筑波空では教官・教員で四個中隊を編制し、情報により午前八時に発進して敵をむかえうったのである。敵はこの日八時半ごろから午後一時すぎまでの間、四波にわかれて来襲し各所で激戦がおこなわれた。

この敵は零戦より一段と性能のすぐれているF6F艦戦で、射撃兵器も一二・七ミリ銃六梃と零戦にまさっている。こちらは教官・教員といっても、実戦経験者はごく少数しかいない。

苦戦の結果、六機を撃墜、六機以上を撃破したが、味方は小林幸三大尉以下十二名の搭乗員をうしなってしまった。

明くる十七日、前日の損害で戦闘可能機は十四機に減ってしまったが、午前七時半ごろから来襲した敵にたいし、全機発進してこれを迎えうち、二機を撃破した。だが、藤森新海大尉をうしなってしまった。

しかし、この日、もっとも残念だったのは、大切な零式練習戦闘機を地上でやられないため、福島県の郡山基地に避難させたところ、その途中を敵に発見され、その二機が撃墜されてしまったことである。

一梃の機銃ももたない橙色の零練戦で、一方的に敵にうちまくられ無念の涙とともに散華した緒方賢二中尉と同乗の久下谷正二整曹、古賀信夫一飛曹と谷口顕一二整曹、この四名の戦死を思うとき、私はいまなお胸がうずきせまってくるのである。

二式水上戦闘機誕生始末記

元海軍航空本部部員・海軍技術中佐　永盛義夫

当時、海軍には軍令部でさだめられた極秘あつかいの機密書類の一つに、「航空機性能標準」という文書があった。そのなかには航空機の機種およびそれぞれの性能、ならびに兵装、艤装の基準が、はっきりしめされていた。

この書類にもとづいて海軍航空本部は、年度別の試製実験の計画およびそれらの生産、装備などの基本的な計画をたて、それから予算をつけて実施にうつす事務をおこなっていた。

この性能標準で戦闘機の部分に水上戦闘機（水戦）という機種があらわれたのは昭和十四年ごろであったと思う。

永盛義夫中佐

それまでは空戦のできる水上機としては、九〇式二号水上偵察機をはじめ、あとで十年度試作機として完成され戦艦や巡洋艦などの主砲の弾着観測用に使われた零式観測機（Ｆ１Ｍ

1）で、いずれも複座機であった。

しかし前進基地の防空用として、陸上基地が完備するまでの間、どうしても適当な水上戦闘機がなければ、作戦上きわめて不利であるとの見地から、新しい機種が要望されるようになった。

航空本部としては、この世界に例をみない新しい機種を試作することを決定し、十五試水上戦闘機の名称で、川西航空機に試作、製作を発注した。新機種の図面符号をNとし、本機はN1K1という記号がつけられた。

航空機は、試作機が発注されてから実験を完了して生産機がうまれ出るまで、少なくとも三ヵ年はかかるのが普通である。一方、軍令部の方では、その作戦計画の関係から、このように日数のかかるなまぬるいやり方では、所要の時機に必要な水上戦闘機は装備されえないという苦情を、航空本部へ持ちだした。

そして当時、優秀機としてすでに中国大陸でその威力を実証された零戦を水上機に改造する案が、昭和十六年の初めに採用されたのである。これは一号水戦（A6M2－N）と、かりに名づけられ、試作実施計画に新しく追加されることになった。

十二月八日の初飛行

戦局の緊迫化にともない海軍は、前述したように拙速主義をとり、水戦の応急整備計画が決定されたのは、昭和十六年の初頭であったと思う。

台車に載せられた二式水戦。零戦を母体に単フロートをつけた日本独特の機種

当時、海軍が利用しうる飛行機の設計能力の面からみて、零戦の改造設計を、その産みの親である三菱にたのむことは、あまりにも過重であった。

そこで九〇式二号水偵を生みだし、単浮舟にもっとも経験のふかい中島飛行機に発注するのが、いちばん適切であると考えた。ただちに中島の小泉製作所の三竹忍技師長を航空本部へまねき、くわしく事情を説明したところ、快諾をえた。

その後、正規の手続きをへて相当時間使用された零戦三機を中島へひきわたし、いよいよ改造の段階に入った。

改造の主な点はつぎの三項目であった。

一、艦上降着装置をとりはずし主浮舟および左右に補助浮舟を装備すること。

二、方向安定のため垂直尾翼の面積を増大すること。

三、主翼、胴などの海水の浸入防止対策をとること。

中島においては三竹技師長がみずから主任担当者となり、文字通り昼夜兼行で作業はすすめられ、きわめて順調に第一号機の完成をみることができた。

第一号機の初飛行は、中島の工場からもっとも運搬に便利な、霞ヶ浦にある海軍航空隊の水上隊でおこなうように準備がすすめられていた。私はこの初飛行に立ち会うため、航空技術廠の飛行実験部の一行とともに、追浜飛行場から実験部の飛行機に便乗すべく、早朝、横須賀の自宅から航空技術廠へ直行した。

実験部へついてみると、部員室がいつもとちがって、なんとなく異様にざわめいている。「今朝のラジオ放送を聞かなかったのか?」不審顔の私に、だれかがそうたずねた。十二月八日であった。

そこで初めて、対米英と戦闘状態に入ったことを知ったのであるが、それにしても、おひざもとの航空本部で勤務している私たちに対しても、これほど完全に開戦の機密がたもたれていたことに、ふたたび驚きを新たにされた。

こうして偶然にも、太平洋戦争突入の日、仮称一号水戦の初飛行は無事におわった。今から考えてみると、二式水戦の初飛行のことが私の記憶から遠ざかっているのは、大戦突入の感激があまりにも強烈で、記憶にヴェールをかけているのかも知れない。

敵も認めたその存在

本機の領収後、実験は西畑喜一郎大尉、船田正大尉らのヴェテランパイロットの操縦により、順調にすすめられた。

昭和十七年、仮称をぬぎすて二式水上戦闘機として制式兵器に採用され、約三百機が生産されるにいたった。本機は、北はアリューシャンから南溟(なんめい)の果てソロモンの海域まで、全太平洋に、その威力を発揮したそうである。

戦果を直接、見聞きできなかったのは、そのあいだ私は日本を留守にしていたからである。昭和十八年の暮れ近く、東西の戦局がしだいに憂色をくわえつつあるころ、私は造兵監督官としてドイツ出張を命ぜられ、戦後になって帰ってきたのである。

敗戦の悲報とは別に、自分の手で計画要求書をつくり制式兵器採用になるまで一貫してうけもった機種の、はなばなしい活躍ぶりを聞くのは、まことに感慨ふかいものがある。二式水戦は世界航空史のなかで、おそらく初めて登場した機種であり、その卓越した性能には、アメリカ軍も大いに注目していたと聞いている。

二式水戦のあと十五試水戦が兵器採用となり、強風(きょうふう)と命名されたが、戦局は終幕に近づき、生産も百機ほどであった。

ところがその性能がすぐれていたので、二式水戦とは逆に強風は陸上機に改造されて紫電となり、さらに中翼型から低翼型に大改造がおこなわれて、紫電改と名づけられた。

この型式の機種は多量につくられ、太平洋戦争の終末の一ヵ年は局地戦闘機として大いにその威力を発揮した。

ここで水戦を中心とした試作のあとを、おおざっぱに振りかえってみると、太平洋戦争は零戦の大活躍によって幕をひらき、その後あたらしい水戦の変態を生みだし、そして水戦がふたたび形をかえて紫電改となって、終戦時の本土防空に大役をにないつつ幕をおろしたともいえよう。

〝下駄ばき零戦〟飛行実験の舞台裏

陸から海鳥への変身、苦心さんたんの開発秘話

元 空技廠戦闘機主務部員・海軍技術中佐　鈴木順二郎

昭和十六年十二月八日といえば、太平洋戦争勃発の日として永久に忘れられない日である。また当時、海軍の航空技術関係にあった私としては、その日にもう一つの忘れえない思い出がある。それは当日、空技廠の関係者が霞ケ浦航空隊において、零戦二一型を水上戦闘機に改造したA6M2－N、すなわち後の二式水上戦闘機の改造第一号機の初飛行をおこなったからである。

かつてこれまで、海軍航空で水上戦闘機（水戦）という考え方は、比較的おそく発達したものである。

従来は二座水偵（たとえば九五水偵）または水上観測機（たとえば零式水観）に対する要望として、対戦闘機格闘戦闘性能を要求する程度で経過していたが、順次中央における長期試作計画に組みいれられるようになり、昭和十五年度の試作機としてN1K1（のちの強

風）が最初から計画された初めての水上戦闘機として、当時の川西航空機に発注されることとなった。

しかし、この飛行機の試作第一号機の完成は、昭和十七年後半と予定されていたし、一方、零式水上観測機（F1M1）は空戦フラップ式のアイデアが取りいれられ、空戦性能はきわめて良好ではあったが、最高速力が不十分であり、予想される島嶼作戦のためには不満足であった。

つまり飛び石づたいの孤島作戦では、上陸して飛行場をつくる期間、制空権を獲得するため周辺の海面を基地とする相当に高性能の水上戦闘機を必要としたのである。

このため海軍では、ピンチヒッターとしてすでに陸上機としては折り紙つきの零戦の水上機化を計画し、この改造を、零戦量産中であり、かつ小型水上機に経験の深い中島飛行機に命じたのである。

あわやと思った着水テスト

さて、陸上機としてすぐれた飛行機であっても、水上機に改造してすぐれた飛行機になるとの保証はない。たとえば降着時の引き起こしについても差があり、また操縦安定性についても、浮舟（ふしゅう）（フロート）という大きな側面積が重心点のやや前方につけくわわるため、横安定が害される等のことがある。

ただこの場合、うまくいったのは基本的に零戦の主翼の設計がきわめてすぐれていて、空

波しぶきをたてて水上滑走中の二式水戦。ヤルート基地802空水戦隊の所属機

力的に十分な余裕があったためと私は考えている。

この改造試作の発注は、昭和十六年のはじめであった。中島飛行機ではさっそくその改造計画にあたることになったが、その改造にあたっての主要な点は、

一、機体は基本的に零戦二一型を使用する。

二、脚、車輪をのぞき、胴体下面および主翼中央部を改造して、単浮舟をつける。胴体と浮舟との取付方式は極力抵抗をすくなくするために張線などをのぞき、零式観測機式にする。

三、側浮舟（補助浮舟）は思いきって一本支柱の取付とする。

四、横安定を零戦と同等とするために縦鰭（たてひれ）面積を胴体下面まで若干増積し、方向舵を充分に大きくする。

以上のような方針でただちに計画をはじめ、必要な水槽試験、風洞試験などをおこなって最終的

に図面をさだめ、試作をいそいだ。

試作0号機、すなわち強度試作用機体が完成し、さっそく横須賀の空技廠に運ばれて強度試験が開始された。この場合の試験項目は主として着水強度であって、試験用水槽での落下試験であった。

試験はだいたい順調にすすんだように記憶するが、一つだけ大きな問題があった。たしか所要荷重での横着水のテストのときであった。所要の高さに機体を吊りあげて落下させたさい、主浮舟の前方取付支柱が切断してしまった。さては強度不足と色めき立って、ただちに詳細調査してみると、切断部は鋼材の熔接個所であった。

事故の原因を究明するにあたっては、材料不良、熔接の工作不良、あるいは本来の設計不良にあったかと、だいぶ問題になった。

もし設計を変更しなければならないとすると、当時すでに量産の準備をすすめていたので第一号機の完成が非常にのびる等のことがあって、慎重に検討した結果は、当然あるべき熔接部の強度が不足していることが判明した。すなわち、工作不良であって、今後は腕ききの熔接工に作業させれば問題はないことがあきらかとなって、関係者一同ホッとしたことがある。

話はちょっと脇道にそれるが、戦後十年で防衛庁がアメリカの援助のもとにジェット機を生産することになったときに、いちばん大きな問題は品質管理であった。米軍式の品質管理は、はなはだ面倒くさいやり方であるが、その中で特殊工程というのがある。これは熔接とか熱処理、メッキ等について、十分に規格とか仕様書でさだめられた条件を満たしているかどうかを、作業機械と作業者について定期的にチェックをおこない、正しい作業がおこなわれているかどうかを確かめ、保証するやり方であるが、前記の事故とあわせ考えると、終戦前における日本の航空機工業の持っていた共通的な欠陥の一つであることが痛感される。

戦時中に多かった飛行機についての工作不良、そのための稼動率の低下などは、このような科学的な品質管理の手法をわれわれが持っていなかったことに起因する点がはなはだ大である。

苦心さんたん陸から海へ

話をもとにもどして、以上のような状況で試作一号機が完成し、ただちに霞ヶ浦に運ばれて組み立てられ、当時、中島飛行機に適当なパイロットがいなかったため、空技廠飛行実験部の西畑喜一郎大尉が第一回試験飛行をおこなった。その結果は大成功であった。

この日が最初にのべたとおり、昭和十六年十二月八日であったわけである。

この試験飛行では操縦安定性には問題はなかったが、ただ着水時の沈みがやや過大であるとの結論で、降着時のフラップ角を制限することによって大体解決することがわかった。

その試作機を領収した空技廠は、いよいよ猛烈な飛行審査を開始した。

だが、その結果はすべて順調に進行し、三ヵ月ぐらいで実験の大半は片づくというスピードぶりであった。かくして本機は二式水上戦闘機として量産されるにいたったのである。略号はA6M2－Nであった。

つぎに零戦二一型（A6M2）と比較してみると、二一型の五千メートル上空での最高速度二七五ノットに対し最高速で四十ノット、五千メートルまでの上昇時間では二一型の五分五十六秒にくらべて二式水戦の性能は一分近くも劣る。

これは陸上機を水上機に改造したものであって、もともと水上機として設計した場合よりはいくらか不利であるが、性能の差は一目瞭然である。

しかし、二式水戦は操縦安定性、空戦性能においては零戦とほとんど同等であって、短期間に完成したピンチヒッターとしては大成功とみてよいと思う。

本機が実用に供されてからの問題点をふり返ってみると、

▽マグネシウム合金部品の腐蝕の問題

試作機および量産の初期の機体には、零戦と同一部品として外操縦装置の支基やその他の金物にエレクトロン鋳物を使用したが、これが海水で予想外にはやく腐蝕して問題となり、いそいで材質変更をした。

▽発動機架および胴体前部の補強

波浪中の着水で発動機架に亀裂（きれつ）が入ったり、緩衝（かんしょう）ゴムがはやくヘタッたり、胴体前方にシワを発生したりして逐次補強した。

▽二〇ミリ機銃の凍結による発射不能

北方で使用中、高々度で二〇ミリ機銃が凍結のため発射不能の事故が起こり、各部の保温、

編隊飛行する佐世保空の二式水上戦闘機。フロートの形状や大きさがわかる

点検孔などからの水防対策等を実施した。

かくして二式水戦は北はアリューシャンから南はソロモン群島におよぶ、内外の基地に配備され、はなばなしく活躍したのであり、狙いのとおり独自の水上戦闘機として、アメリカからもその優秀性をみとめられたのである。

本機の設計は前記のとおり中島飛行機であるが、生産は同社の小泉製作所でおこなわれ総計三〇〇機以上であり、本格的な試作機である強風にバトンを引き渡したのである。

克服された戦後の水戦

前にも述べたとおり、水上機は普通の型では大きな浮舟があって、同等の発動機をつけた陸上機とは太刀打ちができにくいのであるが、水上機のこの欠点をなんとかして除きたいという考え方は昔からあった。

しかし、プロペラを使用しては水タタキの問題があって、具体的にはすすめられなかった。ところが、戦後アメリカにハイドロスキー式の水上機が出現した。これは静止浮力は胴体および主翼を水密構造とすることによって受けもたせ、離水操作中、小さなスキーを出し、これによって滑水（プレーニング）をおこない、離水後スキーを引き込むものである。

これは戦後のジェットエンジンの発達によって可能となったもので、このようにすれば飛行中は外形的に陸上機に劣る理由は無くなったので、水上機としての持ち前のハンデキャップは除かれた、と考えてよいであろう。

有名になったアメリカのコンベア社のシーダートは、このような水上戦闘機である。構造上の困難性は充分に考えられるが、その後、話がたち消えとなったのは残念な気がする。

二式水上戦闘機隊 華麗なる下駄ばき戦法

ベテラン搭乗員が体験した知られざる空戦エピソード

当時「神川丸」分隊長・海軍大尉　小野次朗

守るも攻めるも黒鉄の……これは軍艦マーチの出だしだが、「攻め」よりも「守る」が先にある。単に語呂の関係だけではなく、帝国海軍はもともと守りの海軍だからである。それは国力や資源がこれと釣りあった軍備の標準からして、当たり前のことであった。だから、仮想敵国の海軍兵力を日本近海に迎え撃ち、全兵力を集中して短期決戦で一挙に敵を撃滅する。そして制海権を獲得する、というぐあいに万事が準備されていたはずであった。

ところが、昭和十五年に零式艦上戦闘機（零戦）が艦隊決戦用の制式戦闘機として採用された時から、少しずつ事情が変わってきたように思われる。

当時、零戦の性能は国際的に超一流であった。太平洋戦争が帝国海軍のハワイ奇襲攻撃によってはじめられた事実は、零戦の出現が首脳部やその幕僚たちの深層心理を刺激して、開戦の決意をうながしたものと思われてならない。

ソロモン上空を飛翔する二式水戦。18年６月頃の802空の機体と思われる

ハワイ遠征が一大成功をおさめたうえ、本来の戦略目的である南方資源地域占領作戦も、予期以上の成果をあげ得たためか、その後の帝国海軍の戦争指導姿勢には「守り」と「攻め」がところをかえた感がある。太平洋戦争の転機となったミッドウェーの敗北からは、日米が「攻守」ところをかえたにもかかわらず、「攻め」優先の錯覚は長くあとをひいたのである。

論理が飛躍するようだが、その一つのあらわれとして、水上戦闘機の採用がある。これによってすでに占領した南方資源地域は確保できる。なぜならばこの地域は全域にわたって既設の陸上基地があり、戦闘機の制圧圏内におさまる。

ここにわが基地航空兵力が進出すれば、自然と不沈空母群を形成するので、日本列島および内外南洋諸島の防衛体制といっしょになって、強固な防衛圏となるはずである。この防衛圏が、航空機動部隊と有機的にむすびつくとき、さらにその威力が発揮されたであろう。

　この防衛圏が完成すれば、水上戦闘機なる中途半ぱな兵器の出番はない。その証拠には、太平洋戦争で水上戦闘機が配備されたところは、この防衛圏の中にはない。私のいう「攻め」の誤りをおかした方面にのみ配備されたのである。

　すなわち、北方はアリューシャン列島のキスカ島、南方では有名なラバウルとショートランド島、もう一つはガダルカナル島前面のツラギ島で、全太平洋にわたってわずかに四ヵ所であった。

　さて、水上戦闘機の搭乗員は、二座水上偵察機や観測機の操縦員の中からえらばれた。それらの艦載水上機は空中戦闘ができるように設計されていたので、操縦員たちは空中戦闘の訓練をひととおり卒業していた。

　現在オーナードライバーたちが、軽自動車からはじめ、しだいに高性能の車をのぞみ、ついには高馬力のスポーツタイプを乗りまわす夢をもつのと同じように、たとえ中途半ぱな性能とはいえ、二座水偵や観測機にくらべれば格段に高性能で、しかも二〇ミリ機銃をそなえた水上戦闘機の搭乗員にえらばれることは、やはり彼らの夢であった。

　そんなある日、山口大尉を隊長とするキスカ水戦隊が、同僚たちの羨望をあとに横須賀港を出発した。

感動よんだ水戦隊の活躍

撤収作戦の島として知られるキスカ島は、ミッドウェー攻略作戦と並行して行なわれた西部アリューシャン列島攻略作戦で、昭和十七年六月七日、海軍陸戦隊の将兵一二五〇名によって無血占領された。同時にアッツ島も陸軍部隊が占領した。

アリューシャン攻略作戦は、ミッドウェー作戦から米海軍を牽制（けんせい）する意味はあったが、日米両国にとって、それぞれ作戦上には大して価値のある地域ではなかった。

とはいうものの、米国としてはお膝もとの自国領土を日本軍に占領されっぱなしでは、国民感情としても許しがたく、急遽、付近のアダック島に陸上基地を整備して、米陸軍航空部隊がカナダ空軍と協力して反撃に転じたのである。

この地方の霧は有名である。その霧は日米両軍に対しある時は幸いし、ある時は災いとなった。この間の事情は映画「キスカ」によく語られている。

米軍はわが軍を孤立させるために、航空機と潜水艦でたえまなく攻撃をくわえてきたので、両島にたいする補給もしだいに困難の度をましてきた。

水戦隊は、ちょうどこのような時期（七月五日）に進出したのである。進出直後、B17爆撃機一機を撃墜して士気も大いにあがったが、その後しばらくは何事もなくすぎた。

八月八日、折りからの濃霧にまぎれて接近した米国の巡洋艦、駆逐艦からなる機動部隊は、突如としてキスカに砲撃をくわえてきた。海岸に繋留中だった水戦六機のうち三機までが、この砲撃で破壊されてしまった。

山口隊長は雨のように飛びくる砲弾のなか、霧をついて残りの三機を敵機動部隊攻撃のために発進させた。三〇キロ爆弾二個を装備した攻撃隊は、霧の中の敵をもとめて執拗に銃爆撃をくりかえし、敵の数隻にそうとうの損害をあたえて撃破したという。

その後は、翌年二月までこの方面に、敵水上部隊の来襲はなかった。八月三十一日には、水戦五機の補給があったが、飛行機の補給は全作戦を通じてこの五機だけであった。

九月十五日は前夜半から霧の中で、補給船二隻と潜水艦一隻とによる、補給物資の陸揚げが行なわれていた。午前四時ごろ、新設された電波探信儀は東方から近接する数目標をとらえた。いままでにない大編隊と思われた。待機中の水戦四機、須藤少尉の第一小隊二機と丸木二飛曹の第二小隊二機は、ただちに発進した。

揚陸中の補給船の船長は、ブリッジの上に仁王立ちになって、自船の防空配置を指揮しながら、彼の双眼鏡の中に、高度約八百メートルで突っこんできたB25爆撃機編隊の一番機に、水戦一機が真正面から体当たりした瞬間をとらえ、感激のあまり思わず指揮棒を海の中に投げこんでしまった。

この体当たり戦法によって、一番機を失った爆撃編隊は混乱し、爆弾をすててわれ先に遁走した。援護してきたP38、P39は戦意旺盛で、水戦隊三機はこれらと空戦をまじえ、P38を四機、P39を一機撃墜した。

この空戦は基地の人々や停泊艦船の乗組員の見まもるなかで終始たたかわれ、人々を感動させたのであった。この日、来襲した敵はB25を中心にした約三十機だった。

隊の二式水戦。基地員の協力を得て給油中で、後方からの機体の形状がわかる

マーシャル諸島のヤルート水上機基地を根拠地として展開していた第802航空

しかし、この空戦によって一小隊の一、二番機がついに還らなかった。須藤少尉と宇津井三飛曹は最初の戦死者であった。須藤少尉は兵から昇進したベテラン中のベテランで、その名パイロットぶりは、海軍航空隊の至宝であった。したがって彼の戦死は全海軍から惜しまれた。

その後、敵の空襲は日を追ってはげしさをくわえた。味方の犠牲もふえ、十月初旬までに戦死者はさらに四名となった。

冬期に向かって、アリューシャン海域は荒れ模様となり、飛行可能な日はほとんどなくなった。こうしてキスカ水戦隊の活動は、十月中旬以降まったく停止した。七月五日に進出してから約一〇〇日、空戦回数三十四回、来襲敵機二一二機、うち撃墜十五機（うち不確実二機）撃破十機。味方の損害は戦死六名であった。

そして、われわれの戦場は南方、ソロモン海へとうつっていった。

正体不明の現地人ジョン

昭和十七年も半ばすぎ、ショートランド島の水上機基地に、自ら「ジョン」と称する白人との混血らしい現地人が出入りしていた。彼はいかにも日本びいきのようにふるまい、いつも土人二、三名をひき連れていた。

めずらしい果物や魚貝類、極楽鳥やオウムなどを持ってきては、兵隊の煙草(たばこ)と交換していた。彼らの持ってきたものは何でも「ナンバーワン」であった。それが滑稽だったので、退屈な兵隊たちには人気があった。しかし、彼がどこからきて、また、どこへ帰るのか誰もしらなかった。

昭和十七年九月末のある日、私はショートランド泊地上空に来襲したB17の五機編隊を攻撃したさいエンジンに被弾し、不時着したことがあった。

当時、太平洋で活躍した米国のB17などの重爆撃機は、欧州戦場での多くの犠牲から改良され、防弾、消火の性能は申し分なく、また八千メートル以上の高々度においてはきわめて優速で、そのうえ一二・七ミリ機銃の集中射撃の威力はすこぶる有効であった。

したがって、日本の戦闘機ではなかなか落とせなかったし、かえって、彼らの餌食になったのである。まさに空飛ぶ要塞の名にふさわしい名機だと感歎したものであった。

その日も、私は斜め前上方から浅く突っこんだのだが、一撃で被弾し、エンジン振動、オイル洩れがはげしく、不時着したのであった。基地から約三十浬(かいり)ほどはなれた小島の影であった。主浮舟(メーン・フロート)にも被弾して穴があいている感じなので、沈没をふせぐために急いで海岸に乗り上げた。

飛行機からとび下りて被害個所を点検していると、背後の椰子(やし)林の奥の方から「キャプテン、キャプテン」と叫びながら、数人の土人が走り出てくるではないか。なんとその先頭に立っているのがジョンなのである。この場合のキャプテンというのは、私が大尉であったからではなく、彼らが誰に対してでも使う敬語なのである。

ジョンは、手下どもに私への献上品を持たせている。よく熟れたパパイヤであった。折角のパパイヤを食いながら「この島に日本人がいるか」と聞くと「ノー」と答えた。「お前は、なぜここにいるのか」ときくと、自分の家だといい、家族たくさん、友だちたくさんと言う。少し薄気味が悪くなったが、拳銃も持たない丸腰だし、暗号書も積んでなかったので落ち着くことにし、もっていた綱で飛行機を椰子の幹につなぐように命じた。

手下どもが仕事をしている間に「お前はどうして海をわたるのか」と質問すると、「カヌーに帆を張る、速い」と答えたが、その付近には舟らしきものは見当たらなかった。しかし、りっぱな椰子のしげった一見おだやかそうな島に思えたので、飛行機の座席にはいって無線で基地と連絡をとり、救助を待つことにした。ジョンたちにはナンバーワンの煙草をあたえて、引きとってもらった。

翌朝、救助の三座水偵が着水すると、またジョンがあらわれたので岸につないだ水戦を味方が引き取りにくるまで、よく見張るように頼んで引き上げたが、数日後、わが愛機は大発に曳かれてぶじ基地にもどり、修繕された。しかし今から思うと、ジョンがフェルディナンド現地人で組織された豪州情報網の手先ではなかったかとも疑われるのである。

紫電よ大空にはばたけ

強風や紫電、紫電改で油圧計の故障やプロペラ飛散を体験したテストパイロットの手記

当時 川西航空機テストパイロット　乙訓輪助

昭和三年初夏のころ、パイロットを志望して茨城県霞ヶ浦海軍航空隊で初めて空から地上をながめたのが、私のパイロット生活のはじまりであった。その日から終戦まで二十年間、操縦桿をにぎりながら生きてきた。

昭和十一年十一月五日、川西航空機（現新明和工業）にテストパイロットとして入社した。そのころ日本は、満州事変から支那事変へと戦火を拡大していたときであった。

乙訓輪助飛行士

軍用飛行機はつぎつぎと試作され、兵器に関するものすべて採算を度外視した要求が出され、技術者は大いに期待されていた。

設計者たちの日夜の奮闘は、ほんとうに涙ぐましく、つぎつぎと新しいアイデアを生んでいった。水槽実験室では、船体の形状ステップの位置、高さなど、水の抵抗減少に対する実

験が行なわれた。

そのころ、すでに水中翼（現在実用化されている水中翼船の水中翼）が飛行艇に応用できるかどうか、実験されていた。

また風洞実験室では、機体の空気抵抗の減少に専念し、引込脚、伸縮、フロート等の研究が進められていた。

当時、研究部長の小野省三氏（故人）が「将来、プロペラなしの飛行機、それも主翼が後方になるだろう」と語っていたが、今日、その言葉どおりになった。

試作命令によって設計工作が進められて、幾年月かの月が満ち、製図上に現われたその雄姿、これこそ設計者の夢が結実したのである。絵が実物に工作され、実験機となり、強風、紫電、極光、二式大艇と名づけられ〝A級選手〟として活躍した。

水上機は陸上機にくらべて、広い飛行場がえられる利点があるので、空中舵の効果の判定には、比較的容易である。

飛びあがったら降りねばならない。降りられる自信がなければ、飛びあがることはできない。水上において操縦性、安全性、悪癖などを自分の腕でコントロールできることをたしかめたうえで、徐々に増速して、フロートが水を離れる速度（離水速度）まで滑走をつづけて、舵の効果を確認し、これなら着水操作の引き起こしができると自信がついたら、離昇である。

海面、風向き、付近の危険障害物の有無をたしかめて、さらに、エンジン各部、計器に異状ないことを確認して、あらかじめ研究しておいた離昇時のフラップ角、エンジン回転を調

テスト飛行中の試製紫電。強風の機体を流用した中翼、ズングリ太めの胴体

整し、徐々に加速しながら高速滑走にうつるのである。

離水の後は、パイロットとして安全第一が主眼となる。高度を五〜六百メートルまでとり、つぎの空中安全操縦性に注意し、試験を重ねていった。

昭和十七年の晩春N1K1（強風）の初飛行で離昇後、フラップをもどしたとたんに、操縦桿がガタガタと前後に振動をはじめた。

エンジンは好調だし、他にこれという異状もなかったはずだ。風防が開いているためかと思って閉めてみたが、ガタガタはとまらない。

特に危険も感じないし、安定性、操縦性ともに良好なので、第一回はこの程度で終わりと降着をきめ、風防に手をかけ開く操作をしたが、まったく開こうとしなかった。

各舵のバランスも十分わかっていなかったので、仕方のないことであった。

操縦桿を両脚で支え、両手で引っ張ったが開かなかった。応急脱出装置も、未完成なため仕方ないと覚悟した

（他機種の体験から着水できる自信はあった）。

一抹の不安が走ったが、慎重に降下して接水したときは、体の中から力がぬけていくようであった。外部から風防を開いてもらったが、着水時、転覆でもしたら機体から脱出もできないので、すべてが終わりだっただろうと思うと、いまでも背筋が寒くなる思いである。

操縦桿の振動は、主翼の付け根の乱流が尾翼に悪影響したためであり、風防の開閉不能は、気流による吸引と工作不良とわかった。工作不良のことは製作者に忠告し、危険だったことを話した。

機体もろとも海中へザンブリ

昭和十七年八月。二号機のテストの際、飛行中に油圧系統の故障でフラップ不作動のまま着水、転覆大破して貴重な試作機を廃却してしまう事件をひき起こしたことがあった。

それは、二号機が水上局地戦闘機として設計されていたので、高速時（三〇〇ノット以上）に補助翼の操舵力が過重となったためであった。

普通、フラップなしでも着陸の自信はあったので、油圧系統の故障ぐらいでは別に、不安もいだかなかったが、離陸後三十分で気象状況が一変し、無風状態となったので、着水にはきわめて悪い条件となったのである。

燃料の残量指示計は、だんだんと減少を指示し、地上に油圧系統の故障でフラップ操作ができないと無電をうった。

波は西方から、風向きはわずかに東風に変わったので、東の方向に着陸操作にうつった。一〇〇ノット以下に速度を落とすと機がぐんぐん沈み、着水地点に誘導できないので、エンジンを増速して機の浮力の保持につとめなければならなかった。

降下速度を九〇～八五ノットと確かめたとき、フロートが波頭をトントンと二、三回かすめた。その時、ドカーンという大音響とともに、瞬時にして転倒、水面に突っこみ顔面を強く打った。

機体から出ようとしたが、出られなかった。八方、手をつくしたが、身体が機体から離れない。呼吸困難になり、やがては死ぬかも知れないと思った。

死――そう思ったとき、過去の多彩な思い出が脳裏をかすめ、親、先輩、三十余年間のとてつもないことが、映画のコマのように走り去った。

死を覚悟した瞬間、海水をのんだ。

と、苦痛は消え、落ち着きをとりもどした。あたりを見回すと、出発前にかけた安全ベルトがそのままであった。それを解き、水上に浮きあがった。

眼前には、一分前まで乗っていたテスト機が、こっぱみじんになって海面に浮遊していた。貴重な飛行機を破壊してしまった。その責任感でいっぱいだった。

全身打撲で体の各部が痛み、左腕は全くきかなかった。右手で泳ぎながら救助艇を待った。救助艇に引きあげられたとき、ああ助かったんだなと思うと、その場にくずれたい気持であった。

意識はしっかりしていたが、医務室に運ばれ、海水にぬれた衣服をとりかえている間も、親切な医務課の人々、比企医務部長、大原外科医博、横田婦長の心にこもる手当は、生涯忘れえないことである。

比企部長が手首の脈搏を、大原博士が懐中電灯で眼の瞳孔を見て、瞳孔が開いて来ている、脈もおかしい、といわれた時、やっぱり死ぬのだろうかと思いながら、世界に一つしかない試作機を、試験の結果も出ないまま死ぬのは、大きな悔いを残すことになると思った。

河野博技師（新明和専務）と検査部長の桑原与四郎（故人）に、実験結果を語るからメモしてくれと頼んだ。そして離陸から着陸までの、一部始終を話し終わった。

その後、三ヵ月ほど静養した。その年の暮れ、本機の改造型（浮舟を車輪に変えた陸上局地戦闘機）紫電の試験にうつった。

不安と恐怖と使命感と

昭和十七年十二月八日、太平洋戦争一周年の日に初飛行という意気込みで、紫電の整備がすすめられた。エンジンは中島飛行機の設計による誉(ほまれ)二一型（二千馬力、当時、世界最優秀のエンジン）が再度の審査によって改良がくわえられ、二〇ミリ機銃二門、爆弾二五〇キロ二個という攻撃力を持つものであった。

住友金属のプロペラを使用し、四翅油圧式ギヤ、自動変節（ドイツとの技術提携により）、全幅十二メートル、全長八・八メートル、全高四メートル、全備過重四三〇〇キロと発表された。

川西航空機会社には飛行場がないので、交渉の結果、伊丹空港を使うことになった。十二月も終わりのころ、鳴尾の海岸から団平船で大阪の木津川べりに陸揚げして、真夜中の大阪の町を通り抜け、夜明けに伊丹飛行場に姿を現わした。

昭和十七年の大晦日に、初飛行となったのである。

試作機には当然のことながら、エンジン、機体とも初めてなので、脚の機構、作動、車輪、ブレーキの調整等、数々の苦労があった。エンジンは第一号機であり、発動機駆動軸の折損で飛行中、補機全部が停止してしまい、飛行場に不時着した。

テストパイロットは地面を離れたら、いつエンジンが停止しても帰投できる態勢は、いっときも忘れることはできなかった。陸上機は飛行場が限られているので特に緊張するが、幾千回実施しても離着時の同一条件が得られず、一〇〇パーセント自信がなかった。

離陸のときは加速後一、二秒の間に、エンジン、その他の調子を、全神経を集めて判断しなければならない。離陸か中止かを決定しなければならない無我の境地、これこそパイロットとしての大きな責任である。

本機は、強風水上機の浮舟を車輪にかえたため、中翼で脚が長く、引込式には設計者が相当苦労したことが察せられた。空中で脚上げすると体に感じるほどスピードが出るので、脚部の空気の抵抗が大きいことがわかった。

操縦性、安定性、エンジン振動も少なく、空技廠実験部の帆足工大尉の意見もあり、本機の生産が本格的になった。

雷電（三菱開発の局地戦闘機）の実験中、帆足大尉が火災をおこして殉職されたので、あらたに志賀淑雄少佐によって実験がつづけられた。一型、二型と改良され、生産も鳴尾、姫路工場ともに軌道に乗り、四百機を戦線に送りだしたのである。

昭和十九年一月、本機をもとに艦載機に改造され、中翼を低翼に、着艦視界をよくして、さらに操縦性および空戦性能を向上して生まれ代わり、その名も紫電改として世界にほこる戦闘機となったのである。

新兵器として魚雷一個、五〇〇キロ爆弾を胴体下部に装備し、噴射ロケットを備えた特攻機も一機、試作実験部に送ったが、実験途中で終戦となった。

昭和十九年春、姫路飛行場でプロペラ飛散の事故もあった。そのときの状況は一通りテストが終わって、最後に幡州小野市の上空で錐揉みテスト中の出来事であった。一旋転すると、ドカーンという大音響とともにプロペラが飛散、爆音が消え、サッと風をきる音があるだけであった。高度計と速度計以外は、全くストップしていた。

そのとき肩バンドを解き落下傘降下を思いたったが、舵だけでも操縦できることを思い出し、断雲をぬけ青野ヶ原戦闘部隊基地に、不時着を決意した。

静かに左旋回をしながら下方をみると、飛びたった飛行場が見えたので、飛行場へ帰ろうという気になった。高度は十分なので飛行場へ誘導して、肩バンドを復旧し、脚を徐々に下げながらフラップも下げた。

手動ポンプを操作して、かろうじて飛行場に滑り込んだのである。指揮所にいた酒井作松隊長（霞ヶ浦当時の私の教官、終戦直前に戦死）が駆けつけて、

「乙訓、上出来だぞ！」といって肩をポンとたたいてくれた。

飛散した四枚のプロペラは、落下時、どこにも被害を与えることなく、四方に散らばっていたのを一枚持って帰って調べてみると、プロペラの先端が櫛形に切断されていた。事故調査は、一ヵ月を要したが結論はついに出ず、結局、原因不明のままに終わってしまった。

しばらくして、その事故のことが話題になったが、そのときの話では、整備のさいに油冷却器のダクト内にスパナを置き忘れたのではないか。錐揉み状態に入ったとき、機首が下方にむかったため、ダクト内からそのスパナがころがり出てプロペラの先端に当たり、バランスがくずれ飛散したのではないか、ということになった。

ふり返ってみれば、不安と恐怖と喜悦と使命感の連続した、長いテストパイロットの生活であった。

局地戦闘機「紫電」生い立ちの記

元三四三空飛行長・海軍少佐　志賀淑雄

ひらたくいえば、艦の目として誕生した水上機の歴史は、旧海軍においても大正元年に追浜飛行場で、金子養三大尉がフランスから持ちかえったファルマン水上機が初飛行したことにはじまり、「下駄ばき」の愛称のもとに多彩な実績を残している。

海外に派遣されて権益擁護にあたり、またそこで列国の軍人と接しなければならないこともあったので、わずか数百馬力の発動機を備えたに過ぎない二人乗り、三人乗りの艦載機（海軍では水上機をこう呼んだ）には、日本を代表するにもひとしい行動の責任を持たされる機会が、いつもつきまとっていた。

志賀淑雄少佐

このように国際法や任務に、または艦長の判断、指令に縛られながら、ひとたび応戦しなければならないような破目になると、空中では邪魔物でしかないフロートを抱えたハンディキャップのもとに戦うわけである。そこには水上機乗り独特の少数精鋭主義の伝統が強く培われていた。

これら艦載機とその関係者にまつわる伝統と実績にたいして、尊敬とたのもしさを感じ、またその実績にたいして讃辞を惜しまないのは私だけではないと思う。

昭和十二年八月、上海事変勃発の当初、中国空軍戦闘機を相手として上海上空で敢闘した九五式水上偵察機（九五水偵）の善戦は、「下駄ばき機の奮戦」として、数日、新聞に報道されたものだが、母艦搭載機の九五式艦戦が上海に進出し、二度にわたる空中戦闘を展開して大量の敵を撃墜し、またその後つづいて行なわれた南京渡洋爆撃が大々的に報道されると、下駄ばきの方はそのかげに隠されて、すっかり忘れられたかたちになってしまったようである。

さらに太平洋戦争中も、北辺はアリューシャンの島陰に進出したり、また南方の島陰にひそんで偵察や爆撃に苦心の戦果を挙げ、あるいは機動部隊の偵察の一翼をになうほか、対潜哨戒にも重要な、しかし地味な任務を果たしているのである。

水上戦闘機の誕生

喧々と論ずる前に、黙々と実行する気風は、環境と任務がそうさせた水上機乗りの美風であった。

かつて支那事変中、戦闘機隊に加勢すべく予定された二座水偵（九五式）と九六式艦上戦闘機との空戦演習が行なわれたことがあった。その日、S中尉（戦後ジェット搭乗のベテラン）の操縦する九六戦が、一撃を加えて垂直に近い上昇に移ったところ、I大尉（戦後空幕勤務）の操縦する水偵は「負けてはならじ」と、その後から機首を向けて追いかけた。

しかし、いかんせん下駄ばきの悲しさで、距離は開くし、失速には近づく。それでもまだ頑張っているうちに、水偵はついに背面錐揉みとなって落ちていった。

もはや演習どころではない。S中尉は降下旋回でついて行くうちに、落下傘が二つ開いて揚子江の流れに浮かび、艇に救われるのを見とどけて着陸した。ところがその翌日、I大尉は端然と軍装に威儀を正して戦闘機隊の指揮所を訪れ、堂々と挨拶をしたという話がある。これは全く、「戦って後止む」の水上機乗りの気概を現わしたエピソードとしてふさわしい。

その水上機にも水上戦闘機を必要とする時代がきて、まず初代は零戦にフロートを付け、二式水上戦闘機と呼称された。二代目は年来、水上機や飛行艇を手がけてきた川西航空機において、生粋の水上戦闘機が試作され「強風（きょうふう）」と命名された。設計者は当時すでに世界最高の水準をほこった二式飛行艇を設計し、現在なお米国航空界からしばしば相談をうけている菊原静男技師であった。

わが国で戦前、陸上機の実用は双発機にとどまったのに対し、飛行艇においては堂々四発機を早くから完成し、二式飛行艇にいたって世界最高の性能を示したことは、海軍が早くからこの部門に力をそそぎ、和田操中将らの、操縦もし設計もできる傑出した指導者をもっていたからであるとともに、菊原技師以下、川西設計陣の積極的な努力のいたすところであった。

それはともかく、菊原技師としては初の水上戦闘機試作であったが、中翼、単葉、単浮舟の強風は延長軸のスマートな流線型として、性能もよく、テストも一応順調に合格した。

しかし、この洗練された水戦が実際に使われようとするころは、水上機搭乗員もしだいに陸上機へと転向させられており、また下駄ばきならぬ艦上戦闘機自身が、性能不足を嘆ずる状態に入っていたために、本機元来の活躍舞台は、きわめて縮められてしまったのである。

水上戦闘機から紫電へ

一線機の命数は短い。どんな優秀機でも、それを使いこなされ空を蹂躙(じゅうりん)して、その敵なきを謳歌(おうか)しているときには、すでにこれにとってかわるべき次代の機が育っているのだ。

昭和十四年から試作をはじめられた陸上戦闘機「雷電」が、十六年末になっても発動機の不調その他で難航し、いつ実戦に使えるようになるか見通しさえもつかない状態であった。そこでかつて堀越二郎技師の零戦にフロートをつけて水上機に嫁入りさせた陸上機側は、逆に菊原技師の水上戦闘機「強風」のフロートを取って車輪につけかえることにより、陸上戦闘機として迎えることとなり、これが「紫電」局地戦闘機と名づけられた。

それ以前、誰いうとなく、あるいは川西航空機のイニシアティブであったか、実際に飛行試験をしているこの水戦強風からフロートを取り除いて陸上戦闘機とし、発動機をそのころ中島飛行機で試作されていた二千馬力級の「ル号」発動機にとり換えたとして計算してみる

体、長い主脚、４翅プロペラ、機首先端の潤滑油冷却空気取入口などが見える

と、三五〇ノットに近い高速機ができるといわれだした。

昭和十六年十二月、川西からこの案が提案され、さっそく採用されることになった。こうして、仮称「一号局地戦闘機」として、ここに突然、列外から登場したのが紫電のはじまりである。

陣痛は大きかった。川西としては初めての陸上機で、しかも戦闘機であるうえに、待望のル号発動機が機体の首の上で難産をはじめたのである。

おまけに厳しい用兵陣の要求から、座席まわりの改造、二〇ミリ機銃の増設が負荷された。が、菊原技師以下の設計陣はそれを克服し、中翼型という陸上機としての不利をも改造して、「紫電改」という改造型をさえ生み出したのである。短い間に、河童（かっぱ）は完全に陸にはいあがり、濶歩をはじめたのである。

筑波空の紫電一一型。太めの胴

側面からの力

一方、中島飛行機も海軍もル号発動機の完成には必死であった。紫電、銀河はすでに飛んでいる。後には三菱の堀越技師の十七試艦上戦闘機がつづいている。どれもこれも起死回生を賭ける機種であるのに、その首をル号発動機の難産がしめつけていた。外では零戦と中攻が寄る年波を押えつつ、新手を一手に引き受けて頑張ってはいたが、いかんせん一千馬力級という時代遅れの限度がヒシヒシと押し寄せていて、昭和十八年も戦局多難のうちに過ぎていったのである。

こうした中に海軍航空技術廠からは松崎敏彦技術少佐、中島飛行機からは瀬川正徳技師という、いずれも油の乗りきった航空発動機のベテランが鳴尾飛行場と伊丹飛行場につめかけ、故障続出する発動機の手当と対策に心魂をかたむけていたのだ。

そこで決定された対策は、荒療治も小手術も逐一ブループリントとなって生産工場にまわるのだが、混乱気味の情勢のため、実施されるのが遅れてみたり、抜けたりすることもあったようだ。

しかし苦心の甲斐あって、やがてル号発動機も誉(ほまれ)と命名されて実際に使われるようになったが、その頃になるとガソリンとオイルがだんだん粗悪なものとなって、予定の二千馬力は、実用場面ではついに発揮されることなく終わってしまった。

ちなみに戦後、紫電改は空母につまれて米本国に持ちかえられ、そして米国で彼らが常用したガソリンとオイルで試験飛行されたのであるが、その結果は彼らを改めて感嘆させたほどの好調と好記録であったと伝えられている。

紫電戦闘飛行隊誕生す

昭和十九年四月、館山基地で初の紫電隊(戦闘四〇一飛行隊)が編成され、十月には比島に進出した。水戦強風の面影から、いまだ完全に脱皮しきれないままの当時の紫電は、それを使いこなす側のパイロットたちにとってみれば、必ずしも乗り心地のよいものではなかったようだし、さらに発動機も信頼できるどころか、まだまだ実験の域を出ていない状態であった。

新しい機種ができて、実際に使われるにあたって、最初にこれを引き受ける部隊の気風が、その飛行機の将来性を左右する度合は大きい。この紫電隊の初代隊長に、当時、横須賀航空隊戦闘機分隊長であった白根斐夫少佐が選ばれたことは、紫電にとりまことに幸いなことであった。

かつて支那事変中における零戦の初出陣のとき、白根中尉としてその隊に小隊長として参加した。同時にそれは彼にとっての初陣でもあったが、幸先よい出発に引きつづき、彼はハワイ空襲いらい空母の戦闘機隊に加わって太平洋に武勲をかさねている。そしてその後、横須賀航空隊に転じたというその戦歴だけでなく、その間の沈着、勇敢、俊敏さは衆目の認める名パイロットであった。

白根少佐は比島出撃のまま、戦局多難のうちに、敵魚雷艇を銃撃中、壮烈な戦死をとげたのであるが、まだ完全にその機能を発揮できなかった紫電を駆って、激戦の真っ只中に飛び込み、その後引きつづいて真価を発揮すべく製作中であった紫電改に、貴重な教訓と希望をもたらしたのであった。

本命紫電改の活躍

紫電隊の労苦にむくい、またその悲願の実現を一日も早めるべく、二〇ミリ機銃四基を装備し、低翼単葉とした紫電改の製作は急がれた。

菊原技師も戦闘機乗りの好みと、戦闘機の特徴をつかみ、鋭意自信をもってその改造を押し進めた。また一方、松崎、瀬川と官民を代表するチャンピオンの努力が功を奏して、誉発動機もようやく軌道に乗るにいたった。

こうして、「紫電改を」の声は日に高く、グラマンF６Fを押さえて制空権を奪回せねばと各方面から渇望されながら、紫電改七十二機からなる第三四三航空隊の編成を見たのは、昭和二十年の初頭のことである。

司令には源田実大佐が、当時の戦局を軍令部で傍観することができず、昔とった杵柄（きねづか）の絶好の働き場所として飛びだしてきた。さらに、それぞれ二十四機を保有する戦闘飛行隊の隊長には、源田司令が中央にいた間に、戦地からの報告や情報を総合して、その中から誰々と白羽の矢を立て、名隊長が集められた。

それが予定どおり実現するほど制空権の奪回は戦局上の急務であったし、また紫電改型陸上戦闘機に寄せられた期待は大きかったのである。

戦闘七〇一飛行隊長鴛淵（おしぶち）孝、戦闘四〇七飛行隊長林（はやし）喜重、戦闘三〇一飛行隊長菅野（かんの）直の三名は一年ずつの違いで、新旧の序列はあったが、それぞれ智将、聖将、闘将の特長のもとに、いずれ劣らぬ闘志の持ち主だった。彼らは大尉とはいっても年齢は若く、戦争の中で育ち勝ち残った人々で、実戦という現実の洗礼によって技量を体得したという点で、それまでの先輩隊長と趣きを異にしていた。

彼らは終戦直前の数ヵ月間に相ついで華々しい戦死を遂げたのであるが、鴛淵がその後釜として率いた山田良市大尉、菅野が後継として鍛えた松村正二大尉は、戦後ともにそろってジェットパイロットとしてその遺志を継いだのである。

人を得て、紫電改はその二〇ミリの機銃四梃の威力と、菊原技師（清水技師協力）苦心の包絡線型空戦フラップの効果を充分に発揮した。

すなわち昭和二十年三月、内海西部に来襲した宿敵グラマンＦ６Ｆの大編隊を邀え撃って五十余機撃墜の大戦果を挙げ、敵も「グラマンに酷似した新鋭戦闘機現わる」と報告したのをはじめとして、九州周辺でＢ24、Ｂ29を邀撃し、奄美大島上空までＦ６Ｆを求めて制空の任にあたったのである。

初陣「紫電改」白雪ふりしきる日の大戦果

強敵F6Fの大群を一挙に叩き落とした帝都上空「紫電改」の闘魂

当時 横空戦闘機隊・海軍大尉 岩下邦雄

太平洋戦争の後期における航空消耗戦は、まことに、苛烈をきわめたものであり、とくに戦局が不利となって、ジリジリと後退を余儀なくされたころからの若年搭乗員は、空戦の経験も浅く、極端なことをいえば前線に出撃して二週間と命がもたなかったような、きびしい試練にさらされたのである。

私たちは昭和十三年四月、あこがれの海軍兵学校生徒を命ぜられ、三ヵ年の猛訓練で生まれかわったようなキリッとしてスマートな海軍士官となって、昭和十六年三月に卒業した。

岩下邦雄大尉

そして、すでに暗雲のたれこめている太平洋に乗り出したのであるが、同期生約三五〇名は、それぞれ戦艦や巡洋艦、航空母艦、駆逐艦などの実施部隊に配属されて海上生活の概略を経験したのち、その年の夏、約半数の一五〇名がえらばれて、海軍飛行学生として霞ヶ浦航空隊に入隊した。

昭和十六年といえば、この年の十二月八日、ハワイ空襲を契機として太平洋戦争に突入していった年である。

われわれ三十七期飛行学生は、通称赤トンボ（九三式中練）により、初期の操縦術全般を修得したのち、その特性によって偵察（航法）、戦闘機、艦爆、攻撃機、水上機の選修を命ぜられ、宇佐、大分、博多の各航空隊に転勤したのであるが、どちらかといえば小柄で敏捷な連中が、あこがれのマトであった戦闘機乗りにえらばれ、うち三十五名が大分航空隊に入隊した。私が二十一歳の時である。

この同期生は、昭和十七年三月、飛行学生教程を卒業して、いよいよ第一線部隊に配属され、南に北に、はげしい空中戦の真っ只中に出撃していったのであるが、当時はラバウル航空戦を頂点とする彼我制空戦のもっとも激烈をきわめた時期であり、連日、制空権確保のため大空中戦がおこなわれていた。そして帽子を振り、手をにぎって別れていったクラスメートの戦死の悲報が、いち早くつぎつぎと私の耳に入ってくるようになった。

私の経験からしても、初陣のとき（硫黄島上空の空戦）は、すっかり上がってしまって無我夢中であった。味方の四機編隊と思ってエンジンをしぼり近寄って見て、はじめて星のマークのグラマンとわかり、ケガの功名で一撃で撃墜したのはよいが、他の三機の追撃をさけて一目散に味方機銃陣地の上空に逃げ込んだり、さいわい敵機は対空砲火におそれをなして私を断念してくれたので、危うく硫黄島に着陸したというような不首尾をしたりした。

もっとも着陸するやいなや、機銃掃射にしたたかやられていた地上勤務員は、分隊長が目の前でそのグラマンをみごとに撃墜してくれたと大いに称讃され、微苦笑を禁じえなかったが。

初陣とはおよそこのようなもので、若い戦闘機乗りは、勇敢ばかりで空中戦闘の駆け引きもしらぬため、いつのまにか敵機に追尾されて、あえなく真紅の火ダルマとなって大空に散華したり、また悪天候に遭遇して操縦をあやまり、傷ついた愛機と運命を共にしたりして、それはほんとうに露の落ちるようなアッケないほどの潔さで雲染む屍となった。その三十一名のクラスメートの一人ひとりを懐かしく思い出すのである。

まさに無敵だった零戦

さて私は九三中練の教程をへて、大分航空隊ではじめて実用機である九五式艦上戦闘機（複葉の布張機でクルクルとコマのようによく旋回する軽い小型の旧式戦闘機）、ついで支那事変当時の主力戦闘機たる九六式艦上戦闘機（全金属製の低翼単葉機で当時としては優秀な性能をもっていたが脚は固定脚）による特殊飛行、射撃、空戦等の訓練を終了した。

最後にかの有名な零戦で、さらに高度の技術を習得して、ようやく一人前の搭乗員となったわけであるが、零戦はまったく当代世界第一の優秀戦闘機で、日本の航空技術の生んだ最高の傑作戦闘機であった。その優美な姿態、栄発動機のスムーズな回転、ヤンワリとした操縦桿の感触、傑出した旋回性能など本当にほれぼれするような飛行機で、われわれ搭乗員の

大村基地から横須賀へ空輸するため、試運転を行なう三四三空の紫電改

零戦に対する性能上の安心感、戦力に対する信頼感は、まったく絶対的なものといってもいいほどであった。

米国戦闘機隊（当時の主力戦闘機はＦ４Ｆ、Ｐ38）等も、とくに対零戦空中戦闘教範をつくって零戦一機に対しては、三機以上の場合のみ戦いをいどむこと、またたとえ機数において勝っていても、劣位（おおむね零戦の方が自分より高い高度にある場合のとき）では空戦をおこなうことなく戦場を離脱せよと教えて、もっぱら零戦の鋭鋒を避けることに終始していたくらいである。

また搭乗員も支那事変いらいの歴戦の強者ばかりで、隊長の顔色を見ただけで自分がどうすべきかがわかるほどに飛行隊全体の戦力が充実していたのであるから、緒戦において比島方面（クラークフィールド、ニコルスフィールド、ダバオ）をはじめとする南西方面の航空撃滅戦に、めざましいばかりの戦果を上げたことは、まったく当然といえるわけである。

だが、私はなんの因果か、この零戦とは生木をさくような別れをさせられ、零戦にかわるべき対大型機攻撃用のカブト虫のようなズングリした雷電隊、ついで脚と誉発動機の故障になやまされつづけた紫電隊と、もっぱら新しい飛行隊ばかりにまわされた。

こう書くといかにも雷電、紫電が劣性能の飛行機のように誤解されやすいが、雷電は零戦の設計者でもある三菱航空機の堀越二郎技師、紫電は二式大艇の設計者である川西航空機の菊原静男技師という、いわば天才肌の世界的な設計者の手によって生まれた戦闘機である。

われわれは一つにはあまりに零戦にホレすぎた（これは当時の海軍戦闘機乗りの一般的な傾向であった）ことの反動と、雷電はあまりに巨大な発動機を装備したために前方視界が狭くなって、これが搭乗員の不評を買ったこと、また紫電の場合は、やはり誉発動機のたえまない故障に対する不信が大きく、これら新機種にたいする悪評の原因となったのであり、当然、戦闘機としてはさらに高速を要望され、加速性もより増大すること、また雷電の場合、高々度で来襲する大型機の迎撃用としては、旋回性能より上昇力と火力を要求されるべき方向にあったのである。

この点については、当時のわれわれの無理解を恥ずべきであるが、私にとってはそれどころではなく、最後には生まれてはじめて乗った新機種の戦闘機で、当時最強を誇ったＦ６Ｆと雪の降りしきるなかで空中戦をおこなうという、とんでもない経験までさせられた。

これが戦争の末期に、劣勢を挽回すべく急きょ出現した紫電改の初陣である――。

米機の度肝をぬいた帝都上空の大戦果

当時、私は比島方面における苦しい戦闘を終わって昭和二十年一月末に、ふたたび横須賀航空隊付として内地に帰還したばかりで、しばらくの休養をゆるされて、北鎌倉の自宅から出勤するというノンビリした日々で、いわば新しい任務にたいする待機状態といったところであった。

紫電改についても、ちょっと座席まわりをのぞいて見たていどで、二月のこの日も飛行場の真ん中にある戦闘指揮所で、隊長指宿正信少佐、分隊長塚本祐造少佐らと談笑している最中、突如として空襲警報が発令され、夢中で飛び乗ったのが紫電改だった。

もっとも横空戦闘機隊といえば、当時もっとも経験の深い歴戦の搭乗員ばかりで、士気もきわめて旺盛であったから、敵さんござんなれとばかり、自信満々で飛び込んできたＦ６Ｆ群を、さっそく優位から猛攻をかけ、二〇ミリ機銃四梃も威力を遺憾なく発揮して、つぎつぎと戦果を上げていった。

北は八王子上空から、南は藤沢上空にかけて、大半の来襲機を撃墜したため、それから終戦まで横須賀上空に敵戦闘機は来襲しなくなった。

私はといえば、どうも脚の引込操作が不十分だったらしく、片脚のロックがはずれて、ちょっと脚を出したまま夢中で空戦をやっていたようである。（地上で観戦した厚木基地の飛行隊員の言）それでもＦ６Ｆ一機は、確実に手ごたえがあった。このときは、あまり至近距離に近づいて発射したため、弾丸がとぶのは見たが、つぎの瞬間、急上昇したから目標機を見失ってしまった。

なにしろ雪が局地的にかなり激しく降っており、青黒いＦ６Ｆが四機、六機と下方で急旋回しつつ逃げまわっているところを、私の指揮する編隊四機が、つぎつぎに後上方から攻撃をかけたわけで、約二、三十分の戦闘によって、前述のように紫電改は初陣においてめざましい戦果を上げ、そのうえおまけに全機帰還したのであるから、当時、敗色濃くやや意気消沈のテイであった海軍戦闘機隊も、この敢闘をきいて「われに紫電改あり」とこおどりしたのも無理からぬことであった。

この紫電改初陣の大勝利が、やがて第三四三航空隊の誕生と、そのめざましい成果につながっていったわけであるが、私はこの三四三空について、鴛淵、林、菅野の三隊長（いずれも大尉）についていろいろと思い出があるので、紫電改唯一の戦闘機隊として最後まで勇戦敢闘し、ついにはほとんど全滅するほど海軍戦闘機隊の名誉を傷つけなかったこれら名隊長の面影をしのんで見たいと思う。

鴛淵孝大尉は、私が四号（最下級生）として海軍兵学校に入校したとき、おなじ分隊の三号生徒（一期上級生）であった。兵学校の三号生徒と四号との間柄は実の兄弟以上の間柄で、私たちが入校したとき毛布から帽子、短剣にいたるまで、すべて三号生徒がキチンと用意してくれていて（記名からシーツの準備まで）、不慣れの兵学校生活をそれこそ手をとり足をとって、一から十まで親切に教えてくれ、一号生徒（最上級生）の鉄拳制裁をうけたときなど、そっとなぐさめ励ましてくれるなど、親身もおよばぬお世話をいただいた。

林喜重大尉にいたっては、それこそ私の同期の桜で、兵学校入校いらい苦楽を共にした間柄であるが、地上ではどちらかといえばおとなしい静かな感じの男で、彼がわれわれ同期の花形として、歴戦の戦功により、三四三空の紫電改隊長として衆敵を引き受け、鬼神も泣かしめるような勇猛隊長になろうとは、じつは予期もしなかった。ただ私が昭和十八年、比島方面戦訓調査団の一員として出張したとき、偶然、クラークフィールド基地のおなじタコツボのなかで、はげしい敵機の地上掃射をさけつつ、彼とともに一時を過ごしたときに、鋭どい目つきのたくましい戦闘機乗りになっている彼の姿を見て、ひそかな尊敬の念を禁じえなかったことを想いおこす。

菅野直大尉は、ちょうど鴛淵大尉と反対に、私の一期下で、大分空ではまた私が教官として指導にあたった。彼は無口な人柄であったが、うちに烈々たる闘志を秘めていたことは、私が彼としばしば空戦訓練を行なってよくわかっていた。負けずぎらいのガムシャラといっていいほどの操作で挑んできたため、一度などまったくあやうく私と空中衝突をやりかけたほど激しい気性の持ち主で、他の教官連中も彼との空戦訓練を敬遠したほどであった。

これらの隊長はつねに第一線にあって、連日はげしい空戦に明け暮れして、赫々（かっかく）たる戦功を上げるとともに、戦いを通じて人間的にも不屈の強靱（きょうじん）さを身につけ、部下搭乗員の敬愛を一身にあつめ、ついに当時もっとも精鋭な三四三空の飛行隊長としてつねに先陣をきり、ついに本土上空邀撃戦の花と散ったのである。

列機は紅顔の若者たち

私は鴛淵、林、菅野三大尉の在りし日の面影をしのび、追慕の念を禁じえないと同時に、わずか、二十二、三歳の若さで、かくまで人間的に完成の境地に達し、生死の間に出没して、よく任務を達成し得る資質をそなえることができたものと思う。

もちろんそれぞれの天与の才によるところ大であるが、やはり江田島海軍兵学校の生活にはじまる、かつての日本海軍の伝統精神の感化によるものと思わざるをえない。

これらの点はもちろん下士官兵といえども同じことであり、ことに私の列機のごときは、予科練出身の若鷲（考えてみれば、いずれもほとんど十六、七歳の紅顔の少年であった）で、よく困苦にたえぬき生死を超越し、なかには特別攻撃隊員として爆装の紫電をかって敵艦に体当たりを敢行したことなど、まことに海軍航空精神の権化（ごんげ）ともいうべきものであった。

以上、いろいろと書いてきたが、私は軍隊生活を称讃する者ではない。かえってわれわれのように生々しい戦争の経験を有する者は、もっともはげしく戦争をにくむ者と思っている。

ただ私は、現代の若い人々に前記のようなわれわれの戦争中の体験を語ることにより、零戦、紫電改のごとき、優秀な戦闘機を生んだ日本のすぐれた科学性と、これらの飛行機を乗りこなして、みごとな精神美を発揚した若い搭乗員たちのあったことを誇りとしてもらい、国を愛すること、日本を誇りとすることを知っていただきたいと思うだけである。

戦闘三〇一飛行隊「紫電改」菅野隊長帰投せず

三四三空「剣部隊」がくりひろげた本土上空最後の日々

当時 戦闘三〇一飛行隊搭乗員・海軍上飛曹　宮崎　勇

昭和十九年十月二十四日、私は第二五二海軍航空隊の一員として、フィリピンのマバラカット基地より、敵機動部隊の撃滅のための総攻撃に参加した。しかし、戦果は期待どおりにはすすまないまま、明くる二十五日には、初の神風特別攻撃隊として編成された敷島隊の関行男大尉が敵艦に突入し、散華した。

それ以後、フィリピンの全基地にいた搭乗員たちは、特攻隊員として関大尉のあとにつづく結果となった。こうして全員、火の玉となって突入していった。わが二五二空も全員特攻に指名され、そのころ特攻部隊であった二〇一空の傘下に入る搭乗員は日ごとに多くなっていった。

宮崎勇上飛曹

こうして特攻の覚悟をきめていた十月の末日、私は岩本徹三少尉、斎藤三郎少尉とともに飛行長の進藤三郎少佐によばれた。そして、内地に飛行機をとりにいくように、との命令をうけ、九六陸攻で鹿屋航空基地まで帰ってきた。ただちに第五航空艦隊司令部に出頭したが、「飛行機はないからやれない」といわれたので、しかたなく二五二空の原隊（茂原基地）に帰っていった。だが、このままではフィリピンに帰ることもできず、気をもんでいるうちに十一月も末となった。そして新たな命令をうけた。それは、「こんど横須賀海軍航空隊で新しい部隊が編成されるので、その部隊に転勤せよ」とのことであった。こうして部隊名もわからないままとりあえず岩本少尉などと別れ、一人で陸路、横須賀へ転勤した。

ところが、二日たっても三日たっても、転勤してくる搭乗員はだれ一人としていなかった。このため内心あせりを感じながら、仕方がないのでふたたび茂原基地に帰る決心をし、出発しようとしていたとき、菅野直大尉をはじめ笠井智一、日光安治、杉田庄一などとばったり出会った。

「じつはいま原隊に帰ろうと思っていたところだ」と、これまでのいきさつを話すと、菅野大尉が、

「それがわが部隊である」といったので、ようやく新しい部隊に合流できたのであった。

ここでさっそく、まだ黄色にぬったままの紫電改（実験機）二機と、紫電などの慣熟飛行にはいった。そのうち、訓練基地も松山と決定し、さっそく移動することとなった。

松山基地では、さっそく猛練習がはじまった。そのころ各地から一騎当千の生き残り搭乗

員が続々とあつまってきたが、しかし、若年搭乗員も大勢いた。猛訓練にくわえ、飛行機もまだ実験段階にあったし、さらには高度な訓練をつづけたため事故も続出した。だが、菅野隊長を中心にそれを乗りこえ、二十四機による編隊離陸、また十六機対十六機の編隊空戦など、高度な空戦技術をマスターしていった。

源田実司令も昭和二十年一月二十日には着任し、飛行機も最新鋭の紫電改が着々とそろっていった。この陣容をみるかぎり、まさに意気天を衝くといわんばかりに頼もしいものがあった。

こうして発足した第三四三海軍航空隊を剣部隊、戦闘第三〇一飛行隊を新選組、また戦闘第四〇七飛行隊を天誅組、戦闘第七〇一飛行隊を維新隊、偵察第四飛行隊（偵察）を奇兵隊とそれぞれ愛称でよばれ、いよいよ決戦にむかっていった。

きびしい訓練のあいまに、松山在住の大西宇市さんという方のお宅におじゃまして御馳走になったり、また済美高等女学校（現済美高校）の生徒さんから、飛行機が紫電改だからと紫色の絹のマフラーを、新選組の全搭乗員におくってもらったこともあった。

また、柴田正司少尉が新選組の隊歌を作詞し、それを愛媛女子師範の音楽の先生に作曲してもらって全員で大声でうたい、鋭気をやしなったものであった。このように激しい猛訓練のなかにも、これらかずかずの楽しいこともあり、わが新選組は菅野隊長を中心に「菅野一家」と自称し、剣部隊の中核飛行隊として育っていったのである。

日毎に減る味方機、増える敵機

編成いらい三ヵ月、ついに源田部隊の真価を発揮する機会が到来した。

米機動部隊は瀬戸内海西部（呉方面）の攻撃のため、ついに三月十九日未明、約三〇〇機以上が幾梯団にもわかれて攻撃してきた。わが部隊は松山上空においてこれを迎撃し、F6F、F4U、SB2Cなど五十四機を撃墜した。これに対してわが方は十六機の未帰還機をだしたが、この戦闘では、紫電改の威力と空地一体の作戦により大戦果をあげ、衰退状況にあった全空軍に新風を吹きこんだのである。

そして四月初頭、三四三空は九州の南端にある鹿屋基地へ進出した。その当時、米軍はすでに沖縄に上陸しており、わが航空隊の攻撃目標は、沖縄方面に遊弋（ゆうよく）している米機動部隊の殲滅（せんめつ）であった。

しかし、これらの艦艇へは、おもに特攻による攻撃がおこなわれていた。だが、すでに制空権を米軍にうばわれている現在、特攻機は突入する以前に敵戦闘機によって撃墜される状態であった。そこでわが紫電改部隊は第五航空艦隊に編入され、菊水二号作戦に参加することになった。

この作戦は、奄美大島と喜界島をむすぶ線上にわが部隊が進出し、敵戦闘機をできるだけ多数ひきつけておいて啓開し、そのスキをついて特攻機をぶじ目的地にむかって航過させようというものであった。このため剣部隊は、全可動機をもってこの作戦にあたることになった。

　これは四月十二日の第一回を皮切りに、六月二十二日までのあいだに合計六回実施された。その間の出撃機数は延べ一六五機、会敵した敵機延べ一八〇機で、このうち撃墜機数一〇六機、味方の自爆および未帰還機二十九機の大戦果をあげた（源田実著『海軍航空隊始末記』）。

　その第一回目の四月十二日には、菅野大尉が総指揮官となり、三十四機をもって予定地域に進出し、八十機のＦ６Ｆ、Ｆ４Ｕと交戦し、二十三機を撃墜した。

　つづく第二回目は、四月十六日、鴛淵孝大尉（戦闘七〇一飛行隊長）が総指揮官となって出撃し、鴛淵隊八機、第二中隊林喜重大尉（戦闘四〇七飛行隊長）十二機、第三中隊菅野直大尉十六機の合計三十六機の編成で予定線上に進出した。

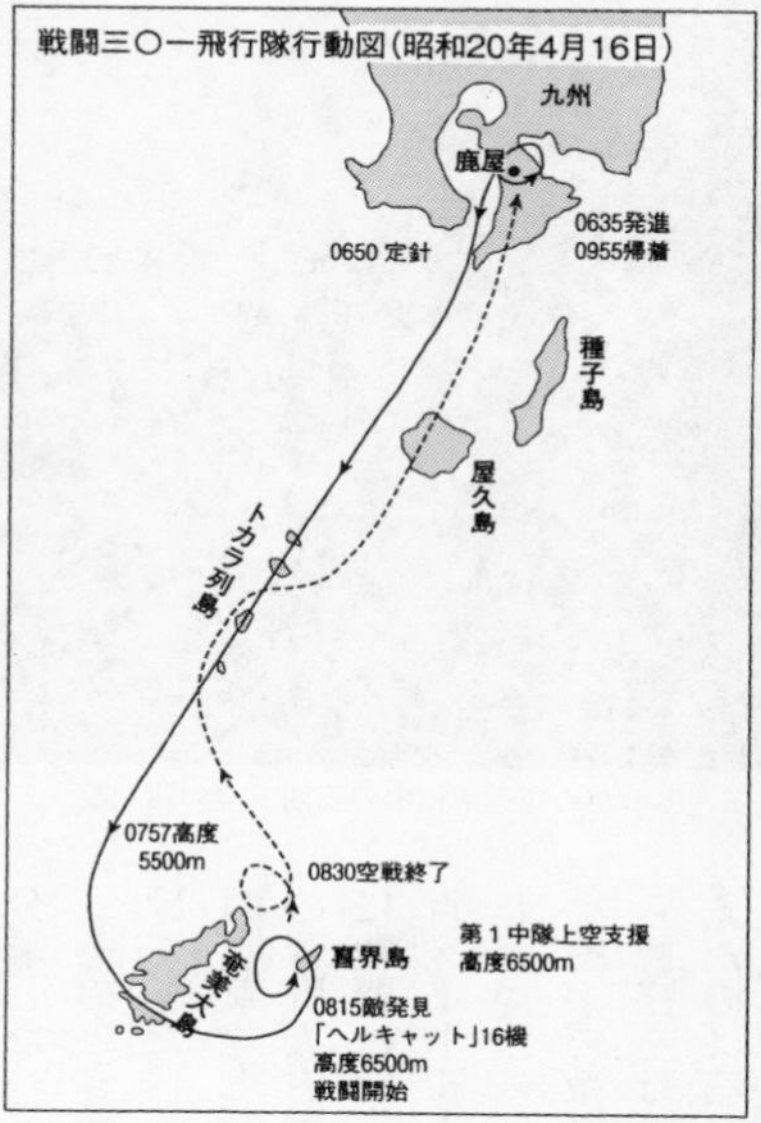

戦闘三〇一飛行隊行動図（昭和20年4月16日）

　しかし、このときわれわれは高度五五〇〇メートルにおいて、約六千メートルの高度をとって避退している米艦上機十六機を発見した。この場合、五百メートルでも上方にいる米艦上機のほうが優位であったので、第一中隊はただちにより有利な高度をとるために第二、第三中隊と

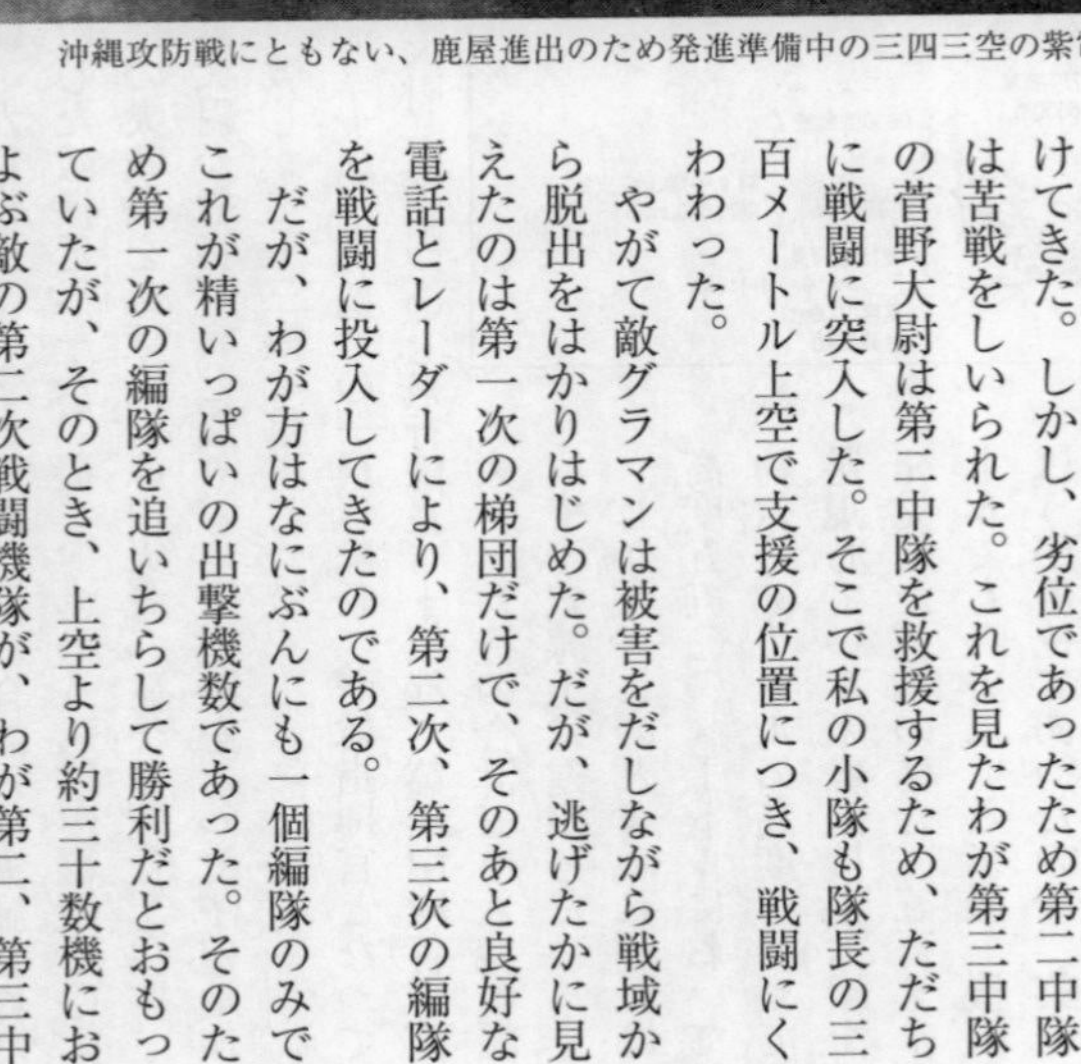

沖縄攻防戦にともない、鹿屋進出のため発進準備中の三四三空の紫電改

分離した。

そのとき敵機は、第二中隊に全機で攻撃をかけてきた。しかし、劣位であったため第二中隊は苦戦をしいられた。これを見たわが第三中隊の菅野大尉は第二中隊を救援するため、ただちに戦闘に突入した。そこで私の小隊も隊長の三百メートル上空で支援の位置につき、戦闘にくわわった。

やがて敵グラマンは被害をだしながら戦域から脱出をはかりはじめた。だが、逃げたかに見えたのは第一次の梯団だけで、そのあと良好な電話とレーダーにより、第二次、第三次の編隊を戦闘に投入してきたのである。

だが、わが方はなにぶんにも一個編隊のみで、これが精いっぱいの出撃機数であった。そのため第一次の編隊を追いちらして勝利だとおもっていたが、そのとき、上空より約三十数機におよぶ敵の第二次戦闘機隊が、わが第二、第三中隊に攻撃をしかけてきた。

ひきつづき第三次攻撃もかけてきた。このときから勝敗は逆転し、数でこられるのが日本戦闘機隊の泣きどころであることを痛感した。

この戦闘中にわが小隊の二番機富杉亘上飛曹と四番機浅間太郎一飛曹が、わずかに編隊をはなれて下方にとびだした。

乱戦であったが、私はただちに救援にむかった。だが、いつのまにかつい見失ってしまった。そして空戦がおわったのち集合場所で待っていたが、ついに帰ってこなかった。

富杉上飛曹、浅間一飛曹とも色白で、紫色のマフラーがよくにあう紅顔の美少年であった。若年ではあったが技量も優秀で、将来が楽しみな搭乗員であった。その二人を私の判断のまずさから失ったことは痛恨のきわみであった。

この戦闘により、特攻機は敵戦闘機の妨害をうけることなく第一の敵警戒線の突破に成功したので、作戦も成功だったといえるかもしれないが、直掩隊のみの戦果はF６F六機撃墜にとどまり、味方は九機の未帰還機をだした敗北の一日であった。いかに電話連絡の良否によって、敵味方の状況が一変することの見本のような戦闘であった。

また、編隊空戦の鉄則である、絶対に編隊をはなれるな、という戦訓を身をもって感じたものであった。編隊空戦はまとまっているからこそ強いのであり、機数以上の力が発揮できることを痛切に体験した。

こうした戦いをつづけていたが、飛行機の消耗もますますはげしくなり、紫電改の製造工場である川西航空機は敵のB29の爆撃により破壊され、六月からはほとんど飛行機の補給は皆無となった。

B29も毎日のように高々度で飛来し、日本全国の中都市も毎晩のように焼夷弾攻撃をうけた。三四三空のホームグラウンドである松山市も七月二十六日、B29により焦土と化した。

部隊一の傑物菅野隊長の最期

八月一日を迎えた。この日はじつに悲しい出来事があった。それは菅野隊長が未帰還であった。昨年十二月、横空で私をひろってくれていらい、公私ともに兄のように指導し、面倒をみてくれた隊長の帰還を全隊員が待ちにまったが、ついに帰ってはこなかった。

堀光雄飛曹長の言をかりれば、この日、隊長は屋久島北方で約三十機のB24を発見し、ただちにこれに第一撃をかけたとき、不運にも二〇ミリ機銃が腟内(とうない)爆発をおこしてしまい、戦闘不能となった。

そのため隊長機を援護しようと、堀飛曹長は隊長機に近づいていった。ところが隊長は、堀飛曹長にたいして「攻撃にいけ」といった。このため堀飛曹長は、隊長の命令ならばと隊長機からはなれたが、これが隊長を見た最後であったという。

「俺は新選組の隊長だ。わが隊の飛行機が一機でも出撃するときは、隊長の俺がいく」といつも言っていたが、またそれを実行した。

しかし、ついにこの隊長も帰ってこない。みんなは寂として声もなく、どこかに不時着しているることを願いながら、全員でがんばろうと誓い合ったものであった。

菅野隊長の人となりは、国分基地にいたときに二人で脱外出をして温泉旅館で一杯やり、そのあと温泉に入った。そのとき、浴槽のなかは湯けむりがたちこめ、誰かいるのはわかっていたが、気にもしないで二人で大声で話していた。しばらくすると湯けむりもなくなり、いっしょに温泉につかっている人の顔もはっきり見えてきた。

そこでなにげなくその人の顔をみて、菅野隊長と私はとびあがらんばかりに驚いた。なんと目の前で気持よさそうにつかっていたのは、源田司令ではないか。司令はそのとき笑っていたが、あとで叱られるぞ、と思っていたところ、

「貴様ら風呂か、気をつけて帰れよ」と言われただけですんだ。このとき隊長は、

「さすがオヤジだなァ」と苦笑いしていたのを思いだす。

またあるとき、松山にある白滝という海軍のクラブに菅野隊長、松村分隊長、柴田分隊士、そして私の四人が一杯飲みにいき、ワーワー騒いでいた。ところが隣りの部屋から突然「ヤカマシイ」と大声でどなられた。それでもかまわず騒いでいると、何回目かに注意されたとき、隊長は「ナニッ」と言いながら襖をひらいた。

ところが大変、そこには正面に海軍少将が、そしてそのまわりに参謀肩章をつけた中佐が三人すわっていた。私はおもわず、これは大変なことになったと思っていたところ、菅野隊長はなにを思ったのか、テーブルの上にドッカと腕を組んですわりこんだ。このとき参謀たちは怒ったが、少将はしずかに、

「もうよい、帰れよ」と言ったので、四人はほうほうのていで帰ってきた。

ところが翌朝、まだ暗いうちに指揮所へいったところ、昨夜の少将と源田司令が仲よく話し合っていた。これを見た菅野隊長もさすがにヒヤッとしたのか、

「オイオイ、宮さん（私のこと）、来とるぞ来とるぞ」と小さい声でいっていたが、そのとき、隊長は司令によばれた。隊長も覚悟して司令の前にいったところ、源田司令は、

「貴様たち、夕べは元気があったそうだな」とひとこと言われたのみであった。

それですんだけれども、私たちはこの短いことばのなかに、隊長を信頼していた司令の胸中を思いしったものである。

このほか菅野隊長にまつわるエピソードはいろいろあるが、このように無類のものに動じない面をもっていたが、それがそのまま実戦にいかされていたように思う。

ついに八月十五日を迎えた。

わが隊は立つ鳥あとを濁さずのたとえどおり、備品ぜんぶに整理札をつけた。そのあと、私は全員の本籍地を謄写して一覧表をつくり、みんなに配付した。そして、今後はどうなるかわからないが、五年後のきょうの正午、京都駅前で再会することを約してそれぞれ帰途についた。けっきょくこの件は実現しなかった。

だが、私は太平洋戦争がはじまっていらい、私に関係のある戦死者の氏名を書いて仏壇に安置し、いまでも朝夕に冥福を祈っているが、仏壇の前で手をあわせると、いまはなき菅野隊長や鴛淵大尉をはじめ散華した戦友たちの顔が、ありありと浮かんでくる。

それとともに、耳にこびりついた新選組隊歌があざやかに甦ってくるのである。

〽熱血みなぎる五尺の体　皇国護持の令旨をうけて
愛機とともに征空万里　打ちてし止まん打ちてし止まん
いまぞいで立つ新選組　いまぞいで立つ新選組

双発戦闘機開発で体験した天国と地獄

テスト中に風防がとんだり主翼に大穴があいたり。夜戦「月光」開発秘話

当時 中島飛行機テストパイロット　青木　与

支那事変が意外に長びき、ますます戦火が拡大しつつあった昭和十三年十二月、『仮称十三試双発陸上戦闘機』の試作要求書が、海軍当局から中島飛行機にたいして発せられた。これがのちに夜戦月光（げっこう）となっていく機体の仮の名称であったが、その試作要求書の要旨をぬき書きしておこう。

空戦可能で、敵地に積極的に進出して、敵の戦闘機を撃滅して制空権をうばい、また味方攻撃機に随伴して掩護の任を果たし、あるいは味方上空に侵入してきた敵攻撃機を撃破できる、大型戦闘機という構想である。

それでモデルになったのが当時の代表的戦闘機である九六式艦上戦闘機（九六艦戦）で、これを大型にして、空戦性能はこれより幾分落ちてもよいが、三座にすることによる強力な射撃力の増加でこれをおぎない、そして長航続力をもあたえる。

青木与飛行士

当時まだ零戦(昭和十五年すなわち紀元二千六百年に誕生)はなく、それまでは九六艦戦が戦闘機のエースであった。

型式としては双発単葉で、特に大きさに制限はないが、できるかぎり小型とすること。発動機は昭和十四年九月までに海軍規格に合格のもの、プロペラは恒速(コンスタントスピード)のものを使用のこと、などで、具体的には、

乗員三(操縦員一、偵察員一、電信員一)

性能=戦闘正規状態で高度五千メートルにおいて最高速度二八〇ノット以上。上昇力=四千メートルまで六分以内。実用上昇限度=一万メートル以上。

航続距離=一七五ノットで一三〇〇浬(かいり)以上(戦闘過重状態で二千浬以上)。離陸滑走距離(過荷重)四〇〇メートル以内。離陸速度(過荷重)六十五ノット以内。

片発飛行=高度四千メートルで水平飛行可能。操縦性能=特に旋回性能優良なること。強度=一二Gを越えること。

兵装=二〇ミリエリコン固定銃一および七・七ミリ固定銃二、計三基を胴体前方に、七・七ミリ二連装旋回銃二基を胴体中部上方に、同一基を後下方に装備し、旋回銃は全部リモートコントロールとする。なお七・七ミリ連装旋回銃は一三ミリ旋回銃と換装し得るよう準備して置くこと(通信兵器その他は略記)。

という、針ネズミのような多数火力の重装備で、しかも双発機としては空前の高度な空戦性能の要求であった。

当時、中島飛行機では新しく小泉製作所が竣工したばかりの時で、ここで海軍機を、元太田製作所で陸軍機を、それぞれ分担して設計および製作をすることになっていた。

小泉製作所ではただちに、吉田孝雄所長以下、三竹忍技師長、山本良造設計部長、福田安雄設計課長、中村勝治設計主任および設計部員が総力を上げて取り組んだが、その頃としては画期的な、そして苛酷なまでの空戦性能の要求に、なかなか設計方針すらきまらず、時は容赦なくすぎていった。

もみにもんだすえファウラーフラップ（後述）の採用を決定、やっと設計が軌道に乗った。会社での名称は「J1N1」と定められた。

第一回の木型審査を受けたのが、要求書が出されてからちょうど一年目の昭和十四年の十二月二十七日。はじめて実物大の模型が出来あがったわけである。

この頃になって、無理をかさねてがんばっていた中村設計主任が病気でたおれてしまい、やむなく入社後、日は浅いが、会社上司の信頼の厚かった大野和夫技師（戦後、北大教授）と交替した。頑健な彼は、前任者の中村技師以上にがんばることができた。それいらい公私ともに私と行動を共にすることが多くなり、いやな特殊な試験飛行にもよく同乗してくれた。

明けて昭和十五年二月中旬、第二回の木型審査を終了して、はじめて機体製作に着手することができた。

発動機は当時の花形〝栄（さかえ）一〇型改二〟の搭載がきまっていた。二段スーパーチャージャー、一速＝高度一六五〇メートル、二七〇〇回転、一〇五〇馬力。二速＝高度四五五〇メートル、

昭和17年7月、十三試双発戦は二式陸偵として採用された。乗員3名

二七五〇回転、一一八〇馬力。減速比〇五八一で、荻窪製作所から私の入社以来の親友である水谷総太郎技師が派遣され、発動機担当としてつきっきりであった。

昭和十五年十一月、強度試験機体（〇号機）が完成、さっそく横須賀の空技廠に搬入されて、試験が行なわれた。これは二日がかりで実施され、落下試験も終わって文句なくパスした。

三十秒と十ノットが不満

こうして待ちにまった第一号機が完成したのは、翌十六年一月末のことであった。ただちに小泉飛行場の格納庫に運びこまれた。そこで綿密な検査、点検、各機構の作動試験、発動機の試運転などがおよそ一週間にわたって行なわれ、やっと全部OKとなったのが二月七日である。

昭和十六年二月八日、J1N1（十三試双発陸上戦闘機）の誕生日というべき初飛行の当日である。上州の冬には珍しい無風快晴、しかも春のような暖かさであった。この機の初の門出を祝福しているような絶好の飛行日和である。

赤城、榛名、妙義の山々はやわらかい日ざしを受けて、J1N1の初飛行を静かに見守っているかのようである。霊峰富士は遠く淡い靄(もや)につつまれて、うすい墨絵のようにかすかにその偉容をあらわしていた。

発動機の試運転は、水谷技師が十分に時間をかけてすませている。整備作業員はこの時になっても、まだ不安そうに、点検に忙しい。彼らは優秀な人たちであった。試作機の作業員は各社ともそうであろうが、当社はとくに精鋭ぞろいである。私は彼らの整備したものには、絶対の信頼をいだいている。

それに、私はこのJ1N1に対しても、少しも不安を持っていない。それは三面図のころから接触して、風洞試験、木型審査、強度試験、一号機とすべての機会に立ち会って得た、信頼と自信であろう。愛情といってもよいと思う。日頃ずぼらな私が、試作機になるとこのように変化するのであるが、これはあながち私のみではないだろう。

午前十時、発動機は始動された。中間席には計測主任の川村吉郎技師、後席には発動機担当の水谷技師が搭乗した。発動機は快調である。格納庫の前には、中島乙未平副社長をはじめ会社幹部と関係従業員が、大ぜい集まって見つめていた。初飛行の場合、いつもの例であった。

J1N1はその中を摺(す)りぬけるようにエプロンをはなれて、地上滑走、ブレーキの利き、ファウラーフラップの作動などをためした。すべてOK、離陸位置についた。

ファウラーフラップを全開、ブレーキをいっぱい踏んで、発動機を静かに全開（全回転）、調子は良好、私は後席に合図をしてブレーキを放した。

ファウラーフラップ（全開時は前後とも主翼を二十ミリはなれ、その隙間を気流が通過して揚力を増大する仕組みになっている。開閉は約一秒で可能）全開のせいか、加速はあまりよくなかったが、三〇〇メートルも走らないうちに、これは意外に早く浮き上がった。各舵をわずかずつ手早く操作して利きをためした。利きはやや鈍重であった。これもやはりフラップのせいであろう。

速力がついて舵の利きがややしっかりしてきたとき、昇降舵をひいて上昇に移った。どんどん地面をはなれた。脚を上げた。ついでフラップを全開にして上昇をつづけた。各舵はますますしっかりしてきた。三千メートルに達して水平飛行、いろいろ操作して舵やフラップ、発動機の状態などの記録をとりながら約三十分、慣熟飛行ののち着陸した。口笛でも吹きたい気持である。

初飛行は終わった。成績としては上等の方であろう。それからはほとんど連日、休みなしに試験飛行が強行された。遅れを一日でも取りもどす意図もあったが、こんな場合、休まないのは中島飛行機の伝統であり、習慣でもあった。試作機の作業員は休まないどころか、徹夜もしばしばであった。実によく酷使にたえた。だれ一人、不平をいう者もなかった。

二回ほど慣らした後、特殊飛行（スタント）をして見た。横転（ロール）以外はいくぶん鈍重な感じはするが、ふつうの戦闘機と変わらなかった。横転は操作後やや間をおいて、急にがぶって振りまわすように回転するので、止める時機がむずかしかった。錐揉み（スピン）は悪性の傾向はなく、停止操作のとき旋転側の発動機を使用すれば、旋転停止はさらに容易であった。

手なおしをほとんどやる必要のなくなった上天気の一日、正式に上昇および最高速の測定をやったが、その結果は期待に反し、あまり芳しいものではなかった。すなわち要求されている、四千メートルまでの上昇に六分を三十秒も超過、最高速は高度五千メートルで二七〇ノットに（修正実速、以下同じ）終わった。十ノット不足である。

しかし関係者は失望しなかった。これくらいなら飛行機をみがき上げるだけでも、解決できると信じたからである。

三月中旬にはさらに第二号機が完成した。二機になったので、手なおし作業で休むことなく、試験飛行をつづけられるようになった。しかし、わずか三十秒と十ノットは、当初一同が考えたように楽ではなかった。

機体のみがき上げはむろんのこと、発動機も積みかえてみた。プロペラもおろして調査した。速度計の系統も調べた。そしてその他考えられる、あらゆる手なおしをしているうちに、ほんのわずかずつではあったが、効果はあった。まさに、関係者一同の執念であった。

ついに三月末には上昇力は八千メートル上昇の途中の四千メートルで六分をわずかではあるが割って、五分五十七秒。最高速は高度五七三〇メートルでジャスト二八〇ノットに達することができた。一同は感激して万歳を叫んだ。

しかし、海軍に領収をもとめるには一番やっかいな、終速（戦闘機と急降下爆撃機は必ず測定する定めである）の測定が残っている。これは日をあらためて実施することにした。

やっかいな終速測定

終速測定の当日は、これまた上天気であった。私は万一を考えて、他の座席に砂袋をしばりつけるよう、その準備をさせていたところ、大野技師が同乗するといい出した。私は慣れないと耳が痛むから、やめるように勧めたがきかなかった。

じつは中島飛行機では、昭和七年に藤巻恒男飛行士が試作機の急降下爆撃機の垂直降下のテスト中に殉職した、悲惨な前例があったのである。

この日、このテストが終わるまで、飛行場では他のいっさいの飛行を中止した。空中衝突の危険を避けるためである。中間席に大野技師を乗せ、後部席には砂袋を積んで離陸した。上昇は快適であった。間もなく六千メートルに達した。ここから一回トライアルをして、全般の様子をさぐることにした。

後席に合図の後、発動機をしぼって、飛行場の滑走路の真ん中の目標に垂直降下にうつった。一気に三千メートルまで降下したがなんの異状もなく、速度計の示度は二七〇ノット（実速ははるかに大きい）、回転は左右発動機とも二七〇〇であった（過回転が大きくなると発動機がこわれ、ついで空中分解の因になる）。

軽く徐々に引き起こしにかかり、一五〇〇メートルで水平、舵の状態はやや重くなったていどで、機体を見わたしたところ異状を認めず、後ろに「異状ないか」と聞くと、すぐ「OK」の答え。

いよいよ本番。発動機を全開して上昇、大野技師は不慣れなので四千メートルで酸素吸入をはじめるように指示して、上昇をつづけた。六千メートルで私も酸素吸入を開始、それから約五分後に八千メートルに到達した。しばらく水平飛行をしながら各部にまた一通り目を通した。

そして飛行場の真上にきたとき、後席に向かって「耳に気をつけろ、地上で話した通り、ときどき鼻をつまんで息をふけよ、さあ、いくぞ」と発動機をしぼり、頭を下げて、ふたたび飛行場に照準をつけて垂直降下に移った。

またたく間に高度は七千、六千、五千メートルと下がる。発動機の回転は二七〇〇をややオーバーし、速度計は二八〇ノット付近でいくらも動かない。私は全神経を耳に集中、どんなささいな異音も聞きのがすまいと緊張する。そして記録をとるのが忙しくて、目と手がいくらも欲しい感じだ。高度計の針はくるったように回転して四〇〇〇、そして三五〇〇、速度計はついに二九〇、発動機の回転二八〇〇、ちょっと怖くなってきた。

とつぜん後席から、「青さん、青さん、あおさーん」とけたたましく連呼してきた。私が記録をとるために下を向いて、じっとしているのを見て、失神でもしているのではないかと、急にひどい不安におそわれたらしい。

月光二三型。十三試双発戦として計画され、斜銃を得て月光となった夜戦

私はいちばん大事な時でもあり、記録に手がいっぱいで返答の余裕がない。

高度は三千、速度計は二九二ノットから動かない。すなわち終速、静かに引き起こしにかかったとたんに、後方でバッヒューンという大きな金属音が聞こえた。

一瞬、きゅーっと胸をしめつけられるようだ。自分の顔面の筋肉が極度の緊張でこわばるのがわかった。そしてこれでおしまいかとも思った。

昇降舵は予想したよりもはるかに重い。操縦桿に両手をかけて足をふんばり、徐々に引いた。下の飛行場が急激に大きくなって近づいてくる。角度はもう六十度、起こす自信は十分だが、さっきの金属音が気になる。

急いで、空中分解させてはならない。静かに静かに、高度は一八〇〇、必要以上に下げたようだ。もう角度は三十度、速度も大分落ちた。なおも静かに起こした。

やっと機は水平になった。赤城山の麓から中腹の山肌がすーっと浮き上がるように見えてきた。高度はちょうど一千メートル。

私は後ろをふりむいて笑った。大野も笑った。そして大きなアクビをした。着陸後、しらべたところ、最後部座席の風防の一部がちぎれてなくなっているのを認めた。

テスト中に主翼に大穴が

四月に入って、空技廠から領収のため大勢の部員が来社した。分担して各部をこまかく検査するためである。

二日がかりの審査の結果、この二機は無事に領収されて横須賀に空輸された。以後こまかな試験飛行は空技廠実験部で継続して審議されることになった。

会社では後続機の製作をいそいだ。第三号機以下ぞくぞくと飛行場に搬入された。そのつど丹念に定められた試験飛行をして、駐在の監督官に領収してもらってはつぎつぎと横須賀に送りこんだ。そのうちの一機で、こんなことがあった。

初夏のある好天の日、高度一万メートルに挑むべく快調な上昇をつづけて、高度八千メートルで信越の連山の上空にさしかかったとき、とつぜん翼の右側に轟然たる爆発音が起こった。ハッとして右翼の上面を見ると、発動機のすぐ外側、主翼中央に直径一メートルくらいの穴があいていて、ちぎれて飛びちったあとの外鈑がハタハタとはためいて、風が上に吹きぬけているのである。

右発動機もはなはだ不調となったのでテストを停止、高度の低下を小さくするためにファウラーフラップを全開、左片発で小泉飛行場に向かった。

同乗の計測員に翼の下面をのぞかせたところ、右車輪のタイヤが破裂していることが判明した。八千の高度があるので滑空降下率が大きくなっても、飛行場に帰投するのは造作のないことであるが、着陸時失速のおそれがあった。

地上でも気がついて大騒ぎしているようだが、どうにもなるものでもない。私はいきなり着陸姿勢をとった。もちろん脚は引っ込んだままである。機首をだいぶ下げて、いつもより十五ノットも多い速度で、滑走路を避けて草地に接地したが、速度が大きいので草地を百メートルも引っかかいて停止した。

思ったようりうまくいった。だれもかすり傷ひとつしなかった。非常に幸運であった。機の被害も大したこともなく、翼面の穴とプロペラ折損が大きいところだった。二十日後に修理ができて帰ってきた。

これ以外のアクシデントは、横須賀をふくめて全然なかった。そして実験部では着々と審査がすすめられていたが、この年の暮れもまぢかい十二月八日、ついに太平洋戦争が勃発した。

緒戦はわが国の一方的な勝利がつづいた。その朗報で連日わきかえっていた。昭和十七年二月中旬、海軍のこの機に対する判定が下った。

要約すると、「試作要求に対してはやや満足すべき結果であるが、その後、他の飛行機の進歩がいちじるしく、目的とした大型強力戦闘機としては、もはや不向きである。よって、さしあたり陸上偵察機として、強行偵察に使用。将来、夜間戦闘機として充当する」という決定であった。

ところが間もなく、南方からの強力な要求があって、急きょ夜間戦闘機として南方に向かって出征することになった。そして月光と初めて正式に命名された。

昭和十八年の初期、戦勢ようやくわれに不利を伝えられるころから、われらの夜戦月光が真価をいかんなく発揮した活躍期となったのである。

南海の基地ラバウルの夜空に、きらめく南十字星のもと、淡い月光を浴びてごうぜんと姿をあらわした大型爆撃機が、どこから何に射たれたのか見当もつかないまま、つぎつぎと海中に葬り去られ、ついにやむなく暗黒の海上を海面すれすれに遁走するしか策がなかった。しかしこれとても、いくぶん被害を少なくした程度で、なかには目測を誤ってみずから海中に突入するものもあった。なんとしてもその殺し屋の姿すら、はっきりしないのだから、米軍がふるえあがるのも無理はなかった。

月光がここまで戦果を上げ得たのは、ラバウル基地の小園安名司令のもとに配置されたからにほかならないといえる。小園隊は月光の特長を生かした使い方を工夫した。特長とは優秀な火力、すぐれた空戦性能、そして操縦席の視界の良好さである。

工夫された使い方とは、固定銃をすべて機の軸線と上下にそれぞれある角度をつけて装着し、操縦者が直接ねらって射てるように照準線を合わせた。これで、敵機の上あるいは下を同速で同航しながら射撃するという簡単な着想であったが、いままでだれも思いおよばなかったところをみると、奇想ともいえるし、盲点でもあったろう。とにかくおもしろいように命中したという。

同速同航で照準は修正なしで、ちょうど同じ道を同じ速度で走る自動車をねらうようなもので、当たるのが当然であろう。ただ疑問に思うのは、アメリカ側がなぜ月光を発見できなかったかということであるが、ここが小園隊の苦心のあったところともいえる。

月光奮戦の模様は会社にも伝えられた。当時はもう朗報の少なかったころで、私どもは大いに溜飲を下げた。しかし、これも長くはつづかなかった。そして間もなく終戦となったのであった。

夜間戦闘機「月光」東京上空B29との対決

精鋭三〇二空「厚木航空隊」斜銃に生命をかけた夜戦搭乗員の体験

当時三〇二空第四飛行隊・海軍中尉　菊地敏雄

坂田少尉とともに、私が神奈川県厚木にあった三〇二空（厚木航空隊）に着任したのは昭和十九年七月のことで、当時はまだ空襲の緊迫感もなく、三〇二空も編成されてまもないときであった。

同期の坂田や私、それに中山、中村など、いずれも予備学生出身であった。そのうえ私たちの入隊と前後して、海兵出身の若い人たちや予備学生出身者がぞくぞくと入隊してきたため、ガンルームは若さでいっぱいだった。

このころはまだ飛行機も雷電、零戦、月光、彗星、銀河が集められ、三〇二空は横須賀鎮守府直属の帝都防衛海軍航空隊として、戦備を充実させていった。このときの司令はラバウルで勇名をはせた小園安名大佐で、わが第四飛行隊「月光」隊の分隊長は、小園司令の愛弟子である遠藤幸男大尉だった。

われわれはそれからというものは連日連夜にわたって激しい訓練をくりかえしたが、着任

胴体中央部の上と下にそれぞれ20ミリ斜銃を装備した夜間戦闘機「月光」

して四ヵ月もたった十一月一日、とつぜん空襲警報がなり、ただちに搭乗員はそれぞれの愛機に乗って飛びあがった。

このときB29が単機で、航跡の白雲を引きながら偏西風に乗って、高々度をゆうゆうと飛んでくるのが見えた。このため友軍機はどんどん上昇したが、残念なことに高度八千メートルにもなると、苦しそうな爆音をあげ、上昇も困難になった。

だが、これを尻目にB29は、一万メートル以上の高々度をはやいスピードで飛び去っていった。このときのB29は爆装はしていなかったところから、たぶん偵察のために飛来したのではないかということだった。

B29の編隊空襲はじまる

このB29が去ったあと、緊急会議が開かれた。その結果、わが月光は重量を軽減して高々度のB29を迎撃できるようにするため、それまで実戦にはほとんど使用されたことがなかった下方斜銃(ななめじゅう)をとりはずすことがきまった。

そののち数日間というものはわりあい平穏な日がつづいたが、それからまもなく、いよいよ本格的なB29の編隊空襲がはじまった。

そのころB29はサイパンより北上し、富士山を基点として右に変針し、いわゆるジェット気流に乗って東京を爆撃したあと、千葉県を通過し太平洋へ飛びさるのが定石のようであった。

また、B29は北上中は三千～四千メートルの高度で飛来して、日本本土の上空に近づくにつれてだんだん高度をあげ、駿河湾上空で東に変針するころは八千メートル以上の高度で、一気に東京上空を通過していくのであった。

そのため私たちは〝B29北上中〟という情報がはいると、まず各哨区にむかって飛び、そこからできるだけ高度をとって待機して、地上からの指令により哨区から多少異動しながら迎撃態勢に入り、あとは肉眼で編隊を見つけて攻撃するのであった。

月光の性能についてはすでに書きつくされているとおりで、攻撃のチャンスは一回しかなかった。また、下方斜銃(ななめじゅう)をとりはずして軽装備にしたとはいえ、上昇限度は私の体験では一万六百メートルであったが、ふつうは一万メートルから九千メートルくらいの高さで偏西風にむかって飛んでいる。だが、対地速度（地上からみた速度）はほとんど静止しているように見えるそうだ。

また、このような高度だと気温は零下十数度にもなり、酸素もとうぜん希薄になるので、酸素マスクをつけなければならない。したがって医学的にみても体力は落ち、視力や思考力もかなり低下するようである。

そのため簡単なチョッキのような電熱被服も着けていたとおもうが、それを飛行服の上に着け、なおもカボック（防寒用と海上に不時着したときには浮袋の役をする）をその上に着ていたが、それでも滞空時間が長くなると冷えこんできて、手足の感覚もなくなるほどであった。

B29の編隊を発見できる距離は、太陽の位置、彼我の高度差、それに天候などいろいろの条件によって変わってくるものである。とくに天候については、高度九千メートルというと曇っているときでも積雲上にあるので、晴れていることが多く、巻雲の多いとき、少ないとき、まったくない快晴のときとあるため、むずかしいものである。

こうした条件のもとで編隊を発見すると、自分の位置はつねに作戦指揮所に打電してあるので、まず、自分の位置よりどの方角に何機の編隊を発見した、と打電し、ついで接近して攻撃に入るときには「突撃」を打電する。

こうして攻撃に入るのであるが、巻雲を利用できるときは有利な態勢で攻撃ができる。また月光はB29にスピードでは不利だから、B29の上方から急降下し、加速をつけて編隊の後下方に突っ込むのがいちばん有効であったようにおもう。

それというのも正面攻撃は、斜銃で攻撃するまえに自分がB29の火砲網に撃墜される確率が高かった。側面からでも、正面の場合とおなじであった。それにもっとも注意を要したののは、加速をつけて編隊の後下方より攻撃する場合、彼我の距離は二百メートル以内でないと有効でないということだった。

B29の機銃弾には、曳光弾が十発に一個くらいのわりあいで装填されているので、B29の編隊からの十数条の赤い弾雨のなかに飛び込むことになる。したがって、じっさいに攻撃できる時間は数秒間である。

こうした条件を考えて、それまでの私の体験では、正面で有効な攻撃ができたのはせいぜい一、二回くらいで、側面はといえばほとんど効果なく、後下方に有利に飛び込んだときがいちばん効果があった。

奇蹟にちかい大物食いの殊勲

昭和二十年三月中旬、ついに硫黄島が陥落した。これによりB29の編隊は掩護戦闘機にまもられて来襲するようになり、それいらい月光は本来の夜戦に専念することになった。

このため待避といって、昼間は飛行場の端にある雑木林に月光をかくし、夜になるとひっぱりだして飛行場で待機することになったのであるが、このうち数回は退避飛行をおこない、一度は鈴鹿空までいったこともあった。

しかし、このころ横須賀の防空司令部が地下壕にあって、レーダーによってB29の来襲を数時間前に確認することができたので、待機命令がはやく出せるようにもなった。このほか夜間の地上演習、飛行訓練と、夜間に目がなれるような研究もした。

また、このころ月光にレーダーをとりつけて訓練をやってみたが、当時の飛行機に搭載したレーダーは未完成だったため、昼間の計器飛行で実験したが、ついに実用にならなかった。

夜間迎撃は、搭乗員に待機命令がでるとただちに指揮所に集合し、そこで発進命令をまつ。このころになるとすでに、灯火管制により真っ暗なひろい飛行場には、エンジンをあたためる暖機運転がおわった飛行機が列線にならんでいた。

やがて発進命令がでると、われわれは一斉に愛機に飛び乗り、指定された哨区に飛ぶのである。月明かりのときは肉眼で見なれている地形だから、いまどこの上空かということがわかるが、月のないときは星をたよりに計器飛行になる。しかも曇りのときは完全に計器飛行になるので、ともすればときどき不安になり、伝声管で後席の偵察員に位置を確認させる。

接敵にかんしては、まだ飛行機用のレーダーのない当時のことだから、地上の探照灯がその光芒でＢ29をとらえてくれるのを待つ。あちらこちらでその明かりのなかを飛翔するＢ29の姿が見えるが、攻撃のタイミングを見はからって間にあわないものはそのまま見すごし、近くで発見できるのを待つのである。

われわれの戦訓では、Ｂ29の攻撃点は主翼の付け根であった。Ｂ29を発見、目標にむかってわが愛機をセットし、操縦桿の上部にあるボタンを押すと、斜銃から赤い曳光弾がＢ29に吸い込まれていくが、いかに命中しても胴体では致命傷をあえることはできなかった。

Ｂ29が光芒の中にあるときの攻撃では、反撃してきても躱（かわ）すことはたやすかったが、そうでない場合は、かえってこちらの曳光弾が反撃の目標になるようであった。

戦果の報告で撃墜といわれる場合は、あきらかに飛行が不能になり、どんどん後退して落下していく場合もふくまれているが、私の場合、空中分解や火災をおこして墜落していくのを確認できた経験は、残念ながらなかった。

撃破といわれるのは、だいたいサイパンには帰れず途中で不時着するであろうと判断できる場合であるが、これが私の経験でいちばん多いケースであった。一度はこの撃破したB29を友軍の単座機が三機で追跡し、撃墜してくれたこともあった。

「命中弾あり」という場合があった。B29は四発だが、三つのエンジンが正常ならば飛行にはさしつかえないようであった。またエンジン一基が火を吹いたとおもううちに消火され、飛行はかわりなくつづけているのを見たこともあった。

とにかくこのように、B29は防禦のしっかりした爆撃機であった。

B29を撃墜した横浜空襲の日

「〔海軍○○航空基地にて岡本報道班員発〕

菊地少尉、大沢少尉＝某基地上空にいた月光隊の一機、十四時四十五分、二人の少尉の烈しい闘志に光った眼は、ほとんど同時に北方を行く敵編隊をみつけていた。進行方向富士山、前方に七機、後方に五機編隊、高度は前の編隊八千、後が八千五百ないし九千メートルである。敵編隊は御前崎から南進して海上へ向かっている——同航射程距離六～七千になったとき月光の全弾は、五機の敵編隊全面に対し痛烈な光の箭（や）を浴びせつづけた。右の方一機が右

月光二三型の機首。4本の支柱に各5本の夜戦用レーダーアンテナを装備

翼外側の発動機から発火した（中略）最後にB29は烈しく海面に叩きのめされた。その沈んでいく大きな敵機の傍らに、菊地少尉は薄蒼い布の如きものの漂うのを認めた。恐らくは開かずに沈んだ敵兵の落下傘であろうか」

これは、朝日新聞の昭和二十年一月二十五日付朝刊に載った私に関する記事である。つまり忘れもしない私のB29初撃墜の記録なのである。

その後、三月から四月にはいると、B29による空襲部隊は数もさらに増し、日本本土のあちこちに激しい空襲がつづいた。

連日B29による空襲がつづいている五月末のことだった。この日、サイパン島を飛びたったB29の編隊は、日本本土をめざして飛行していた。このB29編隊が三宅島上空あたりにくると、横須賀のレーダーが捉え、すぐに厚木基地へ無電がはいった。

われわれ月光隊は先発隊として、宵闇につつまれた厚木基地を飛びたった。そして藤沢上空あたりで待機していると、七時をまわったころだろうか、横浜方面が急に明るくなり、交錯する探照灯の光芒が夜空に走った。横浜方面が燃えている！　私は機首を横浜の方にむけた。

ちょうど保土ヶ谷の上空あたりに来たときだった。私の上に何か大きなものが突然おおいかぶさった。ハッとして見ると、それはまぎれもなくＢ29の巨体だった。しかし、これほど敵機が近くにいて、しかも、われわれの存在に気づいていない絶好のチャンスなのに、私の位置は残念ながら攻撃をしかける角度ではなかった。

私は反転すると左後方から敵機にむかった。ちょうどそのとき、地上の探照灯がＢ29を夜空にはっきりと捉えた。私は距離をつめた。三〇〇、二〇〇、そして一五〇メートルほどに近づいたとき、すかさずＢ29の主翼の付け根めがけて二〇ミリ機銃の一斉射をあびせた。するとＢ29の右翼の付け根付近からパッとオレンジ色の炎が吹きだした。そしてそのまま退避態勢をとりながら磯子方面へむかって飛行し、高度をさげていった。地上に目をやると、空襲をうけた数々の民家が、大きな炎のかたまりとなって燃えつづけ、夜空をこがしていた。

やがて第一波の攻撃がおわると、基地から「戦闘解除」の無線が入り、空襲に焼けただれている横浜の市街を眼下に見ながら、われわれは厚木基地へむかった。

厚木基地へ帰投すると、指揮所前には小園司令や山田九七郎飛行長などがわれわれの帰りを待っていた。私は戦闘報告を小園司令につたえると、その場を辞して搭乗員宿舎にむかった。

精鋭厚木航空隊に特攻命令下る

昭和二十年八月上旬であったか、厚木基地にもついに特攻命令がきた。このときの目的は「鹿島灘を南下中の敵機動部隊を攻撃せよ」ということであった。

そのためわれわれは日没をまって、犬吠岬より扇状になって索敵攻撃をすることになった。このとき月光は、二五番（二五〇キロ）爆弾を腹につけて厚木基地をとびたった。

出撃の前に小園司令は敵機動部隊を発見できなかったり、また発見できても攻撃できないときは、かならず帰投せよと訓示された。

このことばを胸に私は発進したが、これが私の最後になるかもしれないとおもい、時間にすこし余裕があったので、すでに三月九日の夜半に空襲で焼失してしまっていたわが家の上空を通過して、犬吠岬にむかった。そして指定された索敵線を一路東進した。だが、いけどもいけども海また海で、このときの同乗の偵察員はだれであったか失念したが、気をまぎらわせるため昔ばなしをしたような記憶がある。

日没から三十分で暗くなるが、それから一時間くらいか、あるいは一時間半ほどであったか時間はよくおぼえていないが、機動部隊らしいものは見当たらないため帰投しようと、反転する態勢に入ろうとおもったとき、南の方に明かりのようなものを見たようにおもい、伝声管で偵察員にそのことをつたえて、私は明かりが見えたほうに南下した。

時間的に計算してみて、犬吠岬から四、五百キロくらいは東進したわけであるが、それからしばらくなおも南下したが、やはり発見できなかった。

しかたなく帰路につき、厚木基地上空で発光信号をおくると、まもなく滑走路に着陸目標となる灯が点灯され、二五〇キロ爆弾をだいたまま着陸した。このとき私が最後の帰投者だったということであった。

そのことがあった終戦に近いころの夜である。伊豆七島のどこの監視所かはわからなかったが、「敵機動部隊北上中」という緊急報告がはいり、横須賀司令部より、厚木航空隊にも緊急出動命令があった。

基地では突然の命令に色めきたち、搭乗員も整備員も爆撃の準備におわれながら、発進命令をいまかいまかと緊張しながら待った。このときの伊豆大島の監視所からの報告では、米機動部隊は大艦隊で、しかも堂々と灯火をつけたままでの北上だということだった。

当時、私は夜間迎撃の待機中に、ときどき月光の後席にはいりこみ、短波により『アメリカの声』(フィリピン)を聞いていた。それは各戦闘の情況、空襲のこと、それにヨーロッパの終戦後の情況などについて伝えており、それを聞いて日本もドイツとおなじような立場に近いうちにはなるのではないかと感じていた。

なのに夜間とはいえ、堂々と大艦隊が日本の心臓部に向かってくるとは……と考えると背すじが寒くなった。しかも報告は刻々とつたえられる。また偵察機の報告でも艦隊の北上を認めていた。それはどのくらいの時間であったか、ぶきみな気持であった。

そのうち「攻撃命令解除」がつたえられた。だが、私はなにがどうなっているのかわからないままに、指揮所の後方の仮宿舎に入り、寝具の上に横になった。翌朝のはなしでは夜光虫を大艦隊と見まちがったためとかで、笑いばなしにもならないありさまだった。

夜間飛行は、当時はまだ肉眼によることが多かったため、いろいろの問題があった。

飛行機にとって恐ろしいのは積乱雲であった。その中に突っこむと地震でゆられるようなものであった。

暗夜の飛行では、とつぜん雨になることがあった。これは、雨雲の中に入ったとき、雲が見きわめられない場合で、これなどはよくあった。

もっと恐ろしいことといえば、雪雲である。私は経験しなかったが、雪雲に入ると風防が結氷して視界がゼロとなり、墜落したものもあるときいている。

また、夜間飛行では計器にたよることが多いが、ときには錯覚を起こすことがあった。自分では水平に飛んでいるとおもうが、水平儀を見ると傾いているのである。そこで操縦桿で水平儀にあわせて修正し、計器によって水平飛行にして外を見ると、それでも傾いて飛んでいるのではないかと不安になることが、二、三回はあったとおもう。このため帰投してから、水平儀を整備員に調べてもらったこともあった。

日没や日の出もまた、たいへん美しい眺めであったが、すべて悲しく、かつ空しい思い出である。

夜戦「月光」整備分隊奮戦す

横空整備分隊に属し硫黄島に進出して目撃した高度ゼロメートルの航空戦記

横空「月光」整備分隊・海軍一等整備兵曹　高橋礦吉

昭和二十年八月二十五日は、ジリジリと暑い日であった。千葉県の二五二空茂原（もばら）基地で、海軍最後の朝食をすませた私は、群馬県下仁田まで帰るという同県人の茂木一整兵や、同じ方向の小林一整兵ら数名と、故郷である安中へと隊門をあとにしたのであった。

晴れあがった夏の空に白い飛行雲をひくB29が三機、南から北へと向かっていたが、それを見上げる私たちの胸は一様にグッとつまり、「高橋兵曹、悔しいじゃありませんか。B公のヤツ、わがもの顔に飛んでいますよ。一生懸命戦ったのに、私らの努力はみんな無駄になってしまったんですね」とつぶやくようにいった茂木一整兵のことばも、その語尾はふるえていた。

高橋礦吉一整曹

私とて思いはおなじこと。当時下士だったあの八月十五日いらい、手塩にかけてきた零戦をつぎつぎとこの手であの世へ送り、その無念さにどれだけ眠れぬ夜をかさねたことか。

みんなはただ黙々と歩いていた。考えまいとしても、零戦や月光との明け暮れが、つぎつぎと思い出され、尽きるところを知らなかった。

おもえば昭和十九年三月、私が第二相模野空の普通科整備術練習生を卒業して、ただちに配属されたのは横須賀海軍航空隊だった。横空といえば、帝国海軍航空隊の草分けであり、その権威と伝統は自他ともに認めるところだったが、それだけに数ある航空隊のなかでも、訓練の激しさと躾けの厳しさはまた格別で、木更津空とならんで「鬼か地獄か」とまでいわれていた。

私も、かつて横須賀海兵団に四等兵として入団したこともあったが、このとき人並みに数十回はくだらぬ整列をくい、何百本かのバッターをあびてはいたが、またまた新規やりなおしかと覚悟をあらたにして、追浜駅に降りたったのであった。

横空は隣接の追浜空と隊門はべつだが飛行場はいっしょで、零戦、紫電、雷電、月光などの戦闘機や、陸攻、艦爆などのほか、海岸には水上機といったぐあいに、あらゆる機種がところせましと並んでおり、グリーンの飛行バッグを持った搭乗員がせわしく往き来して、実戦配備下の緊迫した空気をヒシヒシと感じさせるのであった。

私が配属された月光の整備分隊は分隊長の福田大尉（ほどなく諸井中尉）以下、相沢克美、久保晋、吉田久生、中嶋克己の各少尉と和田整曹長の士官、准士官に、先任下士の鶴岡上整曹など、そうそうたる顔ぶれで編成されていた。

月光搭乗員は、山田正治大尉を分隊長とし、市川通太郎、黒鳥四朗各少尉、岩山孝飛曹長のほか、ラバウルの夜戦の撃墜王で先任下士の工藤重敏上飛曹をはじめ、山崎静雄、徳本正、飯田保、川崎金次、倉本十三、瀬戸末次郎各兵曹など優秀な人材がひしめいていたが、搭乗員とはデッキがおなじだった関係で、私たち整備班員はなにかと親しく往き来していた。

昭和十九年の春ごろは、まだB29による本土空襲はなかったものの、ジリ貧の戦局からみて、早晩敵機がおそってくることが予想されたから、わが月光分隊でも、搭整一体の猛訓練がつづき、木更津で開隊した三〇二空も参加して、夜戦による戦術研究は昼夜をわかたず、しだいに激しさをましていった。

そのころ夜戦は月光だけであったが、彗星や銀河も転用するため、二五一空当時の小園安名司令が発案され工藤上飛曹が戦果を実証した斜銃（ななめじゅう）の搭載が、ひそかにこころみられていた。

これらの装備作業は、同じ分隊の水野一整曹と手島整長が彗星を、小林一整曹が銀河を受け持っておこなわれていたが、当初、私たちには何をしているのかよくわからなかった。手島整長とは同年兵の気やすさから、

「貴様、モグラみたいに毎日、彗星にもぐりこんでいるが、何をしとるんだ。まさか昼寝をしている訳でもなかろう」と聞いてみたら、

「バカをいえ。水野兵曹の目ン玉が光っているんだ。まごまごしてりゃ、たちまちスパナが飛んでくるさ。まあ高橋みてろよ、いまにアメ公が飛んできたら、この手島様の苦心のほどがわかるよ」とニヤリとされ、はじめて、

「ハハア、彗星や銀河も夜戦に切り換えているんだな」とやっと合点がいったのであった。

忘れえぬ撃墜王との試飛行

ところで整備員の作業は、総じてアリのように飛行機にとりついて、営々黙々とただひたすらに搭乗員の活躍にすべてをかける地味なものであるが、月光などの複座機の場合は、自分の整備した機の試飛行に同乗できるときがあった。

いつもは搭乗員から結果だけを聞いて、整備のぐあいを判断するのであったが、自分で直接たしかめられるということは何よりも励みとなるのだった。私が何回か経験した試飛行のなかで、もっとも感銘がふかく、いまもなお記憶に新しいのは工藤重敏上飛曹との試飛行であろう。

工藤兵曹は、ラバウルでの大活躍により艦隊司令長官から軍刀を授与されたほどの撃墜王であったが、ふだんは、その輝かしい戦功が信じられぬくらい、もの静かで控え目な人であった。

私とはデッキがおなじだった関係で、顔はよく憶(おぼ)えていてくれたが、なにしろ士官パイロットでさえ一目も二目もおく実力者であるのに対し、こちらは吹けば飛ぶような立場だったから、あれこれと気やすく話しかけるのは憚(はばか)られたが、かといって下級のものに偉ぶるような人柄ではなかった。

私たちが真ッ黒になって整備作業をしているところへ、工藤上飛曹はなんとなくあらわれ、

藤上飛曹や小野了飛曹長らが夜間空襲に訪れる爆撃機を迎えうって奮戦した

ラバウル飛行場から離陸発進しようとする夜戦月光一一型。斜銃を装備して工

「やあ、いつも世話をかけてスマンな。これ、あとでやってください」と熱糧食やブドウ酒をそっと置いていってくれたりした。古手の下士官ならいざしらず、私たち兵隊は、そうそう自由のきく世界ではなかったから、こういうちょっとした心づかいが本当にうれしかった。

ある日のこと、私はその工藤兵曹と同乗することになったのだから、私はもうコチンコチンであった。班員の連中に精一杯の気合いをかけて入念な整備をすませ、エンジンをかけた機のかたわらで、いまかいまかと落ち着かなかった。

やがて、ニコニコ笑いながらやや内股ぎみの足のはこびで近づいてきた工藤兵曹に、

「高橋整長、試飛行に同乗します」と申告すると、

「やあ、きみか。ご苦労だな。じゃあ行くか」と淡々としたものだった。

操縦席に入った工藤兵曹は、手ばやく各舵の作動を点検し、二度三度、エンジンを噴かせて計器をチェックしていたが、偵察員席の私は固い落下傘に座り飛行バンドでしばられて緊張し、この身の置き場所に苦労していた。こんな私を察したのか工藤兵曹は、

「ベルトは締めたか。マアそう固くなるな。気楽にしとれよ」と伝声管を通して、私の気分をほぐしてくれるのだった。

兵曹の合図でチョークを払われた機は、ゆっくり列線をはなれ、所定の位置でいったん停止した。

「これより離陸する。振りまわされないようしっかり摑まっていろよ」「ハイッ」

機はするすると滑りだし、スロットルを全開した左右のエンジンは、離昇時出力一一三〇

馬力の唸り声をあげた。

せまい座席で緊張の連続だった私には、周囲の状況を見まわす余裕とてなく、気がつくといつしか機は地上をはなれて、しだいに高度をとっていた。私は大きく肩で息をつき、この前の某兵曹のときとは大ちがいだな、と感じた。そのときの試飛行は、いきなり離陸したとおもったら、八千メートルの上空までぐんぐん昇り、そしてこんどは一気に数千メートル突っ込んでグイと引き起こすなど、私はカンカン踊りのしどおしだったのである。

大空で見た月光操縦の名人芸

しかし一方では、工藤兵曹は地上ではおだやかな人だといっても、激戦のラバウルで敵機を手玉にとってあばれた猛者だから、こと操縦となればやっぱり人がちがったように手荒いのではないか、と密かに覚悟もしていたが、事実はまったく正反対で、その後の飛行もすべてが冷静で慎重そのものであったため、私は二度びっくりしたのであった。

この日以来、注意して見ていると工藤兵曹は、いつも無理な操作はしなかったし、とくに離着陸は充分に余裕をもっておこなうなど、屈指のベテランパイロットでありながら、操縦の基本原則を忠実にまもっている人だった。

月光は扱いに困るむずかしい機体ではなかったはずだが、七トンという重量と、機体前部にくらべ後部が細くスマートすぎるのが特徴だった。操縦桿は相当に重かったようで、急降下時に尾部がガタつくことも事実だった。また、着陸時に機体の沈みがおもった以上に大きいので、引き起こしの時期の判断がむずかしかったと聞いている。

横空では、山側から降りてくるとき昼間でも注意が必要で、とくに月光の夜間訓練には気を許せなかったといえる。工藤兵曹は技量未熟な若い搭乗員の指導者的立場だったことにもよろうが、つまりは、これらの事情をよくわきまえた上でいたずらに腕のよさを誇示するような愚かさをさけ、すべてを空戦にかけていたのではないだろうか。

試飛行の同乗以来、私はすっかり工藤兵曹に傾倒してしまったが、兵曹もなにかと目をかけてくれ、気がむくとポツリポツリとラバウルでの模様や、搭乗員の心境をさりげなく話してくれた。

戦闘機とはいえ、動きの重い双発機を駆って、ハリネズミのような敵機の下にもぐりこみ、斜銃で何機も撃ち墜とすのは、小説やドラマとちがって並み大抵ではなかろうし、冷静な判断とさえた腕、しかも恐怖と無情感に打ちかつ闘志がなければ至難なワザなのではないだろうか。工藤兵曹についての私の考えは、決してまちがっていない、といまでも思っている。

空はあくまでも青く、機は上昇をつづけていた。眼下には三浦半島が小さくなって横たわり、富士山が手にとるように見えてすばらしく、一年を経ずして血戦の修羅場と化した本土の上空も、このときはまだ嘘のように静かだった。栄エンジンは整備に骨を折ったかいがあってか、快い爆音をあげ、

「操縦は工藤上飛曹、同乗は高橋兵長、みんな見てくれー、お袋さん喜んでくれよー」と、整備兵冥利につきた私は、得意の絶頂だった。

月光二一型。海軍公表写真で、小園安名司令発案による斜銃は修正されている

硫黄島への出撃命令くだる

いっぽう戦局は日ごとにきびしく、ガダルカナルの鍔(つば)ぜり合いも、圧倒的な敵の物量の前に後退を余儀なくされたあとは、サイパン島など南洋諸島の各根拠地もあぶなくなっていた。硫黄島もその防備をかためる必要から、昭和十九年五月、わが横空月光分隊にも、ついに出撃命令がくだった。

山田大尉以下、工藤、山崎兵曹などが搭乗する月光には、偵察員席後部にも整備班の一部先発組がもぐりこみ、また和田整曹長以下は陸攻で飛び立っていった。

私たち第二陣は六月中旬、海路を硫黄島へわたって先発組と合流したが、編成は和田整曹長以下、山田、橋本、直井各一整曹、山田二整曹、鈴木、栗原、私の各整長に蛭間一整兵などであった。月光分隊の配置は摺鉢山寄りの第一飛行場で、宿舎には近くの民間建物をあて、搭整いっしょに枕をならべていた。

当時、飛行場には横空や二五二空などの零戦、月光のほか、一式陸攻、銀河、天山、彗星などがずらりと並び、八幡部隊の指揮所には南無八幡大菩薩の幟（のぼり）がひるがえって、意気さかんであった。月光分隊は毎日、迎撃にそなえて夜間は待機、日中は随時、索敵にあたり、整備作業は機体のやける暑さをさけて太陽ののぼる前にすませていたが、夜の整列のないことがなによりも有難かった。

だが、この一見、平穏な小康状態も長くはつづかなかったのである。米軍の上陸したサイパン島は戦況がどうにもいけないらしく、硫黄島から毎日のように陸攻、銀河などが爆撃に飛び立っていくものの、ヨロメクように帰投してくるその姿は痛々しく、またおどろくほど機数も少なくなって敵の迎撃の熾烈さをものがたっていた。

六月二十日過ぎだったと思う。整備作業のあと、南海岸で一息いれていた私たちは、空襲警報と同時に二十四機編隊におそわれた。

数十門以上の機銃による反復一斉掃射はスコールのように凄まじく、だれもが岩陰をもとめてかわすのに精一杯であったが、となりにいた他班の一人は、大腿部を貫通されて悲鳴とともに倒れてしまった。機をみて私はこの兵隊を背負い、摺鉢山の仮診療所まで無中でかけこんだが、私自身も手傷を負ったかのように下半身は血まみれであった。

いよいよ本格的にくるな、とみなが思った。案の定、予感は適中して、数日ののちに敵の機動部隊からグラマンの大群がおそってきたのである。敵接近の情報に、零戦隊は急速発進していったが、その奮闘で敵の相当数を撃墜し、飛行場施設にはさしたる被害がなかったものの、帰った零戦はだいぶ数が少なくなって、空戦の激しかったことをおもわせた。

それから小ぜり合いが何度かあり、七月早々（三、四日であったか）二日つづきの死闘をむかえたのである。その日、夜が明けたばかりの午前六時ごろ、警報もまにあわないくらい、いきなりグラマンの戦爆連合の大群に殴りこまれたのであった。

マナジリを決した戦闘機隊の可動全機が、先をきそって発進をはかったが、あるものは地上で、あるものは十分に高度をとれないうちに、機銃を咆哮させて突っ込んできたＦ６Ｆヘルキャットの餌食にされ、つぎつぎと火だるまとなった。その光景はさながら、蠅たたきで叩きつぶされるようでさえあった。

この間、アベンジャー艦攻がギューンと急降下してきて、入れかわり立ちかわり爆弾を叩きこむのであった。やっとのおもいで摺鉢山の壕へ退避した私たちは、喰ったかとおもうと喰われる零戦対Ｆ６Ｆの死闘に、零戦ガンバレと手に汗をにぎり息をのんでいた。

激闘の末、やっと敵の後尾にかみついた零戦が逃げるＦ６Ｆを南硫黄島の方へと追っていったが、一瞬チラッとみせた主翼下面の日の丸が目にやきついて忘れられない。あの搭乗員はぶじでいるだろうか。

敵機につづく猛烈な艦砲射撃

何波の敵編隊がおそってきたものか、延べ数百機以上による銃爆撃は苛烈そのもので、その嵐の去ったあとは惨憺たるものであった。飛行場は穴だらけとなり、あちこちに焼けくずれた飛行機が無残な姿をさらし、第一飛行場にかえった零戦は十数機にすぎなかった。そのため、これから一体どうなるのかと、みなは口数も少なく不安な一夜をすごした。

そして黎明をついてまたしても、敵は大挙しておそってきたのである。彼我の射ち合う曳痕弾は花火のように交錯し、飛行場は銃爆撃をくりかえされたが、地上からの応戦は少なく、味方戦闘機隊は昨日の手いたい損失のため反撃が目立って低下していた。

丸腰の私たちは、やむなくふたたび擂鉢山の壕へ退避したのであったが、たどりついた壕の入口で陸軍の兵隊が、「ここは陸軍だ。海軍は海軍の壕へ行け」とがんばって中へ入れてくれなかった。そこで私は瞬間的に、

「貴様らはそれでも日本人か。いま陸軍だ海軍だといってる場合か。フザケルナ」と怒鳴りつけた。そうすると古参らしい上等兵がだまって入口をあけてくれたが、奥は空いていた。残念ながら陸軍と海軍の仲の悪さは、このように重傷だったのである。

昼ごろ、いちおう敵機は去ったが、やれやれと思ったのも束の間で、いきなりドカーンと大地がゆれた。空爆でなし、時限爆弾でもなしといぶかるうちに、続けざまにドカン、ドカンとはじまったのである。そっとうかがうと、不敵にも南海岸近くに姿をあらわした敵艦隊からの艦砲射撃だった。

とにかくいるわいるわ、戦艦、巡洋艦をはじめドエライ数の敵艦が砲門をずらりとこちらへ向け、弾着の観測機まで飛ばせてつるべ撃ちであった。敵の艦上には筒込めの敵兵の姿ま

で見え、つぎつぎと撃ち込んでくる。もう駄目かと思うたびに、海軍に志願したことを知ったときの母のさびしそうな顔が目の前に浮かんでは消え、消えてはまた浮かんだ。

何時間つづいたであろうか。敵艦が去って、砲撃がやんだあとには荒廃だけがのこり、私たちにとってはくすぶる酒保物品倉庫からやっと取りだしたチェリー何箱かが、唯一の所持品となった。宿舎はとっくにフッ飛ばされて、着のみ着のままの姿になってしまったが、活躍の場のなかったわが月光も、そしてほとんどの零戦も姿を消して、硫黄島の制空権は敵のものとなった。

食糧運搬船で〝おしかけ帰国〟

七月ごろであったか、内地から陸攻が飛来して生き残った虎の子の搭乗員と高級将校をはこんでいったが、敗北をかみしめるのか、搭乗員の足取りはおもく、ソソクサと乗り込む高級将校とは対照的であった。

内地へ帰れるアテのない私たちは、これを遠まきにして、ボンヤリ無表情にながめ、運がなかったと自分にいい聞かせつづけたのである。

整備する飛行機はおろか、すべてを失った私たちは、所属不明のまま参謀の命令でロクな資材もなく、道具もないまま、この手と板切れでくる日もくる日も、壕掘りをつづけていた。敵が上陸してきたら、おそらくここが墓場となるかもしれぬと思えたが、だれも口にするものはなかった。

八月の半ばすぎ、思いがけなく荷上げ作業をしている三十トンくらいの小さな船を発見した。聞けばわずかな食糧をつんで小笠原の父島からきたのだという。山田一整曹を先頭にしてさっそく参謀のところへ押しかけて、原隊復帰を頼みこんだが、

「おまえらは、南方諸島方面航空隊へ転勤することになっておる。帰すわけにはイカン」という。

「私らは月光の整備以外に能のないものです。素手と板切れの壕掘りもご奉公でしょうが、もう一度、月光を整備して敵機を叩き落としてもらいたいのです。整備の腕はだれにも負けないつもりです」

口ぐちに頼みにたのんだ。何回目かのとき、しばらく考えていた参謀は、

「止むを得ん、帰ってヨシ」と許可をくれた。

月光分隊九名、兵器員二名など計十三名を乗せた小船は、波の間をただようように、父島を経由して北上をつづけた。一回の機銃掃射でも沈みそうな老朽した小船では、敵に見つかればそれまでであろう。そして一週間たった。「海軍さん、本土が見えましたよ」と人のよい老船長の声の向こうには、なつかしい三浦の山々が見えたのである。

原隊に帰還した私たちは全員、本部の前に整列して報告をすませ、夢にまでみた月光分隊のデッキに入ったが、分隊事務所から飛び出してきた鶴岡先任下士がひとこと、

「よく戻ったな」と目を潤ませた。出発直前まで公私ともに目をかけてもらった先任の前で、私は流れ出る涙をこらえようと、声もなく首をたれたままであった。

ややあって、工藤上飛曹に再会した私は、

「工藤兵曹、戻ってまいりました」と万感の思いを込めていうと、

「高橋サン。苦労したね」とことば少なく私をねぎらい、

「また、お願いしますよ」とポツリといいながら、私の目をジッと見つめるのであった。私とおなじように、あの硫黄島の状況を考えると、いまにみろと燃えるようなおもいだけが胸に渦巻いていたに相違ない。

全能局戦を理想とした「雷電」設計のすべて

本土防衛の重責をになったインターセプターによせる担当者の回想

当時 空技廠飛行機部・雷電主務　高橋楠正

世界航空史上の一頂点として無限の光をはなち、今日、いや永遠に語りつたえられる零戦の名声のかげに、悲運の神の指先にふりまわされつづけた十四試局戦、のちの雷電(らいでん)の涙を航空人は忘れることができない。

一見、鈍重にさえ見える思いきった太い流線型胴体の飛行ぶりと、増速冷却ファンの金属性の音とともに、わが国最初の局地戦闘機として誕生した雷電は、J2M1の呼称で昭和十七年以降に製作されたが、J3以下、J7(震電)にいたる試作の先陣をなすものであり、そして終戦にいたる間の生産経過は戦局の変化とともに、悲運に泣いた代表的機体であろう。

零戦をしのぐ要求性能

すでに語られているように、雷電は十四試局戦より制式採用された一一型、武装強化の二一型、視野改善の三一型、高々度性能の向上をはかった三三型、発動機と動力関係を改造し

太い胴体に４翅ペラの雷電二一型。主翼内側長砲身とその外側に各20ミリ４梃

た終戦時の仮称雷電三三型にいたるまで、幾多の改造がおこなわれたが、その特長とするところを列記してみよう。

▽流線型胴体

　まず雷電を特長づける第一は、あの太い流線型胴体であろう。零戦にいたるそれまでの戦闘機、ならびにその後の戦闘機にも見られない胴体は、ほかに類例のない姿であり、雷電を愛する人も、それ以外のものも、ひとしく眼をみはる形状であった。

　直径の大きい火星発動機を搭載する必要から前面の面積を大にしても、流線型にすることにより抵抗を減少させようとする主任設計者の、大きな、しかも大胆なる意図のあらわれとみるべきであろう。

▽プロペラ延長軸の採用

　胴体前部発動機のカバーをできるだけしぼるために、発動機とプロペラのあいだに延長軸をあえて採用したこと。

▽冷却ファンの採用

さらに発動機カバーのとくに狭い空気取入口から十分な冷却空気をおくりこむため、冷却ファンをとりつけ、前記とおなじく胴体前部のしぼりに成功したこと。

▽電動式ファウラーフラップの採用

ファウラーフラップが揚力を増加させる方法として効果が大きいことは、国産中型輸送機ＹＳ11の例をまつまでもなく、衆知の事実であるが、当時これを大胆に採用された設計者にふかい敬意を表したい。

その他、種々の特長があるが、とくに以上のべた四つの点については、雷電設計上の特筆すべき点が考えられる。

局地戦闘機としての役割を果たすための、上昇力が大であること（六千メートルまで五分三十秒）。高々度における最高速度が大であること（六千メートルにて三二五ノット）。離着陸距離がきわめて小であること（三百メートル以内）。等々の要求性能は、零戦とは異なった意味で、世界的水準をいくものであった。

量産をはばんだ欠点も

ご承知の方も多いであろうが、前述した雷電設計上の特長が、そのまま種々のトラブルの原因となった。この間のめまぐるしい方針の変化は、当時その立場にあった私たち官側としても、大いに責任があったと思っている。

第一の特長である太い胴体は、そのまま視界不良という難問題を生みだし、さらにプロペラ延長軸は、振動問題でながく尾をひいたのであった。

視界は操縦者にとって生命であり、もっとも関心のあることであるが、実施部隊の手にわたって、その視界の不良はさらに大きな問題としてもち上がり、振動問題とともに、雷電の生産計画は根本的に変更を余儀なくさせられることとなった。

試作時代より、発動機はしだいにパワーアップされ、火星(かせい)一三型一二六〇馬力／六一〇〇メートル（J2M1）より、火星二三型一五八〇馬力／五五〇〇メートル（J2M3）に、さらに火星二六型一四〇〇馬力／六八〇〇メートル（J2M5）――いずれも二速、終戦時の値――と移行したが、戦局が急をつげるにつれて、ふたたび増産に着手し、B29の迎撃に大きな功績をあげたのはJ2M3であり、一部はJ2M5であった。

とくに昭和二十年、B29の大挙来襲にさいして、厚木三〇二空の雷電隊があげためざましい戦果が印象にのこっている。

搭載砲三〇ミリの威力

雷電に対するその他の諸改造について記しておこう。

▽排気タービン

雷電を語るとき、排気タービン付の機体をわすれることはできない。

はじめ昭和十九年ごろ、空技廠において排気タービン付の高々度迎撃用改造機がつくられたが、これは配管その他に不十分なところがあったため、よいデータを得るまでにはいたらなかった。

さらに平行しておこなわれていた三菱製のものは、仮称・雷電三二型（Ｊ２Ｍ４）の名のもとに、いまは亡き高橋己治郎技師のもとで二機つくられた。昭和十九年夏のことである。飛行実験部の山本重久少佐が酸素マスクをつけて、元気よく乗りこんだ姿が目にうかんでくる。

その成果は期待どおりにいかなかったが、戦闘機に排気タービンを装着して高々度にいどんだ意味で、一つの大きなポイントとなる改造機体であった。

▽三〇ミリ機銃の装着

Ｊ２Ｍ３となって二〇ミリ機銃四梃を装備したが、さらにＪ２Ｍ５ａでは二号銃にすべて換装された。この換装ならびに試験的におこなわれた三〇ミリ機銃装着については、横須賀航空隊の田中悦太郎大尉の努力はたいへんなものであった。

三〇ミリ機銃の装置は三菱の櫛部（くしべ）四郎技師のところで図面は完成されていたが、生産機への装着はついに実現をみなかった。

▽油濾過器

高々度戦闘機として、油温過昇はきわめて重大なる関心事であり、たびたび量産機でこの問題が大きくもち上がってきた。そこで大型濾過器（ろかき）の採用のため、航空本部の高山捷一部員とともに、鈴鹿の工場へ同行したのは昭和十九年の暮れであったろうか。

そしてこれが決定にいたる間、発動機部の松崎敏彦部員と三〇二空へ日参したのは、その年の夏のころである。

雷電をこなした小園隊

昭和十九年秋、雷電はふたたび脚光をあびて、大量生産の体勢にはいった。これはJ2M
5の成績がきわめて良好であったためと、期待された烈風の計画が予定どおりに進行しなか
ったことも、一つの大きな理由であった。
三菱は鈴鹿にもうけた疎開工場を雷電製作の工場としたが、移ろうとする真っ最中に三菱
の大江工場が戦災にあってしまった。
そこで厚木の高座工廠が日本建鉄と協力して量産にはいった。鈴鹿工場、その傘下の四日
市工場の努力もさることながら、高座工廠がさまざまな悪条件のもとで、岡村純廠長以下の
熱意でつぎつぎと優秀な機体をつくり出してくれたことも忘れられない。
それともう一つは、三〇二空での出来事である。厚木三〇二空は、小園安名司令が発案し
て実戦にも使用していた〝斜銃〟部隊である。
そのようなところから夜戦月光で成功した斜銃が雷電にもつけられることになり、その地
下工場の機械力をもって、みずから改造を実施された。
改修図面をわたすとまもなく装着してしまうというスピードぶりで、こうして雷電は迎撃

雷電の後尾。垂直尾翼、水平尾翼、主翼、主脚、尾輪の関係位置が興味ぶかい

戦にも参加することができた。

この三〇二空部隊こそ、雷電を愛し雷電を十分に活用した唯一の部隊であるように思えた。

戦後にきく雷電の評判

昭和十九年の秋ごろ、紀伊地方に大地震がおこって各地に大きな損害をもたらした。たまたまそのとき私は、鈴鹿の飛行場で地上にあった機体に乗っていた。機体がゆれるので、だれかが翼端でもゆさぶっているのかと横を見ると、近くの高さ三メートル以上の大水槽から水がはげしくこぼれ落ちはじめた。

すごい地震である。機体のうえで大地震を体験するとは、なんと幸運であったことか。こうして私の身の安全を保障してくれたその機体が雷電であった。

　その後、昭和二十年四月末、横浜にB29の大空襲があったときのことも忘れられない思い出の一つである。

　その朝、三〇二空へ行く途中のことであったが、厚木について士官室に入ってみると、パイロットたちは憮然として集まっていた。あまりにもB29の数が多くて、さすがの雷電も一矢をむくいることができなかったのであろう。数の前に泣いた雷電隊であった。

　戦後アメリカにわたった雷電が、飛行試験の結果、三四〇ノットの速度を出す優秀な戦闘機であるという記事を読み、感慨にたえなかった。そしてまず、設計主務者の堀越二郎さんの顔を思いうかべた。その堀越さんをはじめ、雷電をつくり上げた多くの人々とともに、雷電をいまだに愛し、懐かしむ一人の回想である。

局地戦闘機「雷電」に生命を賭けた男

雷電に殉じた帆足工大尉の僚友が綴る鎮魂の追想

当時 空技廠飛行実験部部員・海軍少佐　宇都宮道生

昭和十八年六月十六日——この日は、故海軍少佐（当時大尉）帆足工（ほあしたくみ）が雷電一一型試作第二号機とともに、三重県鈴鹿飛行場で散華した日である。

思えば早くも十五ヵ年の歳月がながれ去った。ともに江田島に入校して以来、約十ヵ年間のつきあいのうち、彼と室を共にした最後の一ヵ年間の思い出は、とくに印象深く今なおありありと記憶のなかに残っている。

帆足工大尉

帆足工は福岡県福岡市大字塩原の生まれで、修猷館中学卒業後、昭和七年四月、第六十三期生として海軍兵学校に入校した。中肉中背で色浅黒く、ニヤリと茶目気たっぷりに笑うときの白い歯は、とくに印象的であった。どちらかといえば痩型筋肉質の体格であり、いろいろな運動に興味をもち喜んで参加はしたが、とくにこれといって得手のものはなく、水泳などはむしろ苦手であったように記憶している。

性質は、表面きわめて飄々としていて、時々ひょうきんな行動で人を笑わせることも多かった。この性格はもちろん最後まで変わることなく、時としていわゆる謹厳な海軍士官の枠をはみ出るような行動も演じたようであったが、不思議に人をひきつける魅力的な点があって、彼を知る者はみな好意を抱いていた。

在校中の成績は、特に抜群というほどではなかったが、つねに悠々として級の上位をしめていた。

昭和十一年三月、学業を卒え、米国沿岸に練習航海を終了した後、軽巡洋艦「鬼怒（きぬ）」乗組を命じられた。昭和十二年八月、上海に戦闘が起こると同艦はただちに派遣され、彼は派遣陸戦隊の小隊長として上海に上陸、当時もっとも激烈な戦線で、最初の戦争を体験したのである。

航空士官として出発

昭和十二年九月、飛行学生として霞ヶ浦海軍航空隊に転勤、それから短いが多彩な帆足の航空士官としての生活がはじまった。ここでも私は彼と居を共にしたのであるが、いま考えてみるとこの間の生活については、これという特別な記憶は残っていない。

翌十三年、この課程を終了した帆足は、戦闘機パイロットとして佐伯航空隊に赴任していった。その後はおたがいに別れ別れになって、直接会う機会もなかったが、同年末ごろであ

火星エンジンを全開、離陸滑走からフワリと浮き上がった瞬間の雷電二一型

ったか、海南島方面で空中火災のため落下傘降下をやったという話が伝えられたりした。

昭和十四年九月、支那における勤務を終わり、その後、霞ヶ浦航空隊教官、横須賀航空隊分隊士、航空母艦「飛龍」戦闘機分隊長、「瑞鳳」分隊長をへて「翔鶴」戦闘機分隊長として、帆足は第二次大戦を迎えたのである。

翔鶴は当時、最新鋭の母艦として瑞鶴とともに第五航空戦隊を編成、開戦壁頭(へきとう)からハワイ空襲、印度洋作戦、さらに珊瑚海海戦とあらゆる主作戦に参加して、殊勲かくかくたるものがあったことはいうまでもない。彼はこの間、零式艦上戦闘機を駆って、十二分に新しい戦争がどんなものかを体験したのであった。

雷電パイロットとなる

珊瑚海海戦ののち岩国航空隊分隊長に補せられたが、間もなく昭和十七年七月、とくに嘱望されて海軍航空技術廠飛行実験部部員に転補された。帆足はここで当時領収をはじめたばかりの十四試局地戦闘機（後の雷電）の実験部主務部員を命ぜられたのである。

昭和十七年九月のはじめ、私が航空技術廠付に発令されて恐るおそる着任したとき、なにか会議の最中であったらしいが、真っ先に例の白い歯を見せて出迎えてくれた。

当時、帆足はまだ独身で、技術廠の裏門横（横須賀航空隊寄り）にあった同廠特殊研究所（当時特研と呼んでいた）内に一室を得て住んでいた。さっそく私もその部屋にわりこませてもらって、ここで約一ヵ年にわたる彼との同居生活をはじめたわけである。部屋にはベッド二つと机二つがあるだけ。食事は技術廠の食堂で三食ともとっていたから、ただ風呂に入り寝るために帰るという状況だった。

食堂の盛切飯ではもの足りなく、ときどき横須賀や横浜に栄養補給と称して二人で出て行ったこともあったが、元来、二人とも、あまり出歩くことがすきでなく、さらに次に述べるような帆足の勤務上のこともあって、部屋にこもっていることの方が多かった。もっとも時として、何とか手に入った一升瓶を部屋であおって、馬鹿話に興じたこともあった。

いま関係図書や記録からひろってみると、帆足が当時、取っ組んでいた十四試局地戦闘機の生い立ちは次のようである。

大型機の発達と支那事変の教訓から局地戦闘機（いわゆるIntercepter）の必要を痛感した海軍は、昭和十四年秋、三菱にたいしてその計画を示した。同計画においては、とくに上昇力と速力および敵護衛戦闘機にたいする有効な空戦性能を強く要求していた。

本機計画を実施にうつすための最大の隘路は、要求性能をみたすために必要とする大馬力発動機の獲得にあった。しかし、当時はこの要求をみたすような発動機の早期完成は容易に見込まれず、このため数年がいたずらについやされたが、ついに最良ではないがやむを得ず、火星発動機の採用が決定された。

かくて完成されたのが試作第一号機（J2M1）で、昭和十七年三月二十日、初飛行がおこなわれている。この型式は主として発動機の出力不足（火星一三型）のためわずか試作機は三機でうち切られ、火星二三型装備の「J2M2」の試作が決定された。火星二三型発動機は、水メタノール噴射で性能向上を企図したものであり、その第一号機は昭和十七年十月に完成した。

帆足大尉が飛行実験部に着任したころは、ちょうど「J2M1」の試飛行がおこなわれ、その速度の不足はもちろん、最後まで問題となった視界の問題、また彼の生命とりとなった脚関係艤装の問題等で、本機の将来にたいして問題が山積している時期であった。

もちろん実験部内においては、帆足のほかに部長以下錬達錚々たる上司、補佐官があったが、主務者となるとその日常はきわめて多忙で、また心身を労することが多かったのも当然であった。

さらに単座戦闘機の場合、関係技術者、計測員などの同乗ができないので、一回一回の試飛行ごとに、また改修将来計画等に関する打ち合わせに出席するごとに、彼の発言はきわめて重大な意味を持つこととなるので、とくに初めてこのような配置についた帆足としては、相当になれてくるまでは内心非常に悩んでいたようである。

夜おそくまで、関係書類や記録などを自室に持ち帰って、検討している姿を見かけたことも珍らしくはなく、時には電灯を消してしばらくたってから突然、『オイ貴様こんなことをどう考えるか』などと私の答えられもせぬ質問を発して、驚かされたこともあった。

火星二三型を装備した「J2M2」の試飛行がはじまってからは、帆足の日常はさらに多忙をきわめた。当時、前線においてはB17、B24等にたいする邀撃戦闘機の必要性が強く叫ばれており、これに答えるものとしては、当時、本機種ただ一つがあっただけだからである。(もちろん、武装その他兵器の改善による対策も真剣に研究されてはいた)

この緊急の要請に答えるためには、当時の「J2M2」はあまりに多くの問題をもっていた。巌谷英一技術中佐によると、この間の事情はつぎのように述べられている。

操縦技術を憂慮

「J2M2」(雷電一一型)は昭和十七年十月、第一回の試飛行をおこなったが、それ以後、火星二三型の不調と動力関係の振動問題解決のため約一ヵ年の日数をついやし、難問題がかたづいたのは昭和十八年夏も過ぎたころであった。

発動機不調のおもな原因は、火星二三型に装備した水メタノール噴射装置の作動の乱れにあった。当時の国情は、すでに高オクタン価燃料の入手が困難で、これにかわって発動機の出力を維持する手段として、水メタノール混合液を発動機の吸気に噴射する方法が研究されていた。それがまだ技術的に未熟であったので、前記の結果となった。そのほか発動機クランクピン締付ボルトの不具合の点もあった。

これらの欠陥をのぞくにあたっては、試飛行関係者と三菱発動機関係研究関係者の涙ぐましいまでの努力があったにかかわらず、かんじんな発動機の設計元である三菱上層部の動きが、はなはだ遺憾であったため、問題解決に長日月をついやしてしまった。

かくて発動機の調子はなんとか落ち着いたが、のちにプロペラ翼の剛性不足からおこる振動が残っていることがわかり、これも、この実験で殉職した帆足工大尉をはじめ、空技廠の松平精技師や三菱の山室宗忠技師の不屈の技術者魂で克服することができた。

前記震動の問題はもちろん、帆足の頭をなやました大きな問題であったが、本機種につきまとった視界の問題についても、彼は最後まで気にかけていたらしい。すなわち帆足のなやみは、この戦闘機が部隊にわたって以後、視界の問題が戦力発揮上どんなに障害になるであろうかという点だった。彼はこの点について次のようにいっていた。

——俺はとくに操縦が天才的であるなどと考えたことはないが、現在では相当練度を積んでいるといっても決してうぬぼれといって笑われることはないだろう。また「J2M2」の飛行も相当馴れたし、今後なんとかこなして行けるだろう。

しかしこの戦闘機が第一線に出て行く昭和十八年末ごろのことを考えると、これに配される搭乗員の練度に相当不安を感じている。もちろん、充分訓練する期間があたえられればよいが、今の状況から考えると零戦も充分に乗りこなせないような人たちが配される公算が非常に大きい。戦闘による死傷よりも、着陸または地上滑走時の事故が多くなるのではなかろうか。

また敵大型機が戦闘機を随伴するとき、大きな問題が残ると思うのだ。自分はどうせこの戦争に生きて終わることはできないと思うが、ぜひともこの戦闘機をもって部隊に行き、自分のそれまでに得た経験で、なんとかこの心配をできるだけ杞憂に終わらせるよう努力するつもりだ——と。

おそらくこれは帆足の心からの願いではなかっただろうか。しかし、まことに残念なことには、天はこの願いを許さなかった。

彼の死後、昭和十八年末以降、雷電は部隊に配され、邀撃戦闘において相当の活躍をした反面、彼の心配していたとおり、視界不良にもとづくと考えられる事故も決してすくなくなかったように聞いている。

もし、帆足大尉が生きていて、その希望どおりの配置につき得たとしたならば、この種の事故のうち、幾分かは防ぐことが出来たのではあるまいか。

帆足大尉、最後の飛行

昭和十八年六月初めから、帆足は試飛行のため三重県鈴鹿飛行場（当時、雷電の領収前飛行はこの飛行場で行なわれていた）に出張していた。彼が殉職した十六日の夕、私は同僚と夕食を田浦水交社でとっていた。五時か六時ごろであったと思うが、給仕が私に空技廠副官から電話ですと伝えてきた。

私は直感的に帆足に何かあったな、と感じた。これは当時の海軍の不文律として何か事故があった場合、そのもっとも身近にいる級友が直接の世話をすることになっていたことも関係して、そう感じたのかも知れない。

さっそく電話に出てみると、「本夕試飛行で帆足大尉に事故があり、相当の怪我のもようなので、明朝、飛行機で鈴鹿へ出発するように」との趣旨であった。私はさっそく帰廠のうえ関係者とうち合わせ、万一の場合のため御家族(当時、御両親はすでに亡く令兄が福岡市におられた)に打電して、翌朝早く上司その他と鈴鹿飛行場に飛んだ。

われわれが着いたときには、すでに三菱関係者の手で仮納棺を終わっていた。暑い最中ではあり、御令兄の到着はとうてい間に合わないので、私が遺族を代表して棺をひらいて対面した。帆足の飛行機は不時着後火災を起こしたため、その遺骸はまったく生前の面影をとどめぬものであった。

予期していたこととはいえ、あの帆足の身に、このような不幸がおとずれようとは、たとえ、対面し現実に死を確認したとは言え、なかなか信じられぬことだった。急に、帆足の生前のおもかげが、まぶたの裏にちらついた。そして、その顔はつねに、にこやかな顔だけであった。

記憶をたどると、帆足大尉の最後の状況はつぎのとおりであった。

当日は午後も震動試験のため、数回の試験飛行をくりかえし、すでに夕刻も近くなったので関係者はこれで終了しようとすすめたが、彼はもう一度だけといってふたたび離陸していった。

しかし、これが最後の飛行となったのである。帆足の飛行機は飛行場の東に向かって常のごとく離陸し、脚を上げて普通なら相当の上昇姿勢に移るとき、反対に徐々に下降してそのまま飛行場からはなれた畑の中に不時着した。

もちろん、関係者はとるものもとりあえず現場に駆けつけたが、それより早くちょうどその付近に鈴鹿航空隊の人たちが作業のため出ていて、現場に到着した。飛行機は普通の姿勢で着陸し（もちろん脚はおさめていた）機体も外見上さして破損していなかったし、操縦者は開いた風防から身体を乗り出そうと動いていたのが見受けられたという。

駆けつけた人たちは、さっそく座席から助け出そうとしたが、そのとき何が原因か、急に翼下面から発火し、ついに助け出すことができなかった。付近は一帯の畑地であったが、不時着地付近に農家があったので、下方視界不良のため帆足大尉はこれに衝突するのを防ごうとして相当無理な不時着になり、身体に大きな衝撃をうけたようであった。

不運な帆足よ！　もしこの飛行機の着陸時、下方視界が零戦なみであったなら、また、もし火災を発生することがなかったならば、こういう悲惨な最後を遂げずにすんだであろう。

その後、事故調査の結果、直接の原因は尾輪関係の装置が脚上げ操作をした場合、昇降舵を下げの方に圧迫し、上昇できなくなったためであり、また火災は漏洩した燃料に搭載二次

二一型の雄姿。操縦者は台南空の青木義博中尉で、鈴鹿から台湾へ空輸中である

胴体下面に増槽タンクを懸吊して飛翔する雷電

電池のスパークによって発火したと推定された。(記憶によるのであるいは間違いがあるかも知れない)

私は翌日、茶毘に付した遺骨を抱いて、ふたたび飛行機で横須賀に帰った。御令兄の到着を待って十九日、航空技術廠で全員参列のうえ海軍葬儀がおこなわれ、その翌日、御令兄とともに遺骨は故郷福岡へ帰っていった。

彼の生前、人間の死についてしばしば語り合ったことがあった。もちろんいろんなことを語り合ったと思うが、当時、新聞などでときどき戦死者が遺族のもとに姿を現わしたという話があったので、これについて長い議論ののち、私と帆足は次のような約束をしたのを覚えている。

「どうせ二人とも、遅かれ早かれ死ぬだろう。われわれのうち、先に死んだ方が遅れた者の前に姿を現わして、ほんとうの最後の情況を知らせようじゃないか」

いま考えればたわいない話であるが、これは死後、人間の霊があるかどうかという議論の結着ではなかったかと考える。彼の死後、私は約一ヵ月、同じ部屋に一人で起居していた。その後、南方戦線に転任していったが、その間、もちろん彼は一度も私の前に現われては来なかった。

このことは、彼が身をもって死後の世界がないことを知らせてくれたのだろうか。あるいは例の調子で「俺はもう貴様のような俗人ではないぞ」と笑っているためであろうか。いな、私は考える。彼はみずから天職と考えた職務に殉じ、帆足の頭は「J2M2」の未解決問題でいっぱいで、私との約束事など思い出すひまもないのであろうと。

葬儀の前夜、私は祭壇の準備を手伝っておそく特研の部屋に帰っていった。玄関口から入って私の部屋をみると、室内には明々と電灯がついている。不思議に思って部屋に入ると、彼、帆足のベッドの上においてあった洗い立ての寝衣がなく、しかも彼の草履すらないではないか。

私は一瞬ドキリとした。前記の約束を思い出したからである。しかし考えてみると、いくら平素、人の意表をつく行動がすきであったとはいえ、あまりに念の入った現われ方ではないか。

当然のことながら間もなく、これは決して彼の仕業ではないことが判明した。これは当時、大村航空隊にいた級友の黒沢丈夫大尉が、ちょうど横須賀航空隊に来合わせ、帆足工の葬儀に参列するため思い出の一夜を彼のベッドで送ろうとたずねて来て、私を待つ間、入浴中であったのである。（黒沢大尉は帆足と同様、戦闘機乗り）

六月十九日の夕刻、御令兄に抱かれて遺骨が大船駅を発車するのを、柱のかげから静かに見送る二人の男女があった。私はこの稿の最後に、帆足の人柄をしのばせる一つの事実をつぎのように述べても、故人も許してくれることと思う。

帆足は死ぬまで独身であった。しかし彼にはかたく約束した一人の女性があったこのことは、最初、私にも内証にしていた。昭和十七年の正月前であったか、ある日、彼は私を強引にひっぱって東京にさそった。京王沿線のあるアパートに弟と二人で住んでいる彼女を、このとき、はじめて私に紹介した。

その後、数回、私はさそわれるまま、そのアパートで帆足と四名で夕食を共にした。当時の海軍のしきたりでは、彼女は海軍士官の妻として、正式に認可になれない家庭の事情の人だったのである。

彼はこういっていた。

「俺は戦争が終わるまで生き残ることはまずないだろう。しかし、もし万一、生き残ることがあったら、そのときは海軍をやめて郷里に帰り、彼女と結婚する。兄貴も自活するくらいの田畑はわけてくれるだろうから」

しかし、私の「万一貴様が死んだときはどうするのだ」という質問に対しては、「心配するな。彼女は絶対他人に迷惑をかけるような人ではない。しかし、もし貴様があとに残ったら、俺の死んだことだけは伝えてくれ」と。

こういう話をするときの帆足の表情は、常になくさびしそうであった。私はこの問題を一度も身近な問題として考えたことはなかったが、さて、彼が殉職してみると大きな問題として私の心に重くのしかかってきた。

私は彼女に対してなんと告げ、どう手助けしてよいのか思案にくれた。さいわいちょうど来合わせた黒沢大尉を天の助けとして、さっそく相談した。

殉職の通知を彼女のところに直接もち込む勇気は二人とも持ち合わさなかったので、翌早朝、彼女の弟の勤務先である横須賀工廠に電話して、令弟から事の次第を伝えてもらうことにした。

われわれ二人は、故人が独身者であるし、なんとか帆足の御令兄に話して賜金の一部でも彼女にまわすことができたらと相談していたのであるが、彼女は絶対にこれを固辞して、ただ軍服一着——とくに日頃着古したものという注文であった——を希望したに過ぎなかった。

大船駅の柱のかげから、弟につき添われて遺骨をおくった彼女から、間もなく東京のアパートをひき払って郷里北海道に帰るという手紙を受け取った。

われわれ二人とも、ほどなく戦地に出て各地を転々としたせいもあり、その後の消息に関してはこれをつまびらかにしないが、さいわいにして元気であれば、故帆足大尉の思い出を語るにあたり衷心からその多幸を祈りたい。

さて、「雷電に生命をかけた男」というと、なにか軍国美談に出てくるような勇士が想像されるが、帆足工という男はこのような純情な一面をもち、私たちに対して終生、忘れ得ない印象を深くきざみ込んで散った、なつかしい男であった。

愛機「雷電」で綴る帝都防衛フライト日誌

たびかさなる不時着にもめげず生き残った厚木空搭乗員の手記

当時三〇二空第一飛行隊・海軍上飛曹　山原　正

キーンというインペラによる金属音をたてながら、低空に突っ込んでくる飛行機を見たときは、すごい戦闘機だなァと思った。場所は厚木航空隊。そして、くだんの飛行機とは局地戦闘機雷電(らいでん)のことである。

ところが、地上に待機しているときの雷電は、ずんぐりとしたなんとも不格好な機体であった。その雷電とのつき合いも、かなり長期のものになったが、お世辞にも乗りやすい戦闘機とはいえなかった。零戦との比較なんて、とんでもないことである。

迎撃用につくられた雷電は、上昇性能をよくするため、火星(かせい)という空冷複列十八気筒の馬鹿でかいエンジンを積ん

出撃準備を完了した雷電操縦席の山原正上飛曹

でいるので、地上にいるときは前方がまるっきり見えない。

おまけに、スピードが出るように翼を小さくしてあるので、エンジントラブルがあると、他の飛行機とは比較にならないほど死に結びつく比率が高い。それなのに、オイル系統とくにオイルポンプの故障が多く、しばしばエンジンがストップする。

また、プロペラは「ナギナタ」(航空隊用語でプロペラがピタッと止まり、ぜんぜん回転しない状態)になり、吹きだす油で風防が真っ黒になり、前が見えなくなる。それで風防を開け、顔を突き出すことになるので、顔も真っ黒になる。それでも飛行場にうまく不時着させ、その機を修理して、また飛ばせるようにしようとして何人かの仲間が亡くなった。

それほど不時着のむずかしい飛行機だった。生き残って終戦を迎えたパイロットの皆がそうであったように、私も飛行機に乗りはじめてから、何度となく死線と遭遇した。そのきざしは、初めての単独飛行のときからあったように思う。

いまから初めて自分ひとりで飛ぶんだ、と離陸線についた赤トンボの座席で興奮気味に前方を見ていると、「離陸ＯＫ」の白旗がふられた。喜び勇んでエンジンレバーを全開にする。そして、機体に浮力がついた、と思ったとき、なんと前方を赤トンボが一機、トコトコと滑走路を横切ってくるではないか。

もう離陸を中止することもできない。といって、このまま進めば相手の横っ腹に突っ込むことになる。これではいけないと無我夢中で何とかかわそうと、右に旋回するようにぐっと傾けて離陸しようとした。が、もう遅かった。バリバリッという音とともに、左翼の日の丸の真ん中くらいから先を、相手機のプロペラで食いちぎられてしまった。

がくっと機が左に傾くのを、必死の思いで操縦桿を右に押しつける。誘導コースは左回りなのだが、左に回ればスピンに入って墜落しそうなので、逆回りの右旋回をする。フラップ操作もできないままやっと命からがら着陸した。

「やれ助かった」と思いながら報告したとたん、

「どこ見て飛んでいるんだ」と一喝され、パンチにバットの大目玉をくらった。前方不注意と、大切な飛行機をこわすとは何事だ、というわけだが、私は白旗を見たので発進したのである。

しかし、そんな弁解が通用しないのが、軍隊という世界である。それでも命が助かったのだからと自分をなぐさめたが、忘れられない初の単独飛行であった。

昭和十九年十一月一日、B29による偵察およびその空襲から、雷電は迎撃に大忙がしの日を迎えるようになった。「大島南方海上にB29発見」の報で離陸し、大月上空、高度一万メートルでまず一撃をくらわす。そして二撃目は、うまく追いついて鹿島灘上空あたりである。

昭和二十年二月十六日、艦上機（グラマンF6Fとアベンジャーほか）による関東地区への初空襲があった。このときは午前十時四十分ごろに「鹿島灘上空、敵艦上機」との一報ではじまった。三〇二空（厚木）の雷電十八機は、零戦とともに発進する。

初空戦は茂原上空であった。艦上機約四十機が西にむかっている。それを味方六機で攻撃をかけた。

雷電は航続時間が短い（全速で約一時間）ので、ひんぱんに給油しなければならず、そのための給油用の飛行場を見つけなければならない。私の機もすぐに燃料が切れ、敵機をふりきって谷田部空に着陸した。そして空襲の合い間をぬって給油していると、分隊長機が先におりていて、

「俺の飛行機は三千メートル以上で息をつくので、いま整備をしてもらっている。かわりにお前の飛行機をかせ」という。

相手が上官では断われない。給油が終わると、三機で飛び立っていった。

日本人に殴られた笑えぬ喜劇

飛行機乗りという人種は、飛んでいるときは敵が何機いようと平気なのに、地上ではからっきし意気地がない。空襲にあうと、真っ先に地下壕の一番奥に逃げこんでしまう。なかには地下壕が一ぱいのときに、他人の股のあいだをはって奥へ逃げのびたつわものもいるというほどである。

さて、私ひとりが取り残されたが、午後一時すぎにはようやく整備が終わって離陸した。ちょうどレシーバーに入ってきた情報では、敵は何波にもわかれて各所を攻撃中とのこと。

やがて敵影らしきものを発見した。中島飛行機製作所の上空で交戦にはいる。そして、また給油と弾丸の補給である。小泉飛行場に着陸する。

一服したあと、給油の状況を見にいくと、胴体の下に白い油溜りができている。どうやら、

雷電をあつかったことのない人たちらしい。雷電だけが積んでいたメタノール（全速時に一時的に馬力をアップするためガソリンと混焼させる）の小さいタンクに、間違ってガソリンを入れてしまったらしい。

ただちに構造を説明して、メタノールを詰めかえてもらう。変わった飛行機に乗っていると、こんな不都合が起こるのである。やっと給油が終わり、離陸したのが午後三時五十分ころである。そのまま厚木へむかう。

厚木上空近くまでくると、東京湾上空で高射砲弾が炸裂している。敵が帰途についたらしいので、直行する。千葉上空より四機、四機、二機、二機の縦隊で南下している編隊を発見して、二撃をくわえた。しかし、こちらも被弾して出火した。やむなく落下傘で降下しようと、機を左から背面にしようとしたが舵がきかない。

そのとき、意外なことが起きた。母（昭和四十二年没）の顔が右側からだんだんに大きくなって近づき、目の前から左側にとおりぬけていった。そして、それにつられるように、私も左側からするりと体を機外へ放り出した。脱出高度は約一五〇〇メートルほどであった。

地上に着陸すると、いきなりボカッと丸太のようなもので殴られた。あわてて気がつき、「助けてくれ」と叫ぶと、「おい、日本兵だぞ」となかの一人が大声で制した。見ると、まわりには竹槍や鎌をもった人たちが、私をとりまいているのである。アメリカ兵だと思ったらしい。

さっそく、戸板で近くの農家に運びこまれた。顔を全面火傷しているので、風が当たると痛んだ。そこで落下傘を顔にかけながら、病院に運んでもらった。手当を受けたあとは木更津高女の裁縫室で休ませてもらった。翌々日に厚木から迎えがくるまで、そうしていた。

女学生がピアノを弾いてくれたり、歌を聞かせてくれたりした。木更津空司令の代理の人が見舞いにきて、敵機撃墜の地上確認を知らせてくれた。そのときもらった果物を、女学生のみんなと食べたが、その想い出はいまでもほのかに残っている。

明くる二月十七日も空襲があり、雷電隊からも四名の戦死者を出した。十八日、木更津に迎えがきて、ようやく厚木に帰投することになった。そのときユングマン（ドイツ製複葉連絡機で後席操縦）を操縦してきた若い士官に、

「富士山宜候(ヨーソロ)で飛んでください」といって、風をさけて顔をおおっていた。そして「宜候」と伝声管から声があったので、顔を上げてみると、前方の山に雪がない。あれっと思って首をまわすと、本物の富士山は左後方に見える。

「前方の山は筑波山です。左旋回してください」と伝声管でいうと、後席のご本人は、これにはビックリしたそうだ。初めて人を迎えに飛んだので、緊張しすぎていたらしい。帰投後、彼がいうには、

「方角がちがうといわれ、ビックリしました」ということだが、雪のない二月の富士山をみた私のほうが、もっと驚いたようなものだ。そういって二人で大笑いした。この士官はのちに戦死された。

厚木に帰ってから聞いたはなしによると、日本人は落下傘などをもって飛行機に乗らない

などといったデマが、まことしやかに伝えられていたらしい。だから米兵とまちがえられたのである。

十六、十七日の空戦のさいにも、何人かのパイロットが竹槍などの犠牲になったという。そんなことがあって、この日以降、内地でも飛行服の袖、飛行帽、靴の横まで日の丸を入れるようになったと聞いている。（二六〇頁写真参照）

三〇二空の戦時日誌によると、二月十六日の被害は零戦大破二機、二名戦死、雷電三機大破、一名戦死、一名軽傷となっている。この「一名軽傷」とは私のことで、当時は顔の火傷とかでっかいコブぐらいでは、軽傷だったのである。

本土最前線基地での思い出

昭和二十年四月、沖縄近海に遊弋する米艦艇にたいする特攻の直掩と、B29の九州地区への空襲がはげしくなったので、迎撃のために三〇二空の零戦と雷電は笠ノ原と鹿屋に移動した。連日、特攻機の直掩に、そして迎撃に明け暮れていた。

また、銀河によるウルシーの片道攻撃もまのあたりにした。五〇〇キロ爆弾二個を積み、目一杯に吹かしてつぎつぎと離陸する銀河に乗っているのは、私と同年か、それよりわずか年少のパイロットで、彼らは帰りの燃料のない銀河での爆撃行に飛びたっていった。直掩の戦闘機もなく、途中で敵戦闘機におそわれたら、と考えるだけでギュッと胸を締めつけられた。

そんななかで特攻にいく戦友が、

「お前は不死身だから、俺の頼みを聞いてくれ」と何人かに、家族に託した遺品をあずかった。戦友の気持がこれで休まるのなら、と思うと断わることもできない。

特別攻撃隊——それは言葉ではきれいに聞こえるが、出撃する本人にとっては、それは死を意味しているのである。現代の同年の人にそれをわかってほしいと言っても、とてもその気持がわかるはずはないし、無理だと思う。だが、いまはなんと思われようとも、そのとき、純粋に国を思い死んでいった多数の若者がいた、という事実だけは憶えておいてほしいと思う。

しかし、遺品をあずかった中でただ一つ、とんでもない間違いをした。それというのもM君からあずかった遺品を横浜磯子の家族のもとにとどけたのは、三〇二空が厚木にひきあげてきた六月半ばのことであった。ちょうど家にM君のお母さんがおられ、あずかった遺品（時計、万年筆、爪）を渡し、

「元気にやっていますが、これをあずかってきました」というと、

「特攻隊にいったのですか」とたずねられ、「ハイ」と答えると、その品を仏壇にそなえ拝んでおられた。息子を失い、さぞ辛いことだろうと思いながらも、あずかった当時のはなしをして帰隊した。

ところが戦後、M君と再会した。生きていたのであった。彼のはなしによると、一度、出撃したのであったが、エンジン不良でほかの基地に不時着したという。それから出撃の日を

一型。精悍なインターセプター。上昇力にすぐれ高度6000mまで5分40秒

海軍初の本土防衛専門の戦闘機部隊として開隊した厚木基地三〇二空の雷電

待っているうちに終戦を迎えたとのことであった。

彼がぶじに復員したことを喜びながら、私は複雑な気持であった。一度は遺品までうけとったお母さんが、どんなに驚き、どんなに喜ばれたかとおもうとき、短い期間にしろ、私がお母さんのもとを訪れたため、とんでもない悲しい思いをさせたとおもうと、なんといって詫びていいのかわからなかった。そこで、

「恐縮していたと、お母さんによくあやまっておいてくれよ」というとM君は、

「戦争がそうさせたんだし、ぶじ帰ってきたのでおフクロも大喜びだよ、一度ぜひ遊びにきてくれ」といわれてほっとした。

燃える不時着機から決死の脱出

昭和二十年七月八日午前十一時ごろとおもうが、厚木でP51の空襲をうけたときのことである。このとき、「小田原方面より敵戦闘機侵入」との警報がはいった。

ところがあまり急だったので、エプロンに出ていた雷電四機を掩蔽壕にいれる余裕もなかったので、地上での破損をさけるため急遽あがることになった。だが、離陸しようとしたときには、もう西南方向からP51の編隊が突っ込んでくるのが確認できた。

それでも私が最後に離陸し、脚を引き込みながら交錯する敵機に機銃を射ちつつ低空で突っ走ろうとしたが、突然ガソリンタンクに被弾し、計器盤の下から赤い炎がパッとでた。そこで仕方なくそのまま不時着しようとしたが、前方に高圧線と民家があるため、それを避け

ようとやむをえず機を右にひっぱったところ、推力がないので右翼からスピンにはいった。だが、「これは駄目だ」とおもった瞬間、青い草が一本一本、目に入ってくるのがわかった。ガクッときたあとは覚えがない、瞬間的に気を失っていたのだろう。

どのくらい時間がたったかわからないが、やがて熱いので気がついた。そして目をこらすと外の明かりが見える。「助かった」と夢中で土を手でかいて、外にでた。落ちたところが畑地だったのも好運だった。さらに右翼が折れ、プロペラが飛び、左翼も折れ、そのうえ胴体が三つに折れていたが、座席の前から折れて、それがエンジン部分に乗っかり、うまいぐあいに空間ができたところへ体が落ちたらしいことも幸いした。

ようやく外に這（は）いだすことができて、火を吹いている機体からはやく離れようとした。だが、左足がしびれているし、やけに背中や腰のあたりが重い。みると座席バンドを締めたままだ。

そこで、「へんだなあ」と腰のあたりを手でさわると、かなり慌（あわ）てていたのだろう、座席を背負っているではないか。座席を機体に止めてあるスチールの支柱が不時着のショックでみな折れて、私の身体についていたのだ。これも強運であった。そこでバンドの止め金をはずすと、座席がゴトンと体からはなれて地上に落ちた。

それから這うようにして逃げだした。しばらく行くとやけに体が後ろのほうに引っぱられるのであった。そのため振りかえると、座席を落としたとき落下傘のピンがぬけて、傘がひらいて私を引っぱっていたのであった。慌てて落下傘バンドをはずすと、こんどはすっかり身軽になった。

墜ちてから這いだし、座席をはずすまでの時間は短いものだったとおもう。不時着にはかなり慣れていると思っていた私も、そうとう慌てていたのである。それに機体が燃えるにつれて積んである二〇ミリの機銃弾が誘発し、「パンパンパン」「ピュンピュン」と音をだし、それがどこに飛んでくるかわからないので、夢中で這っていった。

そこへ相模空の人がきてくれた。そして私を背負って相模空の地下壕の病室まで運んでくれた。そこで火傷の手当をうけたが、土をかいて出てくるとき、皮のむけた火傷の個所に砂がベットリついているため、砂をとるのにかなりの時間をついやした。

三〇二空の戦闘指揮所は相模空の反対側にあって、飛行場を横切ってくればすぐなのに、空襲が終わっても三〇二空の人はだれも来てくれない。やがて傷の手当も終わり、しばらく横になっているとガヤガヤと迎えが入ってきた。そして私のほうを見てバツの悪そうな顔をしている。理由を聞くと、墜ちるのを目撃した全員が、

「あっ駄目だ、助からない。とうとうあいつも悪運がつきたな」と声を出したそうである。だから遺体引取りのつもりで不時着した現場をさがしていると、相模空の人が私を運んでいってしまい、しかも「生きてましたよ」ということを聞いて、病室に来たそうである。

いわれてみれば、自分でも生きているのが不思議におもえる。それに以前、私とおなじような格好で、少しはなれた場所におなじ雷電で墜ちた入江大尉は戦死したのであるから、まったく悪運が強いとしかおもえない。三〇二空に帰るとき指揮所の横に車をとめると、仲間

が集まってきて窓ごしに、

「ほんとうに生きてるよ」という。頭にきた私は、包帯のなかに出ている口を無理にひらいて、

「足もあるよ」と精一杯の皮肉をいったが、はたして相手に聞こえたかどうか。

負傷のていどは顔面全面火傷で上唇を切っており（七針縫合）、腫れあがっていた。煙草を吸いたくて若い兵隊に催促すると、「光」に火をつけて吸わせようとしてくれる。だが、煙がくるようにくわえると唇に火がつくので、鹿の角のパイプをつけないと吸えないほど腫れていた。

両手両足も火傷をしていたが、とくに左足はひどく、戦後三ヵ月くらいまで傷の手当をつづけた。また、体全体を打っていたので、揉んでくれといってもどこをさわっても痛くて揉むところがなく、若い人がこまっていた。

現在は、車で追突したり、されたりすると鞭打症になるが、当時はそのような病名もなく、一五〇キロ以上のスピードで地面とキスしたのだから、鞭打症になったのであろう。いまだに首を動かすとコキコキと音がする。

息子の乗機が墜ちるのを見た母

病室にその日の夕方近く、ある飛行士が「めずらしい人の面会だよ」といって入ってきた。入口を見ると、なんと母と姉が入ってきたのだ。私の家は広島県の呉市なのに、ここにとつ

ぜん母と姉の姿が現われたのを見てビックリした。

それなのに母や姉は、包帯だらけの私を見ても、大して驚いた顔もせず入ってきたのである。母のはなしでは、兄貴（駆逐艦の信号長）の艦が横須賀に修理のために入港したので面会にいった帰りに、私が厚木に帰っているらしいので面会に行こうと、二人できたのだそうである。そして隊門の近くまできたとき空襲になり、避難したが、このとき一機の雷電が火を吐いて墜ちるのを見たそうである。まさかそれが息子が乗っている雷電とはつゆしらず、「いま墜ちた飛行機のパイロットは大丈夫かね、助かればよいね」と二人で話したという。

そして空襲が終わって、隊門で面会を申し込むと、「しばらくお待ちください」といったきり、かなりの時間を待たされたそうである。やがて士官がきて「さっきの空襲で負傷されましたが、生命に別状ないので元気づけてやってください」といわれ、病室に連れてきてもらったとのことで、だからこんな姿を見ても少しも驚かなかったわけである。

「息子さんが墜ちるのを目撃したお母さんなんていませんよ」と連れてきてくれた飛行士にいわれ、母はへんな顔をしながら、「そうですね」としんみり言ったのを思いだす。

つぎの日、重久君が雷電で突っ込んで、病院に運ばれてきた。すごい火傷で鼻の肉は焼けおち、骨が黒くなっており、全身に火傷をおって、あまり苦しむので私の病室にうつしてもらった。そして、

「元気を出せ、我慢をしろ」と声をかけてやる。すると、「ハイ」と返事をしながら唸り声

をだしていた。そのうえ譫言のように、「お母ちゃん、お母ちゃん」と言っていたのがいまでも耳についている。しかし彼は、私が退院してのち、日を経ずして死んだ。

戦う側の論理

私は顔の包帯がとれると、手や足に包帯を巻いたまま、雷電に乗って戦場にもどった。当時、それほどまでにして戦ったのは、何がそうさせたのだろうか。

「俺たちが日本の空を守らなければ日本は負けてしまう」という意気込みだったのか、それとも戦争というものにのめり込んでいたのか。

けれどもいまの人が考えるような悲壮感はなかったとおもう。迎撃にあがるとき、敵機の数はそれほど気にならなかったし、死ということもあまり考えなかった。練習生のときから折りにふれて死を賛美するようなはなしを聞かされ、また黒板には葉隠至誠訓の死について書いてあるのを常日頃から見ていたので、飛行機乗りには死はつきものである、と考えるようになっていた。

ただ、負けてたまるか、やらなきゃやられる、日本が負ける、と単純にそれだけで頭の中がいっぱいだったと思う。いっしょに迎撃にあがった戦友の機が被弾し、煙を吹いているのを見ると、ぶじに帰投してくれと念じつつ、私はもう一撃するために追跡にうつる。しかし、基地に帰ってさきほどの空戦で被弾した僚機を待つが、時間をすぎても帰投しない。

そこで、やられたなと思うつぎには、仇はかならず俺がとってやると冥福を祈りつつ、きょうの酒の場にいない友を偲ぶだけである。あしたは俺の番かと思いがちであるが、私の場合、まずそういうことはなかった。

日本では三〇二、三三二、三五二の各航空隊に雷電が配備されていた。そのなかで三十度角の斜銃（ななめじゅう）を積んだ三〇二空の雷電は、保有機数も他空より多く、戦闘行動も西に東に、いちばん多かったと聞く。

私の青春時代は戦争の真っ只中で、現在の若い人の青春時代と比較できない。しかし、私たちもつらい苦しいなかで、精いっぱい青春を感じ、生きてきた。恋もし、失恋もした。だが、せまい枠のなかという制圧があった。現世代をみるとき、つくづく「平和っていいなあ」と痛感する。

これを書きながら四十年前を思いおこしてみるとき、死んでいった戦友たちや生き残ったわれわれが参加していた戦争が、現在の平和に多少なりとも寄与していると思いたい。いまの若い人には愛国心がないとかいう人がいるようだが、あの国家受難のときには、私たちが国のためになろうと飛びこんで行ったのと形はかわっても、日本の国土をまもり、平和と同胞の安全を守ろうと立ちあがってくれるものとかたく信じている。

だが、なによりも平和でなければならないし、いついつまでもその平和がつづいてほしい。そしてこの平和な日本の空に、戦闘ではなく金属音をひびかせる雷電で大月の上空一万メートルを、太平洋を日本海をもういちど左右に見たら、こんな楽しいことはないだろうな、と夢みる一人である。

三三二空「雷電」超空の要塞に涙するなかれ

高々度では新鋭局戦も力不足で苦戦を余儀なくされた搭乗員の告白

当時三三二空雷電隊・海軍大尉　相沢善三郎

海軍の迎撃戦闘機雷電(らいでん)は、大型機攻撃用の戦闘機として本土防衛のため、厚木の三〇二、岩国の三三二、大村の三五二の三航空隊に配備された局地戦闘機である。

よく知られている零戦と比較して、その特徴は一八〇〇馬力エンジンを搭載して上昇能力がすぐれていること、優位からの（優位とは攻撃目標より上空にいること）攻撃にさいし降下速度が速いこと、そのため翼面荷重が大きいので、旋回性能と航続距離がそうとう犠牲にされていること、とされていた。

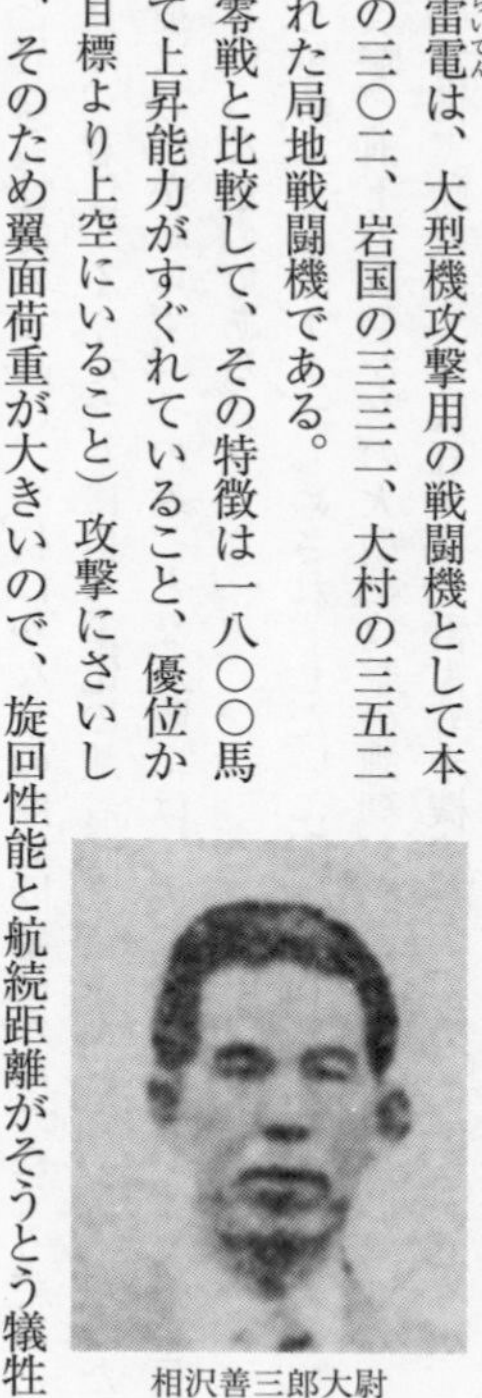
相沢善三郎大尉

昭和十九年七月、戦闘機飛行学生を卒業した私は、編成されたばかりの岩国基地の第三三二海軍航空隊に同期の八名とともに着任した。まもなく司令の柴田武雄中佐、飛行長山下政雄少佐が着任されたが、ともに戦闘機の名手とうたわれた名パイロットである。

着任当時の三三二空は零戦が主力であって、雷電は飛行場のすみに、二、三機があるにすぎなかった。そのためわれわれ同期の八名は、ほかの搭乗員たちと零戦に搭乗して、制空戦（対戦闘機との空中戦）の訓練に明け暮れていた。

そのころすでに、厚木の三〇二空では首都防衛のため、雷電の迎撃訓練がさかんにおこなわれていたが、零戦と異なる性能のために、当初はかなりの離着陸事故があったようである。それでも山下飛行長は、着任するやただちに自ら雷電の離着陸と空戦性能をテストされた。初めて試乗される機種にもかかわらず、そのみごとな着陸には、古参新参をとわず、搭乗員はみな舌をまいて驚きいったものである。

ただちに飛行長から適切な飛行データがしめされ、しだいに配備されてくる雷電によって、直上方攻撃、前上方攻撃、前下方攻撃などの大型機攻撃の訓練がおこなわれた。

そのころ三三二空の常備実動機は、零戦五十機、雷電五十機くらいであったとおもうが、迎撃戦訓練のかたわら、零戦による制空訓練も併行しておこなわれていた。

昭和十九年十一月七日、海軍兵学校七十一期出身の竹田進中尉の指揮のもとに、零戦隊二十機がフィリピンのクラーク基地に進出し、三三二空は本土防空の戦闘機隊として、その任務が決定された。岩国基地における雷電隊の迎撃戦闘は、呉地区に飛来したＢ29偵察機を追跡したていどのものであった。

十二月十七日、山下飛行長の指揮により、阪神地区工業地帯の防衛を主目的として西宮の鳴尾基地への進出を命ぜられた。当日は快晴であったが、鳴尾上空は高度四百メートルくらいまで真ッ黒なスモッグにおおわれて、滑走路が確認できないので、高度を百メートルまで下げたところ、突如として林立する煙突があらわれて、肝を冷すといった不馴れな都市部の飛行場への初着陸であった。

このとき、二番機の同期である山本中尉は、着陸のさい殉職した。おそらく滑走路を見あやまったのではないか、といまでも考えている。

昭和十九年末からB29の本土爆撃がようやく本格化して、名古屋地区の工業地帯への爆撃がくり返しおこなわれた。いよいよ迎撃戦闘機隊として任務遂行のときがきたのである。

新鋭局戦の上昇力不足に泣く

昭和二十年に入ると、「B29本土侵入」の報により、発進、哨戒、迎撃をくりかえしたが、その経過のなかから冒頭に述べた雷電の性能は、じつは高度が六千ないし七千メートルまでであることを知らされることとなった。

すなわちB29は、だいたい九千メートルから一万メートルの高度で飛来するのにたいし、これを迎え討つ雷電は、七千メートルくらいまでは二十五～三十分くらいで上昇できるが、それ以上の高度になると、エンジンを全開にして機首をもたげていくら力んでも上がらない。九千メートルまで五十分前後、一万メートルに達するのは、エンジンが好調なわずかな機にかぎられた。

しかも余裕馬力がないので、七千メートルまでは編隊を組めるが、それ以上は離ればなれになってしまう。Ｂ29への最善の攻撃であり、そのためにいちばん訓練に力をいれた直上方攻撃などは、思いもよらないこととなった。

高々度（七千メートル以上の高度）で、敵を目前にして大きな攻撃行動をとれば、たちまち失速して落下してしまうという、危惧した事態を何度か経験することとなった。

零戦も上昇力では大差がなかったが、高々度では雷電より戦闘しやすかった。水平速度でも、排気過給器タービン（こんにちのターボ）を装備するＢ29がはるかにすぐれていた。

雷電隊の攻撃方法は、実戦の経過からつぎのように変更せざるをえなくなった。すなわちＢ29の侵攻を一時間前にとらえて敵の攻撃目標を予測し、できるだけ高度をとって待ち伏せ攻撃をすること。言いかえれば約十機くらいの一編隊にたいし、単機で（高々度では馬力不足で編隊が組めない）一撃をくわえるのみということである。

余談になるが、高々度空中戦の場合、計器飛行ができない当時の戦闘機にとって、雲は難物であった。

たしか昭和二十年二月上旬であったと思うが、迎撃に出撃した私は、上空の雲間にＢ29のかなりの編隊を発見した。ところどころにひろがる雲間をぬけて、高度九千メートルに達した。ところが、めざすＢ29の大編隊は、美しい飛行雲をひいて数万メートルの彼方に去っていくではないか。追撃などは不可能である。

あきらめて帰投しようと思ったとき、八千メートル以下は金色の雲海がひろがり、ぬけ穴など一つも見あたらない。基地との連絡も、電波の到達外に出てしまって通信ができない。

紡錘形の機体形状がよくわかる雷電二一型。上昇力や速力は抜群だった

燃料も余りはわずかである。

そこで思いきって雲海に突っ込む。なんとかなるだろう。ミルクのなかを泳いでいるような白一色の世界が、だんだん暗くなってくる。緩降下しているつもりだが、高度計がぐんぐんさがる。目安の羅針儀がぐるぐる回転しはじめ、旋回計の針は片側にへばりついてしまった。いけない、錐揉み状態になったのだ。

万事休す、と観念してから何分くらいたっただろうか。このとき、おなじ白でもちらっと光る白が見えた。雪だ、山に積もった雪だと直感した。こっちが下界か、とわかった。それからはあわてずに回復操作をする。

山腹までどのくらいの余裕があったかはわからなかった。谷間に出たのが幸運であった。白色の雲中を五千メートル以上、文字どおり闇雲(やみくも)に降下したのである。紀ノ川上流の紀州山塊上空であった。これにこりて以後、極力、雲に突っ込まないことにした。

二月中旬に私たち搭乗員の全員が敬愛し、その指揮下に勇躍して出撃しえた柴田司令と山下飛行長が、新鋭のロケット戦闘機秋水(しゅうすい)の三一二空に転勤してしまわれた。この名指揮官の去った打撃は、終戦まで残ったようにおもわれる。

三月に入ると、B29の爆撃目標は名古屋地区から関東地区にうつったようで、関西地区は小康状態をたもっていたように記憶している。

四月上旬、兵学校六十七期出身の浅川正明大尉が、雷電隊飛行隊長として紫電部隊から着任されたが、雷電の離着陸の訓練中に海上に不時着水して殉職されたのは、痛恨のきわみであった。

鹿屋に進出した連合雷電隊

四月二十日、三三二空の雷電部隊は、厚木の三〇二空の雷電隊と合同で九州南端の鹿屋飛行場に進出し、当時、沖縄戦の激化につれて、連日のように来攻するＢ29を迎撃する旨の命令をうけた。私は三三二空の雷電約二十機の指揮をとり、鹿屋基地に進出し、厚木の三〇二空飛行長の指揮下にはいった。隊長は六十四期出身の山田九七郎少佐で、約四十機であった。

鹿屋基地は、すでに格納庫などの施設はことごとく破壊されて、司令部は飛行場周辺の村落に疎開し、飛行機は掩体壕に分散させて秘匿されていた。飛行場は連日の爆撃で穴だらけであったが、滑走路は整備されていた。進出してのちの二、三日は来襲もなく手持ちぶさたであったが、二十四日ごろから連日、Ｂ29の猛烈な絨緞（じゅうたん）爆撃がはじまった。

鹿屋基地はご存知のように、沖縄作戦の特攻隊の根拠地であり、隣りの笠ノ原飛行場はこれを掩護する零戦制空隊の基地であった。

厚木・鳴尾の「連合雷電隊」は連日これを迎え討った。米爆撃部隊は鹿屋周辺の迎撃兵力が手うすなのは先刻承知で、高度も五、六千メートルに下げて毎日、九時ごろから殺到した。十数機の二～三個編隊を一団とする波状攻撃である。

志布志湾上空から高度を下げながら加速してくる敵の編隊はみごとであった。これに対しわが方の最初の攻撃は、三号爆弾（対飛行機攻撃のロケット弾）の投下である。二回ほどこの爆弾を投下したが照準器も経験もなかったので、効果は十分でなかった。

ついで、かねてより念願の直上方攻撃を何度かおこなうことができた。鹿屋の戦闘では増槽タンクを装備していなかったので、一時間あまりの滞空で着陸することになるが、B29編隊の波状攻撃は、雷電隊の着陸をみとどけて到着するかのように、燃料補給のため着陸するたびに、絨緞爆撃に見まわれる羽目となった。

このためプロペラスイッチを切る間ももどかしく、近くのタコツボ防空壕に逃げ込むのである。この際に「褌を引っぱる」ということばが流行した。これは着陸した飛行機はまったく無防備なので、取るものもとりあえず逃げだすため落下傘をはずすのを忘れて、後ろから落下傘がひらいて巨大な褌のようになるのである。

このような迎撃戦をくりかえしているうちに、雷電は半数ちかくがやられて、鳴尾本隊から十機以上も補充してもらって作戦を続行した。戦果については、大型機とくにB29の攻撃の場合は戦果不明としかいいようがない。高射砲弾あるいは三号爆弾の直撃以外は、即座に撃墜は確認できないのが実情であった。

私が阪神地区において零戦でB29偵察機を攻撃したとき、帰投後まもなく中部軍から、さきの偵察機が熊野灘に墜落した旨の連絡をうけた。そのときは、運よく二〇ミリ機銃の全弾を発射することができたが、命中は確認できなかった。私はパイロットとしては若年で、未熟であったためかもしれないが。

十日たらずの七〜八回の爆撃で、B29の作戦はいちおう終了したようにも思われた。滑走路は被爆のたびに破壊されるが、鹿屋地区は火山灰の白砂なので、飛行場の修復には格好の土質であった。施設隊の夜間作業で、一夜明けるとみごとに修復されていた。建物などは前述のように、すでに破壊されているので都市とは異なり、一日の爆撃では掩体壕の飛行機と着陸中の雷電が一、二機やられるていどのものだった。

五月に入ると、沖縄戦における航空部隊の攻撃の中核である神風特別攻撃隊の出撃がはじまった。私たちの宿舎の近くに菊水隊、御楯隊などの特攻隊員の宿舎があり、彼らはいともと平然と陽気に待機していた。私たちもその空気のなかで当然、残存の雷電隊約二十数機は特攻隊になるものと考えていた。

激戦のさなかに身をおきながらも、南国の木々の緑が目にしみるある日の夕刻、寺岡謹平中将から私と三〇二空の塚田浩が司令部に呼び出しをうけた。寺岡中将は海軍兵学校在校のころの教頭閣下であり、当時、特攻作戦の司令官（三航艦司令長官）であると聞いていた。

二人はある決意をかためてお伺いした。寺岡中将はしずかに「七十二期だね、元気か」と声をかけられ、当時は見ることもできない焼肉を、盃をかたむけながらたくさんご馳走になったが、中将は終始ほとんど無言で食べられていた。こうして二時間ばかりで私たちは中将のもとを辞去したが、ついに特攻隊に関してひとことも語られなかった。

中将のご子息で、海軍機関学校同期の寺岡恭平君が昭和十九年秋、比島レイテ方面の作戦で潜水艦の乗員として戦死されたことを知ったのは、戦後、数年たってからのことであった。

特攻機を見送る日々

特攻隊の出撃は、五月に入るや直ちにはじまったように記憶している。私たちは連日のように、万感胸にせまり、帽を振って見送った。

最初は零戦特攻隊の出撃であったと思う。私が迎撃戦をおえ着陸したのちの滑走中に、その出撃に出会ったもので、このときは数十機の零戦が爆弾を装備し、地上滑走で離陸地点にむかうところで、その光景しかまぶたに残っていない。勇士の顔は、飛行眼鏡にかくされて、決意の表情はさだかではなかった。

それから一、二日おいて大型攻撃機の一式陸攻が、特攻機桜花を腹にだいて出撃した。桜花に乗りこむ隊員は、地上滑走中に一式陸攻の上部から半身をのりだし、鉢巻姿もりりしく手をふって別れをつげて出撃し、紺碧の空に消えていった。

ついで中型攻撃機の銀河特攻隊が出撃するのを見送った。銀河部隊の出撃は悲壮であった。なんとなれば一撃必殺のため、八〇〇キロ爆弾を搭載していたからである。重い爆弾のために長い離陸距離を要し、しかも連日の爆撃で滑走路は一本しか使えないので、一番機から最終機の出撃まで一時間以上も要したであろう。

終わりのころの一機は、離陸直後にエンジンが不調となり、不時着時に爆発してしまった。勇士の無念さが私たちの胸をつく一瞬であった。

数回の特攻隊の出撃時には、B29や艦載機の攻撃に遭遇することはなかった。基地のまわりのわずかな麦畑に、背たけの低い穂が出はじめていた。

五月二十日ごろ、私たち雷電部隊は、それぞれの原隊に復帰するよう命令された。関西地域へのB29の本格的爆撃がせまったとの情報によるものであった。

はたして六月一日からは、B29三、四百機くらいの大編隊による関西工業地帯を主目標とする爆撃がはじまった。六月中旬までに四回の大空襲があったように記憶している。

第一回目の空襲のときであったと思う。午前八時すぎに三三二空の雷電隊、零戦隊の稼動機全機が出撃した。B29の侵入高度は八千ないし九千メートルくらいであったであろうか、紀淡海峡を真南からやってきた。十機くらいの編隊が、一見しただけで二、三十ほど縦に一直線にならんで来襲してきた。こんな大編隊に遭遇するのは初めてである。

私の高度はB29の編隊よりやや低かった。射撃の開始がいつも早すぎたことを反省して、このときは発射の時機を極力我慢したのをおぼえている。

二〇ミリ機銃を発射しながら敵編隊の下をかわるやいなや、思いきって横すべりをする。訓練ではこんな風防が吹っとびそうな横すべりはなかなかできない。突入するときは目に入らなかった敵の曳痕弾の束が、避退するときは同方向なのでじつによく見える。横すべりしたためか、敵の曳痕弾は右のほうに流れてゆく。

残念なことには、この大編隊にたいして一撃しかできなかった。高度が見る間に下がってしまう。いそいで高度をとりもどしたときには、すでに大編隊はすぎ去ったあとだった。

攻撃した直後、B29の絨緞（じゅうたん）爆撃を上空より目撃していて、その被害の甚大なのにはおどろいた。たしか塚本駅前の住友のプロペラ工場の被弾の光景であったとおもう。あの広い工場の敷地を完全に爆弾の絨緞がおおい、工場全域が瞬時に真ッ黄色な爆発光につつまれてしまった。鹿屋基地の被害とはとうてい比較にならないものであった。

その後の迎撃戦もおなじように高度不足のため、前上方または前下方による効果のすくない攻撃をくりかえした。この数回の空襲で、三三二空がその防衛の主目的であった鳴尾の川西航空機工場も、ついに全滅してしまったのである。また、関西の工場地帯は機能の大半を破壊され、住宅の焼失も莫大であった。同期の戦友四名も失った。

まぼろしの特攻隊出撃せず

七月に入ると、三三二空は七十二航空戦隊に編入された。いわゆる本土決戦の布陣とおもわれた。P51戦闘機の侵攻が二、三度あったが、雷電隊はその性能が大型機攻撃用であるので、積極的に応戦することはなかった。このころ本土決戦には、激化する空襲にたいして戦闘機を温存することが重要な課題となっていたからでもあった。

甲子園から甲子園海岸に通ずる電車の軌道と架線は撤去され、飛行機の避難誘導路となった。これは戦闘機を秘匿するため、日没で搭乗員の出撃待機が終了すると、隊員は総がかりで零戦や雷電を飛行場の外、二、三キロの広範囲に分散し、翌朝、早々に飛行場にもどす作業が毎日おこなわれた。B29の爆撃が、全国の地方都市に波及していった時期である。

八月四日の夜半から五日早朝にかけて、鳴尾基地はB29の二度目の夜間爆撃をうけた。前回の爆撃は滑走路が爆撃の目標であって、破壊された滑走路は隊員たちが総がかりで二、三日で復旧し、飛行機の損害は皆無であった。

しかし、八月四日の空襲は周到な偵察のもとにおこなったものと思われ、温存秘匿した戦闘機の半数近くが被爆し、破壊されてしまった。とくに甲子園野球場には無数の焼夷弾が投下されて、スタンド下に分散された雷電は大被害をこうむったのである。

この爆撃により三三二空は戦わずして、その半数の戦闘機を喪失してしまった。しかし、士気を鼓舞して全隊をあげて、残った戦闘機の整備にとりくんだ。

だが、八月十五日の正午、終戦の詔勅を拝するにいたった。

虚脱感というのであろうか、飛行服をぬがずに士官室で寝そべっていたところが、日没後にとつぜん、搭乗員は指揮所へ集合せよ、との連絡があった。われわれが指揮所に集合すると、八木勝利司令からつぎのような状況の説明がおこなわれた。

「敵機動部隊が土佐湾沖に集結し、明十六日の早朝、高知市周辺に強行上陸をはかるもようである。かくなるうえは陸海航空部隊は、全力をもって特攻による攻撃をかけることとなった」というのである。

虚脱感は一瞬にふっとんでしまった。正直なところ「負けてしまったからには、生きながらえていても仕方がない」というしごく簡単明瞭な心境であった。

このときの作戦可能な戦闘機は、零戦、雷電合わせて五十機くらいであったであろうか。そこでただちに特攻隊の編成がおこなわれた。過去の戦績からいって、特攻隊員としての最優先権が私にはあるから落ちついたものである。

未熟な搭乗員は選からはずされても無言でいたが、おさまらないのは搭乗割からはずされた古参の連中であった。このいきりたつ連中をなだめるには苦労した。

いよいよ「明払暁発進」ときまり、夜どおし整備員の爆弾装備の作業がおこなわれた。東から西に移動する中・大型機の爆音がおそくまで聞こえたが、私はのんきに平気で寝こんでしまった。

明けて十六日、ハッと目をさましたら、払暁どころか、すっかり夜は明けて六時近くになっていた。とたんに昨夜のは誤報であったのだと直感した。

後刻、司令からもそのむねの説明があった。

終戦と同時に出漁した漁舟の漁火を、敵機動部隊の接近と誤認した笑えぬ一コマであったが、三三二空搭乗員の最後の至情が敗戦の悲嘆をやわらげてくれた一片の思い出として、深く脳裏にのこっている。

最後の夜戦「彗星」奇蹟の霧中突破生還記

終戦前夜に薄暮索敵攻撃に飛び立った夜戦彗星を襲った絶体絶命のピンチ！

当時三〇二空第三飛行隊・海軍中尉　金沢久雄

昭和二十年も五月に入ると、わが本土は、われわれの必死の防戦のかいもなく、東京をはじめ大中小都市のほとんどが焼土と化した。くわえて大工場は活動停止を余儀なくされ、新潟港や関門海峡などの主要港湾には空中から機雷を投下されて、船舶の航行さえ不自由するようになった。

米軍は、先月の四月一日には沖縄に上陸を開始した。そして、わが陸海軍の死にものぐるいの抗戦にもかかわらず、ついに沖縄も手中におさめた。

金沢久雄中尉

こうして日本は、ついに本土で決戦を迎えなければならない状態に追いこまれた。横鎮（横須賀鎮守府）隷下のわれわれ三〇二空彗星（すいせい）夜戦隊にも、ようやく特攻の声がかかるようになった。そして特攻攻撃のペア（人員の組合わせ）がガリ版で刷（す）られて回覧された。いよいよ来るべきものがきた、という感じだった。

このころ、米機動部隊がわが本土をうかがっており、南九州にくるか北九州にくるか、あるいは関東地方の九十九里浜か鹿島灘かなどと、いろいろの憶測がなされていた。

広い厚木基地には、昼間はほとんど機影は見当たらない。わずかに当直待機の雷電と零戦が数機、列線にならんでいるだけである。夜戦隊の飛行機は、付近の中央林間や南林間の林を切りひらいて飛行機を格納し、温存していた。そうして薄暮になり、ようやく敵小型機の来襲がなくなると、林の中から機をひき出してきて、夜間待機するという日が幾日かつづいた。

かくして、ついに運命の八月十三日をむかえた。この日、情報によれば、敵機動部隊は三群にわかれて関東地方にむかい、九十九里、鹿島灘をめざしているとのことだった。

「三〇二夜戦隊は可動全機をもって、この機動部隊を夜間索敵、攻撃すべし」横鎮からの命令であった。

しかし機動部隊攻撃は、まず九九パーセントは撃墜される。となると、これは特攻攻撃となんら変わりはない。搭乗割にある名前を見ると、月光隊、銀河隊、彗星隊とも、みんな過去、昼間戦闘に夜間邀撃に活躍したベテランばかりである。厚木基地の発進は、一八〇〇(ヒトハチマルマル)(午後六時)ときめられた。夜戦隊が艦船攻撃に出かけるのは、これが最初にして最後であろう。各搭乗員にそれぞれの任務があたえられる。

中芳光上飛曹と私のコースは、銚子・犬吠岬灯台を基点として、一一六度五五浬(かいり)右折れ二浬して、犬吠埼へ帰ってくる扇形のコースである。高度は一五〇〇メートル。敵は夜間戦闘機をもって哨戒しているので、とくに注意すること、電波を基地と交信後は敵発見まで封鎖すること、などを打ち合わせた。私のコース以外に、味方機が何機かで扇形に索敵をするので、敵機動部隊がこの網にひっかかるのは、まず間違いないところであった。

指揮所に出る前に、宿舎で私物の整理を入念におこなった。そして、もし還ってこないときは家の母に送ってほしい、と同期の後藤中尉に依頼した。入隊いらい大切にしまっておいた真新しい下着を着、マフラーも洗った清潔なものを首に巻いた。そこへ従兵が、「金沢中尉、いろいろとお世話になりました。有難うございました。どうぞ、ご無事でお帰りください」と別れをいいにきた。私もすっかり覚悟をきめたつもりになっていた。

さて、任務をあたえられた搭乗員は、真新しい地図をもらい、それぞれの索敵コース付近に暗号符号を書き入れた。愛機は機付の整備員が入念に点検し、翼や胴体をきれいにみがいている。かわいいわが子を送りだす心境であろうか。

搭乗割のない分隊員が総出で、出撃する各機に航空糧食や救命袋をつみこんでいる。そのうえ爆撃照準器や電信器の調整までしてくれ、まさに至れりつくせりの準備である。最後に兵器員によって、爆弾五〇番（五〇〇キロ）と斜銃弾が装顚された。

各機とも、準備が完了した。時刻は刻々とせまり、第二戦闘指揮所前に第二、第三飛行隊の全員が集合した。出撃する搭乗員は前列にならび、その他の隊員は各分隊ごとに、われわれの周囲をとりかこむように整列した。小園安名司令がまず壇上にあがって、静かに訓示された。

「ついに、わが夜戦隊にも出撃命令がきた。諸君の任務は重大である。しかし、諸君は特攻隊ではない。敵を発見し爆弾を命中させたら、かならず帰ってこい。一朝にして諸君らのごとき青年はできないのだ。今後のことを考えたら、無駄に死んではならん。成功を祈る」

全員、粛然として敬礼する。そのあと各隊長は、各隊ごとに出撃隊員に諸注意をあたえる。やがて「かかれ」の号令一下、出撃員はそれぞれの愛機（彗星、月光、銀河）にむかって駆け寄り飛び乗った。

各機のエンジンが一斉にまわりだすと、のどかな夕焼け空につつまれた厚木飛行場は、一瞬にして轟音の渦に巻きこまれた。われわれの壮途を冷然と見送るかのように、霊峰富士が夕日を背にうけ、その秀麗な姿を横たえていた。操縦員の中兵曹は丹念にエンジンの調子をしらべている。私も電信機の受信状態、地図、戦闘記録帳などを綿密に再チェックする。

「出発準備よろし」前席の中兵曹が伝えてくる。

「出発」私もおごそかに合図する。整備員が別れを惜しむように、駆け足で誘導路まで一緒についてくる。誘導路わきに司令以下、全員がならんで帽子や日の丸をふって見送ってくれる。滑走路のへりに来ると、「離陸します」「ほい、きた」のやりとり。

エンジンが高回転となり、スピードが増す。やがて先ほど通った皆の立ちならぶ前を通過する。機内で挙手の答礼。聞こえぬとは知りつつも、「有難うございました。あとはよろしく頼みます」と口に出していっている。見送る隊員の顔が、一本の線となって目の前を通りすぎてゆく。

前を滑走しているのは隊長機であろうか。滑走路いっぱいのところで、ふわりと浮上する。つづいてわが機も――。時にちょうど午後六時である。見送りの人たちが、みるみる小さく遠ざかってゆく。さよなら。

あまり接近して、前機の真後ろにつきすぎたため、わが機は「へ」に入り、大きくぐらっとゆれて一瞬ヒヤリとする。大きな爆弾を抱いているので、こんなところで墜落しようものなら、エライことになる。

そこは技量抜群の中兵曹のこと、落ち着いて機の姿勢をとりもどす。やがて高度をとりつつ江ノ島を眼下に見ながら右旋回。高度千メートルで厚木基地上空を通過する。各機とも基地上空を通過するときは、思いきり翼をふって、名残りをとどめる。

わが機も大きくバンクして通過する。さよなら皆さん、奮闘を祈ります。機は夕日を背に一路、犬吠岬へ進路を定める。千葉の五井上空で基地と交信し、感度良好を確認する。あとは会敵まで用はない。受信のみである。

数分後、基点である犬吠岬に到達したが、予定時刻よりすこし早いため、大きく旋回する。これで見おさめになるかもしれないので、本土のながめを脳裏に焼きつかせる。

午後七時、犬吠岬灯台を基点に一一六度の進路で、いよいよ太平洋上へ五五浬（約一〇一キロ）の飛行がはじまるのだ。陽はほとんど沈んだのに、なおも黄昏(たそがれ)の空を残照が赤黄色にえたいの知れない洋上の火の手

彗星一二戊型の編隊。20ミリ斜銃を装備、夜間戦闘機としてB29を邀撃した

染めあげている。ゆくては紫色にけむって無限の奥行きを感じさせ、なにやら無気味である。

本土よ、同胞よ、さらば。しばし瞑目する。羅針儀は一一六度。

「今の針路ヨーソロー」「ハイ、今の針路ヨーソロー」

高度一五〇〇メートル。速度二三〇ノット。後続する夜戦の交信が傍受される。いつしか空は赤味が消え、あたり一面、薄紫色におおわれだした。西の空に三日月が淡く光っている。太平洋の荒波がぼんやりと白く帯状にうねっている。いつ敵の夜戦がとびかかってくるかもしれない。

「見張りを厳にする」「ハイ、見張りを厳にする」

たがいに注意を喚起しあう。思えば、中兵曹とペアを組んで何ヵ月になるだろう。昼間邀撃に夜間邀撃に、愛機とともに戦ってきた。が、それも今夜で終止符がうたれるのだ。

「中兵曹、もしやられたら、不時着するようなことはやめて突っ込んでしまってくれ。その方がさっぱりしていいよ」

「だいじょうぶ、だいじょうぶ」中兵曹は屈託なく、いかにも自信ありげだ。

午後七時三分ごろである。灯台そばをすぎて、ものの三分もたたぬときだった。前席から突然、甲高い声がひびいた。

「右ななめ下、燃えているもの」

すわ敵艦か。私も一瞬ドキッとした。すぐその方向に目をやると、なるほど暗い洋上にメラメラと赤くなにかが燃えている。

「もし敵なら、トドメに一発落としてやりましょう」「よかろう」

チャートに、発見時刻と位置を書きこむ。

「弾扉をひらきます」

そのまま燃える物体に突っ込んでゆく。一五〇〇メートルから緩降下で三〜四〇〇メートルまで接近する。その間、私は後ろにつんだ電探欺瞞用のアルミ箔をバラまくことを忘れない。

なおも突っ込む。が、断雲に突っ込んでしまった。なかなか抜けきれない。仕方なく降下をあきらめて、もとのコースへもどる。まだ燃えている。何だろうか。

だが、またもや大きな雲塊にじゃまされて、目標を失う。やむをえず諦めることにして、横目に見ながら、先を急ぐことにする。ふたたび「針路一一六度ヨーソロ」ですすむ。まもなく、五五浬先端の右折地点にさしかかる。と、またもや、中兵曹の声。

「右二十度前方、なにか射ち合いをしていまーす」

私の目はその方向に吸いつけられた。なるほど、水平線とおぼしきあたりに、数条の赤い線が交錯している。たしかに何かいる。ただちにその方向へふりむける。上下左右の見張りをさらに厳重にする。おそらく中兵曹も私とおなじように、眼にすべての神経を集中していることだろう。

先刻、余分な時間を浪費したので、変針時刻がのびている。午後七時二十七分が修正変針時刻である。

「何もいませんね。どうしますか」中兵曹の声に、私は時計を見ながら答える。「変針予定地点にまだ到達していないから、一一六度に直して、もう少し飛ぶことにしよう」

「ハイ、一一六度、ヨーソロー」ふたたび機は、もとの針路にもどりかけた。と、また中兵曹の声。「分隊士、左の排気管から変な炎が出ています。エンジンが少しおかしいです」

私も中兵曹の肩ごしに、前方のエンジン付近をうかがった。たしかに三番目ぐらいの排気管から、薄赤い排気炎が気味わるく舌を出している。ちょうど変針の時刻だ。

「右に変針、二〇六度、ヨーソロー」そのまま二浬（三・七キロ）ほど飛ぶ。何事もない。ふたたび変針。「二九六度、ヨーソロー」

どうやら敵はいないようだ。断雲が暗い洋上にところどころ低くたれこめ、それがほの白くあたりを明るませている。上空にはすでに弦月も消え、いくつかの星がまたたいている。耳にあてている受信レシーバーには、何もキャッチされない。ふと、洋上に何かかすかに光るものがある。さては、と一瞬緊張するが、すぐにその正体がわれる。先行した味方機による航法目標弾である。

薄氷をふむ思いの霧中飛行

そろそろ房総半島の九十九里浜あたりに到達する時刻である。気になっていたエンジンも、どうやら無事だったらしい。味方機はどうしたのであろうか。こんなに暗くては、無線によるほかは状況を知るよしもない。

とうとう到達予定時刻になった。やはり敵はいなかったのだ。が、とんでもない大敵がわれわれを待ちかまえていた。夜霧である。三十分ほど前に通過したときには、断雲こそあれ、霧などまったくなかったのだ。それがほんのわずかの間に、こんなにひどくなろうとは。

陸地であろう、かなたに霧をとおして探照灯らしき明かりがぼんやり点滅している。わが機はこの濃霧の中にまぎれこんでしまったらしい。しかし、霧は水平視界がほとんどゼロでも、垂直の透視にはさほど困らない。高度をすこしさげて、下の様子をさぐる。海岸線らしきものは見当たらない。もしこのまま進むと、高度が低いので、山にぶつかる危険性がある。

「高度を上げましょうや」中兵曹もすこし心配になったらしい。

「下げるか上げるかだが、下げると房総の山があるから、霧が突っきるまで上昇しよう」

高度三五〇〇メートルで、やっと霧からぬけ出ることができた。しかし、こんどは見わたすかぎりの雲海が待っていた（もっとも雲上は晴れわたって、星がきらめいていたが）。

私の予測では、ちょうど房総半島を横切って、東京湾上空を飛んでいる計算になる。ええい、ままよ、とばかりに、

「中兵曹、いま、ちょうど東京湾上空だから、霧を突っ切り、南にむかって高度を下げよう」「やってみますか」

というわけで、南に一八〇度むけて機首を下げはじめる。ぐんぐん高度がさがる。七〇〇、六〇〇……。

「山に気をつけてくれ」

このスピードでこの霧である。おまけに暗夜ときては前に何があっても、まったく視認できない。薄氷をふむ思いとはこのことか。ようやく霧をぬけきり、水平に機首を立て直したときは、なんと高度二十メートルであった。眼前に海がせまっている。白い波頭がたしかに見えた。海だ、海だ。

その白い波頭を基点に旋回する。視界がややよくなった。しかし、陸地らしきものは何も見えない。

「航法目標弾を落とす」私は、足もとの照準器用の窓から目標弾を落とした。封を切るとき指を切ったらしく、いやに痛みを感じる。やがて洋上にポツと小さな明かりがともった。これを中心に大きく旋回する。

「分隊士、きょうはいよいよ不時着かもしれませんね。用意はしておいてください」「よろしい」

私はこのへんで不時着しても、北にむかって着水し、その方向に泳げばかならず陸地につく、と思い定めていた。

何回目の旋回のときであろうか。突然、わが機の前に一本の探照灯の光条が立ちのぼった。助かった！　何はともあれ、全速でその光芒をめがけて接近する。さいわい光芒は消えない。ついに探照灯の真上にきた。

見える、みえる。たしかに海岸線だ。さっそくオルジスランプで地上に「位置知らせ」を点滅する。すると地上から「タテヤマ」と返信がある。

「中兵曹、館空だよ。よかったなァ」ホッとして思わず声もはずんでいる。

「不時着と思いましたがね」中兵曹もヤレヤレといった感じだ。

上空を一旋回して方位を定め、機首を厚木に向ける。厚木までは、ほんの十数分の距離だ。奇しくも館山は私の生まれ故郷で、二十年間住みなれたところである。この翼下には母と妹がいる。まだ寝てはいないだろう。私がいまその上空を飛んでいるなどとは、夢にも思わないだろう。不時着寸前に探照灯で救ってくれたのも、なにかの因縁であろうかなどと思いにふけっていると、突然、

「エンジンがおかしいです」という中兵曹の声がして、われに返る。とっさに、

「館空へひき返せ」

る。

なんということだ。一難去ってまた一難、まったくツイていない。見ると、なるほど排気管から出る炎が帯のように長くなり、異様である。そのまま館空上空にひき返して、旋回する。

絶体絶命のエンジン停止

風防をあけると、指揮所らしきところに数点の明かりが見えるので、そこに向けオルジスランプで「ハコ、ハコ、ハコ、フフフ……」の緊急着陸の合図を送る。「ワレ発動機故障、不時着す。降着よろしきや?」

さいわい飛行場には障害物はなさそうで、「降着よろし」の合図が返ってきた。風防を一杯に開ける。地上員がつけてくれたカンテラを指標に、着陸姿勢をとる。高度が下がり、スピードを落ちる。

「二十メートル・百ノット、十五メートル・九十メット……十メートル、五メートル・八十ノット……艦尾」

ふつうなら、これでピタリと三点着陸だ。なのに今夜にかぎって、艦尾灯をすぎても車輪が地につかない。おかしいな、と思っていると、

「このままでは海に落ちるので、やり直します」と、前席から落ち着いた中兵曹の声が返ってくる。私も子供のころから、館空の滑走路は短くて両端は海であることはよく知っていた。たしかに、このままでは海中に落ちてしまう。

エンジンがふたたび全開となる。だが、天はわれにくみせず、突然、エンジンは全精力を使い果たしたかのように、バタバタと異様な音をたてはじめた。

「高度がとれません」機は二十五メートルぐらいの高度で、やっと旋回した。着陸地点までは、もう一度旋回しなければならない。身軽になればもっと操縦しやすいはずであるが、こんなところでは爆弾もすてられない。

「不時着用意」中兵曹の声も心なしか緊張している。私はとっさに暗号書を胸のなかに押しこみ、電信機に差しこんである「水晶発信器」をズボンのポケットに放りこんだ。そして、両足を前方にのばして踏んばった。かつて教官からおそわったとおりの方法である。

高度は二十メートルに落ちた。鷹の島が同じ高さで左にすぎた。五〇〇キロ爆弾は一蝕即発の状態にある。これで万事休すか。しかし、私は伝声管にむかって叫んでいた。

「中兵曹、がんばれ、もう少しだ。がんばれ」

偵察員にはどうすることもできない操縦桿だが、できれば一緒に握って操作してやりたいほどだ。

「がんばれ、もう少しだ。がんばれ」

私は祈る思いで叫びつづけた。そのかいあってか、どうやら第二旋回もようやく終わった。そして着陸姿勢にセットされた。

――そのとき、ゴクンと軽い衝撃があった。とうとうエンジンが力つきてしまったらしい。完全に止まってしまったのだ。もうやり直しはきかない。絶体絶命の着陸である。

尻が左右にゆれる。機の高度を早く下げるための横すべりである。このへんが超ベテラン操縦者の腕前である。前面に、危険物の赤ランプが視認された。

「五メートル、七十ノット(失速寸前の速度。五〇〇キロ爆弾を抱えているのでなおさらである)、艦尾」

しばらくして、ゴトゴトという小きざみな震動を感じた。接地したのだ。やれやれ助かった。太い溜息とともに、地上のありがたさが、車輪をとおして伝わってくる。と突然、暗い大地が大きくゆれた。そして機は右にガクッと大きく傾き、一回転して止まった。

私はそのときの衝撃で、左手首をイヤというほどぶつけた。白い煙がエンジンのあたりから立ち昇っている。私は無我夢中で機から飛びおりた。中兵曹はさすがに落ち着いていて、しばらくしてから降りてきた。

愛機は両脚を折り、エンジンの付け根がひん曲がり、プロペラも地面に食いこみ、という見るも無残な姿である。しかし、夏草の茂る暗い地面をみて、愕然とした。大きな孔があちこちにあいているではないか。愛機はその孔に右脚を突っ込んで、転倒したのだった。この日の昼間、敵艦載機の猛爆をうけたことを、あとになって聞かされた。

基地の兵員に案内されて、暗い飛行場をかなり歩いて指揮所までゆく。途中、さきほど厚木をいっしょに出撃した月光や彗星の何機かが不時着している。それらの搭乗員とも再会をよろこび合いながら、基地本部にそれぞれの経過を報告した。そしてこの夜は、興奮の冷めやらぬ体を防空洞窟で明かした。

今回の索敵攻撃は、まったくいいところがなかった。むろん、戦果はゼロである。他の味方機は、この濃霧の中をぶじに帰還できたのであろうか。とにかくよく眠ることだった。

あくる八月十四日、厚木から九〇機練が迎えにきて、基地へもどった。わが彗星夜戦隊で未帰還が一機あった。折りから基地には慰問団がきていて、格納庫の中は笑いと拍手がうずまいていた。

私も中兵曹も極度に疲れていたので宿舎へ帰り、横になった。目をとじると、昨夜のことが彷彿として瞼の裏に描き出され、なかなか眠れない。熱もあるようだ。だが、われわれは生きて帰ったのだ。たしかに生きている。昨夜、切った指の傷が妙がうずいて痛かった。

日本軍の無条件降伏を知ったのは、その日の夕方、それからしばらくしてからだった。

零戦をしのぐ零戦それが烈風なのだ

三菱十七試艦上戦闘機はエンジンの選定が悲劇のはじまりだった

航空機研究家　高橋秀尚

三菱が試作した海軍の十七試艦上戦闘機「烈風（れっぷう）」こそは、太平洋戦争の末期において、零戦の再来と万人の期待をうけながらも実用化されず終わった、悲劇の傑作戦闘機である。

烈風は十七試艦戦として、昭和十七年四月にしめされた試作要求にもとづいている。本機の主任設計者は、すでに傑作機〝零戦〟で十分に腕をみがいていた堀越二郎技師で、用兵者側の要求をいかにアレンジして設計をするかが、まず第一の難関であった。

その用兵者側の要求とは、前作〝零戦〟をあくまで考慮に入れた性能の向上および、武装の強化を主としたもので、これを満たすためには、なによりも信頼性の高い二千馬力クラスの発動機を得ることが必要となった。

烈風に装備する予定の発動機にかんしては、設計者側の三菱がＭＫ９Ａを企図したのに対して、海軍側は当時すでに他の現用機に使用されつつあった、中島製の誉（ほまれ）の採用を強行した。

昭和十七年七月、海軍により出された計画要求によると、つぎのごとき諸点が設計者側にしめされた。
一、格闘性能は零戦と同程度であること。
二、最大速度は六四〇キロ以上。
三、武装は九九式二号二〇ミリおよび三式一三ミリ各二門。
四、全幅および全長は十一メートル、全高は四メートル以下、その他。

当時の海軍新鋭機にこぞって採用されていた誉は、試作当時に比較して、量産に移ってからは出力低下、品質の悪化がはげしく、大出力を要求される大型艦戦にこの誉を強行採用したことは、本機の前途がはやくも多難であることを思わせた。

このように烈風のスタートはまず発動機の選定からして、海軍当局と三菱側との意見が対立し、設計者を悩ませた。

これに対して十七試艦戦の試作にかんしては、一体どんな構想がもりこまれていただろうか。まず自動空戦フラップ、強制冷却ファン、空力学にもっとも洗練された主翼と胴体が、烈風の外観的な特長である。

テスト飛行では好成績をあげたが

十七試艦戦の第一号機の完成は、主として政策上の混乱によって遅延し、昭和十九年四月にやっと完成した。つづいて同年五月三日、鈴鹿工場において完成審査、五日にジャンプ飛

無傷で残った唯一の機体で、零戦をしのぐ主力艦戦としての迫力が感じられる

三菱松本工場へ輸送され終戦を迎えた烈風４号機。試作機８機が完成したが、

行、そして二十日には、脚上げ初飛行にこぎつけた。

昭和十九年五月末より、空技廠飛行実験部の志賀淑雄少佐および小福田祖少佐の手で、飛行テストがつづけられたが、はやくも十七試艦戦はあなどりがたし、との評をうけ、本機の優秀性が実証されたのである。

しかし、設計者側の当初からの懸念であった誉発動機の出力低下は、予想以上であって、最大速度および上昇力の不足は深刻であった。

ところで、海軍は昭和十九年三月には、同年夏までに十七試艦戦の試験飛行が終わらないときには、三菱にたいして、本機のかわりに川西「紫電改」の生産をおこなわせるとの指令をだした。つづいて八月には、「十七試艦戦の開発中止および紫電改の生産」を通告してきた。

これに対し三菱は十七試艦戦〝烈風〟の低性能は、まったく誉発動機の出力低下に原因するものであって、機体に罪のないことを海軍側にしめした。そしてこの証明として、主任設計者の堀越技師は誉の性能テスト、十七試にＡ20装備を要求した。

この結果、誉は実際には四〇〇馬力も出力低下していることが判明し、三菱側の主張の正しいことが立証された。

つづいて昭和十九年七月末に開かれた烈風にたいする総合研究会において、十七試艦戦のうちの二機にＡ20を装備して、飛行テストを続行することが認められた。

十七試艦戦（Ａ７Ｍ１）第六号機は、待望のＡ20（ＭＫ９Ａ）を装備してＡ７Ｍ２となり、昭和十九年十月に完成した。

初飛行の結果、最大速度六二四キロ（五八〇〇メートル）、上昇力六千メートルまで六分〇五秒という、高性能上を見せた。

さらに、当時、活躍中の他機種（紫電改、雷電）と比較して、大型機にもかかわらず、より実用的であると判断された。

こうして昭和二十年初頭より、零戦の後をついで生産されることとなったのである。

量産に入る寸前に終戦

しかしながら、時あたかも日本本土はB29爆撃機の空襲下にさらされており、とくにMK9A発動機の不足は、烈風の量産にたいして致命的となった。また、名古屋大江工場および南海地区の被爆と工場疎開によって、烈風の機体の生産も混乱した。

昭和二十年二月、烈風の担当テストパイロットであった小福田祖少佐は、「烈風の優秀性と将来性」にかんしての所見をのべ、この希望的意見が発表されるにいたって、本機は最重点機種として、生産が急がれた。

しかし、時すでに遅く「零戦の再来」と絶大な期待をうけながらも、昭和二十年八月の終戦までに試作機七機、量産機一機の合計八機が完成したにすぎなかった。

また、烈風には誉二二型装備の試作機（A7M1）および量産機（A7M2）のほかに、排気タービン装備のA7M3も計画中であった。

この型は、昭和二十一年十月に完成が予定されており、三〇ミリ砲六門という強武装をもって、迎撃に活躍する予定であった。

極秘の航本案〝大型零戦〟烈風計画始末

期待されながら未完に終わった原因は何か。航空本部員が明かす真相

元海軍航空本部部員・海軍技術中佐　永盛義夫

　私は先輩の巌谷(いわや)英一技術中佐のベルリン赴任(ふにん)が決定した後、その後任として昭和十五年一月中旬、海軍航空技術廠飛行機部から航空本部の技術部に着任した。それからふたたびもとの配置にもどるまで、まる三年間を戦闘機の担当主務者として、零戦をはじめ各種の戦闘機その他の開発業務にたずさわった。

　いまさら説明するまでもなく、当時、戦闘機は海軍航空の花形ともいうべく、とくに零戦および、これを改造した二式水戦は、開戦当初から中頃までの、いわゆる進攻作戦期間における主要航空戦力として活躍した。自分の判断と処置の如何(いかん)は、ただちに戦局を左右するものと自らをはげまし、その任務の重大さを感じながら、誠心誠意、文字どおり緊張の毎日を送ったのである。

　当時の「烈風試製計画」について、私がたずさわったはじめのころの状況を、岡村純技術少将をはじめ、先輩諸氏が執筆された「航空技術の全貌」を参考としながら、おぼろげな記

憶を呼びおこしてみよう。

海軍では支那事変の戦訓にもとづいて、昭和十四年ごろから軍令部（陸軍の参謀本部に相当し、もっぱら作戦用兵上の立場から、軍備上の各種基本事項を海軍省に対して要求した）は、新しく「試製機性能標準」を策定した。

航空本部はこれによって「実用機試製計画」（当時は機密保持のためこれを〝実計〟と略称していた）を立案し、その後、約五ヵ年の間に試作する各種飛行機の大綱方針を決めた。

零戦は昭和十二年度の予算で試作に着手されたので、十二試艦上戦闘機と呼ばれたが、これにつづく新しい戦闘機の試作としては、十三試双発陸上戦闘機（のち夜戦として制式採用された月光）、十四試局地戦闘機（雷電）、十五試水上戦闘機（強風）および十六試艦戦等があげられていた。

その後、軍令部からの緊急要求（強風は緒戦に間に合わないので、それまでの水上基地用戦闘機が必要だった）で、零戦を単浮舟型水上戦闘機に改造して、のちの二式水戦が準備された。この改造第一号機の試験飛行が、奇しくも昭和十六年十二月八日、すなわち太平洋戦争開戦の日の午前、霞ヶ浦で成功裡におこなわれた。その日の正午、宣戦布告の放送を、霞ヶ浦海軍航空隊の士官室で聞いたのであるが、あのときの感激は、私にとって一生忘れることができない。

零戦にすべてをかけて

鈴鹿から松本へ輸送され形をとどめた烈風正面。プロペラは外されている

当時、陸軍と海軍は、しのぎをけずってそれぞれの飛行機を試作していたので、かぎられた日本の設計試作能力は、この重荷にはとても耐えられない状況であった。

海軍では、前述した零戦に追っかけて十四試局戦を三菱に発注していたが、飛行実験に入ると、いろいろと予想以上に技術的問題が多いばかりではなく、零戦の改善事項も三菱の戦闘機設計陣を釘づけにする結果となり、とても昭和十六年度につぎの艦上戦闘機を、予定計画どおりに発注することは不可能であるとの判断を下した。

そこでこれを一年間くり下げ、十七試艦上戦闘機として三菱に発注されることになった。

もちろん試作するために必要な試作計画要求案については、関係者間ですでに昭和十五年ごろから、たえず研究がすすめられていた。

たまたま戦争に突入したので、拙速(せっそく)主義をとらざるをえなくなり、零戦の性能向上(最初のころは最大速度約二七〇ノットだったが、のちには三〇〇ノットを越えるにいたった)を最重点に考え、もっとも効果的に生産を向上させ戦力発揮に資する方法をとらざるをえなくなった。

ドイツでも戦後、いろいろと反省した記録が出されているが、戦争の最高指導部としては、戦争に突入した以上は、できるだけ短期決戦の方針をとり、はじめから長期的な、のんびりとかまえた戦争をやろうとしてはいなかったことがうかがわれる。

すなわちドイツでは「一九三九年までに実験を終わって、生産に入る見込みのない試作機は、すべて中止せよ」との指令が、対ポーランド開戦前に出されていたとのことである。おそらく日本においても、三国同盟のもとで、ヨーロッパにおける有利な戦略体制を利用して、勝利へのゴールインに遅れないように立ち上がったのではなかろうか。

昭和十八年末、ドイツは敗色が濃くなり、太平洋戦線においても、しだいに戦況が不利になりつつあったとき、私は日本海軍のある作戦関係の一将校に、この戦いの勝利への見とおしについて、悲観的な質問をしたことがあった。そのときの答えは「戦争は水モノである。たんに兵力や工業力の数字だけで決まるものではない」と明快なものであり、なるほどそんな考え方もあるものだと一応、うなずけた。

また「ロシア帝国海軍を破った日本海海戦の前例があるではないか」「横綱でも前頭に負けることがある」ということを、私はその言外の意味としてうけとった。しかし現実は、われわれの欲するところとはまったく反対に、悪化の一途をたどっていたのである。

南雲長官のことば

日本は緒戦において、太平洋にインド洋に非常な勢いで戦争を拡大していった。われわれは昭和十七年はじめにインド洋作戦において輝かしい戦果をおさめて内地に帰還し、つぎのミッドウェー作戦の準備をととのえるため、九州南部の志布志湾に碇泊中の、南雲忠一中将指揮の航空艦隊をたずね、鹿屋(かのや)海軍航空隊において、航空本部と横須賀航空隊および航空技術廠などの関係者が集まって、零戦の後継機となるべき十七試艦戦（烈風）の計画要求に、新しい戦訓をとり入れるための、合同研究会をひらいた。

念には念を入れて、世界でもっともすぐれた艦上戦闘機を作り上げようとしての研究会である。その夜、われわれは鹿児島のある料亭でおこなわれた南雲長官の招宴(しょうえん)に出席した。その席上、長官は、

「永盛君、艦隊の者のいうことを、うのみにしちゃだめだよ。われわれは時には気分なり勢いで所見を述べることがあるから、君たちは色々な状況を冷静に判断して、結論を出したまえよ」と、宴席で一人ひとりの盃をうけながら私の前であぐらをかき、力強くさとされた訓示である。

今日でも、あの得意の絶頂におられた南雲長官の姿が、ありありと眼に浮かぶ。その後、長官はサイパンで戦死されたが、ここでふたたび長官のご冥福を祈る。

エンジンには〝罪〟なし

烈風の試作計画の中でいちばん問題となったのは、搭載発動機を中島に試作を命じていた誉（ほまれ）にするか、それとも三菱のハ43型にするかであって、これには大いに悩まされた。

飛行機の生命は、その搭載エンジンによって決まるといってもけっして過言ではない。飛行機を試作するときいちばん好都合なのは、エンジンが完成されている場合であるが、すこしでもよい性能の飛行機を作りたいばかりに、先物（さきもの）を買うこともある。しかしここには、時間という重大な要素があることを忘れてはならない。その当時としては、発動機の選定にはとくに慎重を期し、ぎりぎりのところまで待った。ある必要な時点に間に合わなければ後の祭りにすぎない。

十七試艦戦（烈風）に搭載された誉の性能が、試作のはじめのものより次第に落ちていったので、予定どおりの飛行性能が出なかったとのことであるが、これはどこまでも結果論にすぎない。

戦時生産のために、発動機にとっては材料や工作上などに、いろいろと予想外の悪い要素が介入したにちがいない。あるいはハ43型を搭載した場合でも、生産に入れば同じような原因で、試作のものよりは性能低下が起きたかもしれない。ああすればよかった、こうすれば救えたと、泣き事をいっても仕方がないと思う。すべての人が万全をつくしてやったことなら、これはやむをえない。

ドイツの場合でも同様で、もう少し早めに飛行機の試作に、長期的な計画をたててやっていたら――。たとえば、せっかく試作ができたハインケルのジェット機を、少なくとももう一年はやく、その軍用機としての完成を促進していたら戦局は大きく変わり、逆に戦争は有利に終わっていたかも知れないのである。

前述したとおり、どこまでも短期決戦的構想が逆境に入った戦争状態では、悪循環をもたらし、どうにも仕方がなかったかも知れないと思う。

その当時の一責任者として、いささか弁解がましく聞こえるかも知れないが、もちろんこれだけで敗戦への自分の責任が軽くなると思ってはいないことを、とくにお断わりしておく。

用兵者と技術者との対立

烈風の基本計画で、もう一つ大きな問題は、翼面荷重の決定であった。

艦上戦闘機は、もともとせまい空母の甲板上に発着しなければならないので、発着速度は陸上機とちがって、一定の限度がある。また戦闘機としては、空戦性能をもっとも重視されているから、この方からも翼面荷重をあまり大きくすることができなかった。

当時、海軍では用兵上の要求から、戦闘機を甲戦、乙戦および丙戦に大別していたが、艦戦は甲戦の部に属していた。この類別は、それぞれの性能、兵装の基本的要求をしめしており、用兵者と技術者との思想統一に、非常に役立ったと思う。

しかし、空戦性能は翼面荷重だけで一元的に定まるものではなく、技術の進歩にしたがって、固着して考えるべきものではない。川西航空機が水戦の試作にあたって、速度を出すた

烈風４号機。下げ位置にある親子式空戦フラップの状態がよくわかる

め極力、主翼面積を小さくし、翼面荷重の増大による空戦性能をわるくしないように、高揚力装置を自動的に管制する装置、すなわち空戦フラップを完成した。

今日の超音速ジェット機においても、この空戦フラップが応用されているが、これによっても当時、日本の航空技術が世界的レベルにいたことを物語る一端であろう。

十七試艦戦（烈風）にたいして、技術者側は翼面荷重を一五〇とし、空戦フラップを活用することにより、十分に空戦性能の優秀性をたもちうるものと主張したが、用兵者側はみずからの経験を基礎にして、がんとして翼面荷重は零戦における一二〇が限度であると、譲ろうとしなかった。

このように用兵者側が、あまりにも技術者の領域に深入りしたにもかかわらず、これに自信をもって反抗せず、われわれ技術者が安易な妥協を余儀なくされたのである。

これが、ひいては烈風の性能を十分に発揮させえなかった、一つの要因になったと思う。

惜しまれる陸海軍の反目

最後にもう一つ、反省をくわえておきたい。

それは陸・海軍航空本部が、試作機にかんしてまったく横の連絡がなくすすめられ、戦争の終わりごろにようやく共同体制がとられたが、あまりにも時機を失していたことである。

それでも飛行機の生産については、一足先の昭和十八年に軍需省が発足して遅ればせながら統一的に管理されたのは、戦争の切実な要求がしからしめたものと思う。国内におけるかぎられた設計、試作能力を、陸海軍が取り合うという状況であった。

平時においては、こうした試作競争も、たしかに有意義であると思う。しかし、人と時間とを最大効率に活用すべき戦時においては、陸海軍がおたがいに緊密に連絡をとり、それぞれの意とする機種の試作を分担すべきであった。

雷電のような局地戦闘機は、陸軍においても当然、必要とした機種であるから、たとえばこれを海軍からはずし陸軍がみずからのものと統一して、中島か川崎航空機に設計させていたならば、烈風は最初に計画されていたとおり、昭和十六年度あるいは、もっと繰り上げてでも三菱に発注し、その戦闘機設計能力を、すべてこれに傾注させることも可能であったと思う。

そしておそくとも昭和十九年のはじめごろには、紫電改が現われたときとほぼ同じくして、空母用の第一線機として戦列にくわわりえたものと確信する。このようなことも、貴い戦訓として、今日においても尊重されねばならないことの一つである。

最後の艦戦「烈風」ものしり雑学メモ

「丸」編集部

日本海軍では、昭和十八年七月、八九式いらい約十五年あまり使用してきた紀元年号による航空機の制式名称を廃止し、気象、天象、山海、草木等の名称をつかう制式名称を採用した。この新しい名称の基準は、昭和十八年七月二十七日付の官房空機達第一四九七号「航空機名称付与称式」に定められている。

この規準には、戦闘機は気象にかんする名称を使用することしか記されていないが、さらに細分され、甲戦闘機（艦戦、遠戦）は風の名、乙戦（局戦）は雷または電のつく名称、丙戦（夜戦）は月または光のつく名という基準があった。このため、甲戦にぞくする十七試艦戦は風の名ということで「烈風（れっぷう）」という名がえらばれたのである。そして試作機は試製烈風とよばれ、制式採用されたハ43発動機装備のA7M2は、烈風一一型とよばれた。

烈風というのは、辞典によれば激しい風、樹木の大幹を動かす風という意味である。気象庁の風力階級表には烈風という階級はないが、木の大枝をうごかす風というと、風速一〇・八〜一三・八メートル／秒の雄風（Strong Breeze）で、木全体がゆれる風は強風（High Wind）――風速一三・九〜一七・一メートル／秒となる。したがって烈風というのは、風速一〇・八〜一七・一メートル／秒程度の強い風ということであろう。艦戦烈風は時速六二八キロ――秒速一七四・四メートルで、このスピードの約十七〜十二倍となる。

なお、陸軍一の快速機である四式戦の名となった疾風（ハヤテ、ただし風力表ではシップウ）は風速八〜一〇・七メートル／秒の風で、雄風より一段と弱い風である。戦闘機のスピードのほうは、烈風が六二八キロ／時、四式戦疾風が六二四キロ／時で烈風のほうが一段はやい。偶然の一致とは思うが、ちょっと面白い。

名機の落とし子〝烈風改〟

烈風改（A7M3－J）は、昭和十九年二月に計画された。烈風を基礎とした高々度局地戦闘機である。当初の計画では「烈風の射撃兵装を強化し、高空における速度、上昇力を向上した局戦または進攻戦」ということで、昭和二十年度から確実に生産に入りうるものとする予定だった。

そして、このときはハ43二一型（フルカン接手駆動の過給器つき）発動機を装備する予定だったが、七月になると排気タービン付のMK9Aに変更され、武装も大幅に強化されることとなった。この七月の要求によれば、烈風改は最大速度三四二ノット／一万二〇〇〇メートル、上昇時間一万メートルまで十八分十五秒、航続力は烈風ていど、武装は正規状態で主翼

主力機として期待された烈風。設計者の堀越技師の指導のもと描かれた完成図

に三〇ミリ機銃四梃、過荷重状態では胴体に三〇ミリ斜銃二梃を追加ということで、昭和二十年三月、第一号機完成が要求されていた。

この要求変更の結果、烈風と共通の部分は外翼、尾翼、尾脚、操縦席まわり、風防等にすぎず、あとは胴体も主翼も主脚も、まったく別物となるほどの大改造が必要となった。主な改造点は、

(1)胴体の深さを下方へ二三〇ミリ増し、ここへ排気タービン、中間冷却器導風管をおさめる。

(2)胴体内にタンクを増設し、斜銃をとりつける。

(3)重量増加にともない車輪を大型化し、八〇〇×二五〇ミリのものに替える。

(4)この大型車輪と三〇ミリ機銃収容のため、内翼は最大厚さを一四パーセントから一六パーセントに増し、車輪収容部は前縁をふくらます。

(5)主翼の首格の変更、桁の強化。

これだけの大改造をほどこすとなると、とても昭和二十年三月までに完成することは不可能であり、現実の作

業は十月末に第一号機完成の見込みであったが、終戦当時、部品の一部が完成した程度だった。

烈風性能向上型とは

ハ43一一型（MK9A）発動機装備のA7M2が好成績をしめし、官民関係者をよろこばせていたころ、発動機の分野では、機械的駆動方式による三速過給器をもつハ43の新型、ハ43五一型（MK9C）が比較的容易に実現する見とおしがたった。

そこで、A7M2にこの発動機を搭載した烈風性能向上型（A7M3）の試作が三菱に命ぜられた。この新戦闘機の目的は、陸上用の甲戦闘機で、最高速度＝高度八五〇〇メートルで三五〇ノット（六三八・九キロ／時）以上、上昇力＝一万メートルまで十六分以内、二〇ミリ銃六という要求であった。

このA7M3は烈風改と異なり、大幅な改造は不必要であったので、昭和十九年のうちに基礎設計を完了することができたのである。

主な改造点は、①エンジンまわり、②二〇ミリ機銃増設、③座席後方に内袋式防弾タンク新設、④操縦席後方に防弾ガラス装置等のほか、陸上戦闘機なので主翼折畳機構は廃止された。寸度はA7M2と同じであるが、全備重量は三二〇キロ増加し、五〇四〇キロとなるはずであった。

第一号機の完成は昭和二十年十二月の予定で、終戦直前、松本の第一製作所で実大模型が完成し、八月十六日に審査の予定であった。性能は、計算上では高度八七〇〇メートルで最高速度三四七ノット（六四二・六キロ／時）に達し、上昇時間は一万メートルまで十三分六秒、実用上昇限度一万一三〇〇メートルと、A7M2よりそうとう向上する見込みであった。

このA7M3は、烈風改よりも実現の可能性がつよく、完成すれば烈風とともに日本海軍のホープとなったことは確実である。

烈風の末っ子〝二十試甲戦〟

海軍は烈風の次期甲戦として、烈風性能向上型（A7M3）の試作をおこなう一方、A7M3－Jの設計が進行中の昭和二十年四月、新しい甲戦の研究を開始した。

これが二十試甲戦で、空力的特性のすぐれた烈風の機体をもととし、これに新しい発動機をつみ、高性能の甲戦をえようというのが狙いであった。

まず四月七日、海軍部内の研究会が行なわれたのち、五月一日以降、官民合同の研究会が開かれ、五月二十三日の研究会には三菱のほか中島、川西の二社も参加した。

この研究会にさきだち、中島と三菱はハ44二一型発動機を装備した場合、川西はハ45四四型発動機を装備した場合の重量見積りと性能推算を作成し、この会議に提出した。

そして二十試甲戦は、烈風改の機体にすこし改良を加えるていどでハ44二一型を装備したものとするという結論となった。

計画要求によれば、武装、防弾はA7M3と同じで、最高速度＝高度一万メートルで三五五ノット（六五七・五キロ／時）、上昇時間＝一万メートルまで十五分ていど、航続力はA7M3と同じということで、戦力化は昭和二十二年はじめの予定であったが、具体的な作業がすすめられないうちに終戦となった。

しかし昭和二十二年に、この二十試甲戦が戦力化したとしても、はたして零戦や烈風のごとく空の王者となることができたであろうかというと、この点、疑問がある。というのは、最大速度六五七・五キロ／時という性能は、昭和二十年当時すでにBクラスに近いものであり、昭和二十二年には完全にB〜Cクラスになったであろう。しかも、ジェット戦闘機の出現により、レシプロ戦闘機自体が旧式化しようとしていたのであるから、二十試甲戦はあまり意味がなかったのではなかろうか。

名機がたどった末路

終戦時、烈風の機体は被爆または事故のため大破損した第一、二、三、五号機を別としても、無傷の第四号機、量産第一号機、小破した第六、七号機の計四機が存在したのであるが、これらはすべて終戦直後に解体され、損傷機でさえも原型をとどめないまでに破壊されてしまった。

この措置について、三菱独自の判断によるものか、軍当局の命令によるものかという疑問が生まれるが、当時、軍は機密書類の焼却を命じ、大規模な書類焼却をおこなっていたし、三菱以外の航空機会社でも図面、資料等を焼却しているので、おそらく軍の命令によるものと思われる。

つぎの疑問は、他の試作機の場合、図面や資料を処理したものはいくらでもあるが、完成した実機まで全機を処分してしまったという例はなく、陸戦兵器、海戦兵器をさがしても、このような例はきわめて少ないことである。

なぜ烈風だけが、このような措置をとったのであろうか？　これについては確固たる根拠を示すものも見つからないが、すでによく知られているとおり、烈風は日本海軍が総力をあげてつくりあげ、零戦の再来として絶大な期待をよせていた戦闘機で、アメリカでも大きな関心をよせていた。

したがって、米軍が進駐してくれば必ず烈風の引渡しを要求され、その結果この名機の技術が、ライバルのグラマンなどの開発に利用されることは明白であった。

しかし、開戦いらい米戦闘機、とくにグラマンにはげしい敵愾心をもやしていた海軍としては、このような結果には耐えられなかったのではなかろうか。最重点機種であったことや、このような心理から、全機が破壊されたのではなかろうか。

もしB29と戦わば

邀撃戦は烈風ほんらいの任務ではないが、当時の戦況からみて、量産された場合、B29防空用に活用されたであろうことは疑問の余地はないが、その効果はどうであったろうか。

この点については、昭和十九年十二月三十日付の空技廠長および横空司令連名の、A7M

2にかんする意見書のなかには、「本機は性能優秀にして、現下の邀撃戦においても期待しうるものなり」という一文があり、B29等の邀撃用としての威力がみとめられている。

これを具体的にほりさげてみると、昼間の対B29戦闘において、もっとも威力のあったのは疾風（六二四キロ／時）、雷電（六一一～九一三キロ／時）、紫電改（五五五～五九五キロ／時）等であるが、烈風（A7M2）は速度、上昇力ともにこれらにまさり、運動性もこれらと同等か、むしろそれ以上であったから、最大速度五七一キロ／時で巨大なB29との戦闘は、性能的には日本戦闘機中いちばん有利であったはずだ。しかし、烈風は排気タービンを装備していないので、一万メートル以上の高空での空戦では、従来の日本戦闘機と同じく不便があったと思われる。

武装の一三ミリ機銃、二〇ミリ機銃各二梃または二〇ミリ機銃四梃は十分であり、近接攻撃なら撃墜は絶対確実である。むしろ烈風の場合、心配になるのは防弾性や防火性の点で、機体が大きく被弾率も大きいだけに、十分なものが必要であるが、この点もおそらくほぼ十分であったと思われる。

結論として、夜間邀撃はその装備がないから別問題であるが、昼間邀撃用としては、敵にとって最もおそろしい邀撃機となったことは確実であり、昭和十九年末までに相当数が就役していれば、本土防空戦の様相は、まったく異なったものとなっていたろう。

特攻機用としてはどうか

烈風は特攻機に適していたかどうかという疑問を考える前に、烈風が量産された場合、はたして特攻用に利用されたかどうかという問題がある。

烈風は日本海軍のもつ最高性能機であり、制空権奪回、戦局逆転へのホープとして一機でも多くほしかったはずだから、たまたま被弾で帰投不可能となった機が体当たりすることはあっても、このトラの子戦闘機を、一回きりしか使えない特攻用に利用することは、まずありえないであろう。

しかし、絶無と断定はできないので、もしかりに利用したとすると、まず第一に大きさの点がある。

特攻機としては、機体が小さいほど発見されにくく、被弾率もすくなくて適しているが、烈風は全幅十四メートルという、艦上機としては異例に近い大きさをもっており、この点、不適当である。

第二に性能では、たとえ特攻機でも、低性能の旧式機よりは諸性能とくに速度、航続力のすぐれた機体のほうが、好ましいことはいうまでもない。とくに途中、敵戦闘機に出会った場合を考えると、零戦よりは烈風のほうが、有利であったといえる。

第三に経済性に問題がある。戦争とくに特攻作戦では、あまり経済性は問題にならないかも知れないが、当時としては超デラックス機で、生産労力、価格ともに、従来の機よりも増加している烈風を特攻用に使用することは、きわめて不経済で、この点、不適当である。

特攻機は構造、装備ともに、もっと簡単で生産の容易な機種のほうが適している。結論として、烈風を特攻機に使用することは不適当で、まずなかったといえよう。

外国版〝烈風〟を探れば

形のうえでは、これといって、よく似た外国機はない。全幅十四メートル、全長十・九八四メートル、翼面積三十・八六平方メートルというスケールの点も、単座戦闘機としては異例であり、全長の点ではこれに匹敵するものは少なくないが、主翼の大きさの点では、単座戦闘機としてはおそらく最大であろう。

反面、重量は機体の大きさのわりに軽量で、本機にいちばん近いスケールのグラマンF6F5（全幅十三メートル、全長十・二〇メートル）の全備五七八〇キロ、キ94高々度戦（全幅十四メートル、全長十二メートル）の六四五〇キロなどとくらべると、一トン以上軽量であり、前述の大翼面積とあいまって、この種の巨人戦闘機としては、これまた異例の低翼面荷重であったことがわかる。

この当時から戦後にかけて二〇〇〇〜二二〇〇馬力級戦闘機には日本の紫電改、疾風、震電、キ87、キ94、米のP47、F6F、F8F、F4U、英のタイフーン、テンペスト、シーフュリー、スピット21、22、24型などがあるが、紫電改、疾風、F6Fをのぞいてはいずれも、烈風より七〇〜一〇〇キロほど高速（タイフーンは二〇キロ）で、この烈風より速い機はそのほとんどが、速度に最重点をおいた設計である。

航続力は増槽なしでは烈風をふくめ日米の戦闘機は、一三〇〇〜一五〇〇キロ級とほぼ同じで、一千キロ以下の多い英国機にくらべると、航続力に意を用いている。運動性は烈風が断然、傑出している。こういった点を総合すると、烈風は運動性を最重点とし、つぎに速度、航続力を重視した低翼面荷重の超大形単座艦戦ということになり、スケール、性格、性能の点で、これと同タイプの戦闘機は外国にはない。しいていえばＦ６Ｆであるが、これも性能設計技術の点では、はるかに劣る。

これが烈風のライバル

烈風のライバルと考えられる同時期の米・英戦闘機には、Ｐ38ライトニング、Ｐ51ムスタング、Ｐ47サンダーボルト、Ｆ６Ｆヘルキャット、Ｆ４Ｕコルセア、テンペスト、スピットファイア（後期型）などがある。

速度という点ではＦ６Ｆ以外は、いずれも烈風より高速であるが、運動性という点では問題にならなかったであろう。

火力は一三ミリ×二、二〇ミリ×二または二〇ミリ×四の烈風と比較すると、一三ミリ×六の米機はほぼ互角、二〇ミリ×四の英機は互角またはやや強力である。米国の一三ミリ銃は初速、発射速度が日本のそれより大きく、装備機銃数も多いので命中率も高く、この点、米国のほうが有利だが、烈風の二〇ミリ銃は発射速度も大きく、一発の威力は二〇ミリのほうが絶大である。

防弾や防火の点では、外国機のほうがどうしてもすぐれている。

さて、個々の機との優劣を考えてみると、Ｐ38は速度は若干はやいが、総合的には烈風のほうが優位にたてるであろう。

Ｐ51とスピットは、いずれもバランスのとれた設計で世界屈指の名機であり、烈風とよい勝負をしたと思われる。敵の得意のダイブ＆ズームの一撃離脱戦法にひきこまれずに敵の手許へとびこめば、軽快な烈風が勝つであろう。

Ｐ47、Ｆ４Ｕ、テンペストも同様と思われるが、このほうはＰ51にくらべると鈍重であるから、それだけ烈風が有利である。

Ｆ６Ｆは同じ艦戦であり、性格的にも似ているので、どちらも同じ戦法で戦うであろう。しかし、火力と防弾以外の諸性能は、すべて烈風のほうが一桁上である。

無尾翼戦闘機「秋水」開発秘話

設計図なき「秋水」グループ青年技師たちの奮戦

当時 三菱航空機技師・秋水胴体担当　楢原敏彦

零戦のあとをつぐ海軍の新鋭戦闘機烈風（れっぷう）の設計がおわり、私は局地戦闘機雷電（らいでん）の改造設計で、ひきつづき忙しい毎日をすごしていた昭和十九年八月はじめのある日、私の所属していた三菱第二設計課長の堀越二郎さんから、ある特別機の設計に参加するよう命令された。

この突然の命令に、私はショックと不安をおぼえた。――いままで新しい試作機の設計に入る前には、ひそかにそれとなく課内の話題になり、その心がまえで設計作業にはいった。ところがこの仕事は社内でも秘密で、特急設計であると申し渡されて、さらに緊張感と責任を感じた。

この特別機がすなわち秋水（しゅうすい）（海軍J８M１、陸軍キ二〇〇）で、高橋己治郎技師（堀越さんの後をうけて雷電のチーフになられた）をチーフとして各課の技師が選抜され、第六設計室が編成された。設計室は他から隔離するため、新築建物の二階で、設計は最初から突貫作業であった。

秋水は、ドイツのメッサーシュミットＭｅ163Ｂのコピーで、ドイツからの資料で設計しようとするものであった。

ところがその資料は、日本海軍の潜水艦が連合軍の艦艇をさけつつ、はるばるアフリカの南端を迂回して、苦闘の末に持ち帰ったわずかなデータ（概要的でかんたんな説明書）だけであった。

設計図は一枚もなかった。（設計図をのせた他の潜水艦は撃沈されたという）このような条件で、設計期間が約二ヵ月とあっては、無謀といえるような仕事である。しかし、われわれが職業柄察知する戦局は、ますます深刻であったし、本土がＢ29の空襲をうけている状況を思えば、絶対に成功させなければならないという悲壮感が、チーフ以下みなにあった。

さて私は胴体構造設計を担当した。私としては説明書のなかの小さな全体図を研究課で撮影して引き伸ばしてもらい、そのぼんやりした写真から外形寸法をわりだすのにまず苦労した。ただ自信をもってやれたのは、胴体の外板、骨格などの設計であった。これは零戦やその他の機体で、上役だった曽根嘉年技師の指導ですでに経験し卒業していたからで、比較的気楽に仕事ができた。

つぎに苦労したのは、風防や降着装置（離陸用車輪、着陸用橇（そり））の取付部などのディテールであった。もとの全体図は小さいし、のばした写真はぼやけているし、これも経験から推定するしかなかった。

もうひとつは、胴体の中央部を大きく占領している燃料タンクのため、胴体の上半部を着

未完成で終戦を迎えた秋水。移動用台車に載せられた胴体の形状がよくわかる

脱可能にしなければならないことで、これが構造強度の弱点となり、その補強に苦心したことである。

さらにやっかいだったのは、そのタンクは濃厚過酸化水素液をいれるもので、液の供給や点検、整備を慎重にしても洩れる場合があり、その際ものすごい急激な酸化がおきる。そのためその付近には鉄鋼系の材料が使用できないので、アルミ系の合金か特種合金の材料で結合しなければならないことであった。

そのほかにもいろいろ設計上の苦心があり、他の担当者たちも、それぞれが相当に悪戦苦闘をしていた。

空襲をのがれて疎開

暑い日々がつづいた。気が焦(あせ)るので一層の暑さを感じた。いまは冷房時代であるが、当時は扇風機も使わなかった。残業は最初から連続であったが、木型審査（木で実機とおなじ寸法のものをつくり、それを軍のパイロットや技術官がいろいろ審査する）がおわってからはさらに多忙となり、数日連続の泊まり込みや徹夜作業をするようになった。

夜業では蚊に悩まされた。土地柄か蚊が多くて、蚊取線香をたき汗をふきながら仕事をした。また設計室のコーナーに畳やふとん、蚊帳がもちこまれ、まさに缶詰生活であった。ただこのようなかで有難かったのは、食糧不足の当時では貴重なバターが、われわれに特別にあたえられたことであった。食事も少しはよいものだった。栄養剤ももらったように記憶している。

このように頑張ったため、十一月はじめごろ、予定どおり設計を完了した。いっぽう試作工場内の一隅に幕を張りめぐらしたなかで（社内でも秘密のため）、すでにつぎつぎと発行された図面によって、着々と機体が組み立てられていった。

われわれが肩の荷をおろして、すこし気楽になり、残余の作業をしていた十二月七日正午ごろ、あの三河大地震に襲われた。設計室は天井の漆喰（しっくい）があちこちで落ち、たちまちその白い粉のけむりにつつまれた。みなはその中をよろめきながら屋外に逃れた。じつに一瞬の出来事であった。設計は完了して、図面は安全に保管されていたのでよかったものの、もし設計の最中であったら、と思うと慄然とした。

この地震で、三菱をはじめ東海地方の航空機生産は、一時ストップした。そして、その被害があるていど復旧したころ、B29の爆撃が激しさをました。当然わが三菱は爆撃の最重要目標となり、空襲警報がなりひびくたびに、設計室ちかくの防空壕にとびこんだ。

とくに十二月十八日の大空襲はすごかった。このとき壕内で至近弾をうけたが、幸いみんな無事であった。工場には相当の被害があった。あまりの激しさに禁じられていた構外への避難が、それから許されるようになった。しかし、飛行機の生産はガタ落ちした。

しばらくしてついに工場疎開がはじまり、わが第六設計課は、名古屋市内の熱田中学（瑞陵高校）へ一時疎開し、ついで長野県松本市に疎開した。松本の三菱は技術部と試作工場で組織され、第一製作所（河野文彦所長、のち三菱重工会長）となった。秋水グループは松本第二中学校に入った。

その間、秋水の機体は空襲をさけて、追浜の海軍航空技術廠にうつされ、壕内工場で作業をつづけて年末に完成し、昭和二十年一月二日、完成審査をうけて合格した。そして、ロケットエンジンの搭載を待っていた。

ところが原動機は機体よりはやく設計がおわっていたにもかかわらず、全力燃焼実験は難航をつづけ、完了したのが昭和二十年六月ごろであった。したがって、全体機の完成はだいぶおくれ、機体完成後じつに六ヵ月あまりすぎていた。

息をつめて見守るテスト飛行

私は昭和二十年一月ごろから、機体関係の連絡で、ときどき追浜へ出張した。またグライダーのある茨城県百里原の海軍航空隊へも出張した。

百里原には秋水戦闘隊があり、他の飛行機でグライダーを曳航離陸して車輪を飛行場へ落下させ、つぎに上空で曳航を離脱し、宙返りや上昇、ダイブ、反転などの高等飛行訓練を毎

昭和20年７月７日、追浜基地での初飛行にのぞむべく秋水に乗り込む犬塚豊彦大尉

日やっていた。その飛行状況は、まったく実機と思われるほどであった。

百里原に出張中、二回ほど米艦載機の襲撃をうけた。しかしここは練習航空隊で、実戦機はないので反撃できず（対空機関銃だけで応戦していた）、秋水隊の人々と一緒にちかくの山林に避難した。そして飛行場にあった機や格納庫、兵舎が機銃掃射されるのを、隊員たちと一緒にくやしがって見ていた。グライダーは警戒警報と同時に、いちはやく避難隠蔽していたのでぶじであった。

それから私は七月にはいって、陸軍秋水隊のある千葉県の柏飛行隊へ出張した。ここには原動機を搭載した完成機（二号機と思う）があって、地上運転をしていた。私はここで初めて、ロケットの噴射しているのを見た。それはものすごい轟音とともに、橙色と青白い縞模様の太い噴射炎を胴体尾端から噴きだして、いまにも飛び上がらんばかりであった。

追浜の海軍側の一号機の試験飛行のつぎに、この機が飛ぶのであったろう。なお、陸軍側の飛行のため、東大航研の木村秀政教授がきておられた。

昭和二十年七月七日——私はこの日、前と同様、地上運転を見ていた。そして、たぶん夕方だったと思うが、追浜の試験飛行が失敗におわり、名パイロット犬塚豊彦大尉が重傷を負われたことを知らされ、茫然とした。

翌日、私は飛行機で追浜へいった。途中、空から東京を斜めにながめて通ったが、悲しかった。その翌日の午前二時ごろ犬塚大尉は亡くなられ、われわれも葬儀に参列した。

事故による改修設計が、担当の豊岡隆憲技師らにより緊急におこなわれ、第二回試験飛行の準備中に八月十五日をむかえた。追浜にいたチーフの高橋己治郎さん以下三菱の技術者は、航空隊の庭に整列し、海軍の将兵とともにラジオで終戦の詔勅を聞いた。

昭和十九年八月よりまさに一年間——苦闘、感激、悲壮、そして虚脱——すべてが終わったのだった。

ロケット戦闘機「秋水」誕生始末

防空壕でものした燃料調合〝にわかロケット屋〟徹夜作戦の結末

当時 三菱航空機技師・秋水動力装備担当　豊岡隆憲

昭和十九年八月十日の午後、私をふくむ六人くらいが技術部長室に呼ばれた。そのときの部長がのち三菱重工会長の河野文彦氏である。河野さんはその時かなり緊張しておられ、さっそく私たちに指示をあたえた。

——戦局は日ましに不利になっている。とくにB29の本土空襲は、さらに激しくなるだろうから、これを迎撃するロケット戦闘機秋水の設計をやってもらいたい。ただし設計資料はここにあるキャビネ判ぐらいの全体写真一枚と、二十枚綴りぐらいの説明書があるだけだが、二ヵ月間で設計を完了せよ。そして設計完了までは夜八時までの残業をすること。必要あれば徹夜作業もやり、そのために仮眠室をもうける。体力の消耗を防ぐために強壮剤とバターを支給するとのこと。それから細部にわたっては、高橋己治郎さんと打ち合わせをせよということであった。

私たちはやや興奮気味で、どう返事をしてよいのか分からなかったが、とにかくやってみます、といって部長室を出たものである。

当時、私は零戦の集合排気管を単独排気管にし、ロケット効果をねらう設計と、一式陸攻の消炎排気管の設計中だったので、それを至急整理し、新設計室に移ったのは八月十八日ごろだったと思う。私の担当は動力装備で、助手は吉田君である。私の仕事は薬液タンクの本体、取付、配管ロケットの機体取付、コントロール装置が主目的であった。

まず、T液（濃過酸化水素）タンク一千リットルを胴体操縦席の後方に、C液（ヒドラジン）タンク五百リットルを両翼内に装備するのだが、耐薬液性の材質を選定するのには大いに困った。ドイツの資料と長崎兵器での資料で、本体は純アルミ板、配管はビニール管が適性であることが判明した。

またもうひとつ、燃料計をどうするかである。翼内のタンクは平らであるため、従来の片持式アームの先に浮子をつけたものを材質変更すればよかった。胴体のタンクは約一メートルの高さがあり、適当なものがなかった。いろいろ工夫した結果、円筒をたてその円筒内に浮子をいれて、最高位から最低位まで移動するあいだに三六〇度回転するよう、円筒に案内溝をきって最上部に抵抗器をつけ、電気的差動をさせることを考案し、神奈川県の丸子にあった田中計器に製作を依頼したら、可能であるとの返事をえて一難をくぐりぬけた。

つぎにロケットエンジンの機体取付である。推力一トンから一トン半をいかにして胴体でもたせるかであるが、隔壁に取り付けたロケットの推力を縦通材全部につたえる構造に設計して、強度試験をやったらＯＫであった。

あとは図面を書くだけだ。最初は三日ぐらいずつ泊まり込んだが、だんだん出図がおくれて、一週間泊まったこともあった。助手の吉田君と日に夜をついで図面を書きまくったというのが、適切な言葉であろう。それでも予定よりおくれて完成したのは十二月五日ごろであった。

このとき高橋さんから休暇をとってよろしいとの指示があったので、私はこの年の三月に生まれた長男を、九州の母に見せたいのと、空襲が激しくなったので、いつどうなるか知るよしもないことを予想し、帰郷したい旨申し入れたところ快くお許しをえたので、さっそく家内ともども出発したが、当時、汽車のキップが買えないので、海軍三一二部隊（秋水部隊司令・柴田武雄大佐）の公用証明を悪用して、やっと手に入れることができた。

ところが、帰りはどうにもキップが手に入らず、汽船と電車の乗りつぎでなんとか四日市まできたところが、ただいま名古屋の南部が空襲をうけているので、この電車はいつ発車するかわからぬという駅員の説明があった。そこで電車を降りてよくみると、名古屋航空機付近に黒煙があがっていた。たしかこの日が十二月十八日であったと思う。

失敗した悲しき第一号機

翌日、出社してみたら十二月七日の地震と昨日の空襲で、工場はメチャメチャになっていた。そして私たちの職場は瑞穂区の五中に移されていた。それでも秋水の試作機はどこですすめられたか、さだかなおぼえはないが、滑空機の審査が十二月二十八日ごろにあり、さっ

エンジン噴射、初飛行に臨む秋水。漏曳燃料の引火防止のため水をかけている

そく百里原にはこばれて、翌年の一月八日に犬塚豊彦大尉の手で、初滑空に成功した。

他方ロケットエンジンの方は、追浜で二月二十一日に初テストエンジンに成功し、後は信頼性と予定の推力を出すことに全力をそそぐことになった。一号機は四月のはじめに大体のかたちができたので、追浜にうつして最後の整備にかかったが、ここも毎日空襲で、警報が鳴ると機体を穴倉にいれて、われわれは山にある大防空壕に避難する始末であった。

一方ロケットエンジンの完成がおくれて機体装着OKとなったのは、五月の末であった。そして搭載調整には一週間ぐらいかかった。この間、私は三日にわたり穴倉のなかで作業を手伝った。

七月七日は快晴、待ちに待った初飛行であった。飛行準備OKとなったのは午後四時すぎであった。テストパイロットの犬塚大尉が乗り込んで、総合テストを開始し、飛行ＯＫとなったのは五時すこし前だった。

犬塚大尉は手をふり、風防を閉じると車輪止めがはずされ、轟音と同時に滑走するとまもなくテスト機は離陸し、急角度で上昇をはじめた。高度一五〇メートルぐらいで車輪は落下、ロケットの後部に真っ赤な炎をはきつつさらに上昇し、三五〇メートルくらい上昇したところで、急にパッと炎が消え黒煙をはいた。機体は水平にもどされて左旋回し、海上より飛行場の東に入ってきた。

そのとき機体がストールしたのか、降下しかけたところに倉庫があり、それを越すかと思われた瞬間、翼端が屋根にひっかかり、機体は飛行場に落ちた。地上に白い水蒸気がひろがった。待機していた消防車がでて放水をはじめ、まもなく二人の兵員によって犬塚大尉は機外へはこびだされ、待ちかまえていた軍用車で病院へ運ばれた。

この間の時間は、発進から着地までが約一分、着地から犬塚大尉が車に乗るまでが三分間くらいだったと記憶しているが、それらを見ていた私たちには、イライラした長い長い時間だったような気がした。その犬塚大尉は翌朝未明ついに他界された。

墜落事故の原因はなにか

翌日、九時から合同原因調査会議が開かれた。まず原因はロケットエンジンの不調か、または配管系統の不備かにしぼられたが、結局、薬液を三分の一ほど積んだために急上昇中、T液タンクの薬液が加速のＧにより後部に移動し、薬液取出口が前方部にあったため、薬液ぎれとなってエンジンがストップしたのが原因と判明した。

このことは、私のタンク設計ミスであるといろんな資料や印刷物に書いてあるが、あえて私はここで弁明したくない。ただ会議の最後に柴田武雄大佐がつぎのような説明をした。

今度の事故の責任はすべて自分にある。こんな大事な飛行実験を追浜でやったこと、薬液をかんたんな判断で三分の一にしたことが失敗であった——と、こんな言葉だったと記憶している。

今後の予定は七月十五日までに出図、七月末までにタンクを改修、そして八月二日に第二回の飛行試験を実施することになった。

私は高橋己治郎さんと会議場を出たが、タンクの取出口は水平飛行時に最下位置になる最前部に設けることは、いろいろな角度から検討した結果決定したことで、薬液三分の一積載は会議で説明をうけるまで私は知らなかった。もちろん、秋水は戦闘性能を要求されていたので、取出口のある一室は瞬間的には薬液がカラにならないように設計してあった。

この件で高橋さんと激しく論争したが、結局、薬液の残量は多少残っても薬液が少量になっても、なおかつ上昇することもあるので、最後部に密室を設けて取出口をつけるようにという結論が出た。

そこで松本から吉田君を呼んで七月十日から空技廠の地下室に泊まり込みで、タンクの改造設計をはじめた。地下室だったため電灯はつけっぱなしでいいが、蚊には昼夜なやまされた。隊から蚊帳をもらいうけ、そのなかに製図板をもちこんで図面を書きつづけ、疲れたら、

昼であろうと夜であろうと寝ることにした。十一日の夜だったと思う。柴田大佐がお見えになり、

「御苦労さん。こんどのことは豊岡技師のミスと言うことになったが、薬液を搭載して空戦してみないと結論は出ないよ。犬塚大尉の死を君は苦にしているようだが、彼は俺の指示に従わなかった（あとで聞いたところ飛行試験失敗のときは海に着水せよということだった）。偶然の出来事と思って許してくれ。きのうはバナナを南方の兵士が持って帰ったので、これでも食って頑張ってくれ」

という言葉とともに、パインの缶詰と煙草をくださった。私はそのとき、柴田大佐にたいする感謝の気持と申し訳なさで胸いっぱいであった。

　こうして出図が完了したのは十八日ごろだった。さっそく空技廠関係者の承認をうけ、工法班に説明し、ひとまず私の仕事はおわった。

　しかし諸般の情勢は、日に日に悪化するばかりで、ついに終戦の八月十五日までに二回目の飛行はおろか、Ｂ29に一撃をもあたえ得なかったことが残念でならない。

関係当事者が語る戦闘機こぼればなし

当時 海軍軍需監督官・技術大尉　村井栄太郎
元 空技廠飛行機部員・技術中佐　鈴木順二郎
元 三四三航空隊司令・海軍大佐　源　田　実

烈風の思い出　村井栄太郎

私が海軍監督官として鈴鹿へ着任した昭和十九年五月、すでに烈風の試作は軌道にのって三号機までが完成していた。こえて七月に、烈風(A7M1)の本格的な検討会議が、海軍航空本部および空技廠の各担当部員参集のもとに開かれた。その席上で出た意見としては、「A7M1の試作三機の試験飛行成績と、A6M5との速度比較をみると、思ったよりA7M1はすぐれていないようだから、航本としては爾今の試作を中止として保留したい」ということだった。

これにもとづいて、だから軍需省としては烈風を正式に試作生産のワクからおとしてしまったわけだ。だが一方、堀越二郎主任設計技師たち関係者は、「A7M1の設計は、風洞実験ならびにA6との過去のデータを参照してみて、計算に間違いはないはずだ。飛行性能、ことに高空性能、上昇率などが所期の水準に達しないのは、エンジン誉の航空性能が出ていないからではないか」と意見を開陳した。

これに対して官側の発動機代表者から、

「誉は現在、日本のエンジンとしては最も期待のかけられているエンジンで、各種テストも続行中である。現在おこなわれているテスト成績を審査してみても、とくべつ航空性能に遜色はない。A7M1にこれを着けたためにパワーが出ないということは認めがたい」との反駁があって、機体側の設計者の意見は却下され、ついに烈風の生産は一頓挫してしまった。

しかし、三菱側では何とかしてこの性能のよい烈風を完成したいという熱意のあまり、改修作業を工場の片隅でこっそり続行した。これを知った当局では、

「なぜ中央の決定に従わないのか。そんなものより一機でも多く紫電改を作れ」と強硬だった。

そういう空気のなかで、生産のワクからはずされてしまったこの烈風試作をひたむきに支援してくれたのが、航本航空機担当の高山捷一部員（戦後空幕技術一課長）である。この人の理解と支援なしには烈風二型も陽の目を見なかったことだろう。

やがて待望の三菱空冷九気筒W（MK9B）が完成して、欣喜してこれを装着した。すなわちA7M2の出現である。昭和二十年三月にいたってその飛行テストをしたところ、すばらしい性能で、改めてその卓越性が立証されたのだ。

大阪浜寺公園で開かれた会議では、航本もすすんで、この機の育成に全力をあげるべく決

定した。四号機が完成したとき、空襲の被害をさけるため第一製作所のある松本へ空輸しようと企てたが、突然の空襲で一、二号機が炎上、格納庫にあった梱包の三号機も被爆して、かろうじて四号機のみ空輸された。

しかし、やがて終戦となり、南海ブロックの大阪アルミ堺工場、日本アルミ三国工場その他の生産工場で準備した構想は、一切終止符がうたれてしまったのである。松本に送られた四号機がどうなったかは、私は聞いていない。

私と零戦この楽しき思い出　鈴木順二郎

終戦後二十数年を経過しても、航空技術に従事した私としては、すぐれた戦闘機「零戦」に関係した思い出は楽しい。しかし往時茫々として細かいことは、しだいに忘却の彼方に消えてゆく。つぎに記すのは、その思い出のいくつかである。

▽A6M3試作実験中のシリンダー温度過昇の問題

A6M3は初期の零戦A6M2の性能向上型で、装備発動機を二速過給器の栄(さかえ)二一型に換装して、必要な機体関係の改造を実施した戦闘機だ。

したがって、この飛行機では一速で上昇し、ある高度で二速に切り換える必要があり、それにともなって混合気も適当に変えなければならなかった。飛行実験をつづけることにより、発動機関係者の努力によってAMC（自動混合比管制装置）が完成し、いちおう解決のメドがつき、最終的にはシリンダー温度過昇の問題が残った。

当時、三菱の生産はこのA6M3に転換されていたので、何としてもこの問題を解決しなければならなかった。このとき飛行機部の戦闘機主務部員だった私は、実験部の担当パイロット、発動機主務部員とともに、空技廠長（和田操中将）に呼ばれ、ただちに鈴鹿航空隊に飛んでこの問題解決に専念し、解決するまで空技廠に帰ってはならないと命ぜられた。

このころ三菱での生産機は鈴鹿航空隊で整備し、領収飛行がおこなわれていた。考えられる対策をほどこしては毎日、飛行試験をするが、一向にシリンダー温度は下がらない。

ところが四、五日して、地上でよくよく発動機を眺めていると、妙なことを発見した。空冷発動機では、冷却空気をきかすためバッフルプレート（邪魔板または導風板）というものをシリンダーの冷却フィンの外側に装備しており、発動機部品となっていた。このバッフルプレートとフィンの間の間隔は狭いのであるが、見ると発動機の下側シリンダーのバッフルプレートとフィンの間だけが相当広くなっている。

念のためと思って、他の飛行機について見てもまったく同様である。

それでこれが原因と考えて、これを狭く修正し、翌日、飛行試験をしてみると、みごとにシリンダー温度がおさまって、問題は解決した。あとで考えれば当然のことであるが、発動機の方には問題なしと思い込んだこと、発動機担当者は、混合気の分配とか高級なことに気を配り、外まわりの点が盲点となっていた結果であった。

▽単排気管

零戦は試作当時から、他の多くの飛行機とおなじく、集合排気管を装備していた。たしか昭和十七年ころだと記憶するが、空技廠の飛行機部や発動機部の研究科の人々から、各シリンダーごとに単排気管として出口を適当にしぼると推力を発生するから、速度が増すと主張された。いまのジェットエンジンと原理はおなじであるが、どのていど増加するかが問題であった。

そこで戦闘機班担当のところで、単排気管を設計し、試作工場で現物をつくり実験にかかった。本来、集合排気管は下側方に開口させ、夜間飛行時の眩惑作用を防止する効果があるので、単排気管にしてもこの点に工夫が必要であった。

若干の手直しののち、夜間飛行でも操縦者を邪魔しないような消炎効果がえられ、かつ飛行試験で五ノットくらい速度が増すことが確認された。この成果によって性能の向上と、さらに排気管の製作も容易となる利点があったので、以後の飛行機には、ほとんどこの式の単排気管が用いられるようになった。最初の実験はA6M3だったと思う。

▽翼内二〇ミリ機銃の携行弾数の増加対策

緒戦から零戦はそのすぐれた性能とともに、二〇ミリ機銃の威力は絶大であった。この機銃は大日本兵器がスイスのエリコン社と、技術提携して国産したものである。主翼の前桁と後桁のあいだに支基をもうけて、これに機銃を装着するのであるが、機銃そのものは航空機用として、きわめて軽量につくられているので、飛行中に主翼が変形すると、その力が機銃にかかれば故障となるので、注意ぶかく設計されている。

エリコンから来た最初のものは、丸型の弾倉で六十発入り、弾倉門の巻きバネで、機銃に送られるようになっていた。昭和十七年半ばごろに、前線からしきりに弾数を増やす要望が中央に出された。空技廠の兵器部では、ただちに試作にかかり、おなじ丸型弾倉で一〇〇発入りのものを完成し、これを機体に取り付けることとなった。

当時の空技廠飛行機部は、設計の手もあり工作部門もあったので、すぐに改造設計を実施し、横空の戦闘機分隊と共同して空中実験をかさねた。主翼の上下面に相当のふくらみが出るが、それは致し方ないとして、弾倉の取付方法には非常な苦心をした。この件では当時、機銃関係の田中悦太郎特務少尉の協力と、熱意に負うところが多い。

さらに弾数を増やすには、機銃そのものの改造が必要だったが、これも兵器部と日特の努力によって続いて完成し、いわゆるベルト式給弾が可能となった。

この弾倉は、いままでとまったく変わり、翼内に連環で弾丸を連結した帯状のものを、主翼に新しくつくった箱に入れる。この箱も、いろいろ微妙な点があったが、関係者の熱心な努力によって、何とか前線の要望に応えることができた。

▽無線支柱切損

現在のジェット戦闘機は、エレクトロニクスをたくさん搭載しているが、零戦では短波無線電話と方位測定装置だけであった。問題はこの短波無線機のアンテナ支柱であった。風防の後端ちかく機軸線上に木製の支柱をたて、その先端と垂直安定板のあいだにアンテナを張るのである。

この支柱の長さは、アンテナを機体から離す距離で定められる。急降下すると、たびたびこの支柱が振動で折損する。十回ちかく改造して、ゴムを入れたり、支柱を丈夫にしたりしても、どうしても直らない。電気関係者はアンテナ性能の見地から長さを短くすることを、どうしても承知しない。

そこで、ひそかに支柱を短縮して実験してみると、振動折損が生じないのみならず、無線機の方の性能も実用上変わらないことがわかった。そこで正式に、アンテナ支柱を短くすることが認められてケリのついたことがある。

ムサシと武藤と紫電改と　源田実

劇中の剣客は周囲の敵を、いともたやすくなぎ倒すが、本当はそう簡単にいくものではない。どんなに強い剣士でも、同時に相手にするのは常に唯一人の敵である。問題はどのようにして敵を唯一人に絞るか、また絞った敵をただ一刀のもとに仕止める腕のさえである。

この目でたしかめたわけではないが、一乗寺下り松の宮本武蔵や高田馬場の中山安兵衛などは、この戦法をとったにちがいないのである。剣法だけではない。用兵も同じである。名将ナポレオンは寡兵をもって、しばしば大敵を破ったが、彼は敵の弱点を見ぬき、そこに圧倒的兵力を集中して各個撃破をはかったのである。日本海海戦における東郷平八郎長官の敵前十六点回頭も、この趣旨にほかならない。

源田実大佐

空中戦闘において、この戦法をみごとに駆使した一例は、古賀清登一等航空兵曹である。彼は昭和十二年十月六日、爆撃隊を掩護して南京に進入した。爆撃終了後、本隊とわかれた古賀一曹は、列機の末田一空をしたがえて南京上空を航過していた。そのとき敵の対空砲火が彼に向けられていたが、豪胆な彼は「ひとつ高角砲の数を調べてやろう」と思って静かな旋回をつづけている。

ふと気がつくと、敵戦闘機三機が前からせまりつつある。周囲を見れば左右に各三機、後ろに三機の計十二機にとりかこまれていた。列機の安全に気をくばりながら、多数の敵とわたり合ったのであるが、彼は日本海軍の独創にかかる「ひねり戦法」を使って、つねにもっとも近い敵機の後方に喰い込んだ。

そうして、一度射撃をはじめたら敵機が火をふくか、パイロットがのけぞるのを見とどけないうちは、絶対に発射把柄をゆるめないという一撃必殺射法によって、敵の三機を撃墜した。これを見て、残りの敵は一目散に逃亡した。このときの使用機は零戦の前身、九六式艦上戦闘機である。

さて。最後にもう一人、武藤金義少尉は、有名な坂井三郎少尉に代わって三四三空にきた人であるが、無類の名パイロットであった。彼がまだ横須賀航空隊にいた昭和二十年の春、敵の機動部隊が関東方面に来襲したときのことである。

紫電改に搭乗した武藤少尉は、ただ一機、厚木飛行場の上空で敵のF6F十二機に遭遇した。地上にいた人は心配そうに見上げていたが、彼は紫電改のすぐれた性能を利してぐんぐんと高度をとり、敵編隊の直上に占位した。

グラマン隊は一部が頭を上げて武藤機に挑戦し、武藤機が攻撃のため高度を下げたところを、他の飛行機で反撃しようと試みたのであるが、その手に乗るような武藤少尉ではなかった。最上部の一機を血祭りに上げた直後には、電光石火のごとく身をひるがえし急上昇につっって、敵の射程外に出ていた。そうして次に鎌首を持ちあげたやつに襲いかかり、またたくまにこれを火ダルマにしたのである。

つねに直上に占位されるのでグラマンとしては、攻撃をかける余地がなかったのである。残った敵は、かなわじとばかり南方に遁走をくわだてたが、彼はこれを三浦半島沖まで追撃してさらに二機、計四機を撃墜したのである。空の宮本武蔵とは、まさに武藤少尉のような人であろう。

日本海軍最後の戦闘機紫電改は、それまでずいぶんとわが軍を苦しめたグラマンＦ６Ｆを足もとに寄せつけなかった。中低高度戦闘において紫電改にかなうものはなかった。ただ一つ、紫電改がもてあましたのは、Ｐ47、Ｐ51との高々度空中戦闘だけであった。

戦さにおいては、すべて、敵をわが方のペースにまき込み、孤立した敵に対して、わが全力を集中することが戦勝の要訣である。

日本快速戦闘機秘話

航空機研究家　松原正也

紫電が局地戦闘機として登場する前のこと、南方前進基地では、基地防空戦にそなえて独自の戦闘機をもつ必要に迫られていた。たちまち当時抜群の戦果を挙げていた零戦が注目されるところとなって、緊急を要する情勢のもとに拙速主義で敢行するためには、この零戦を改造して水上戦闘機にしてみては、という意見が多かった。

ちょうど恰好な水上複座偵察機があったので、それをもとにオリジナルな水戦が川西航空機において出来あがった。当時この水戦のテストを担当した渡辺正少佐（戦後、防衛庁空幕教育一課長）の話によると、「シングルフロートを固定した水上機では翼面荷重が非常に重くなるので、空戦フラップをつけたのだが、これが非常に性能を挙げるに役立った」ということであるが、この強風（きょうふう）と名づけられた水戦を川西からの提案によって「陸上戦闘機に直せば零戦より性能のよいものになる」という判断のもとに、フロートをはずした紫電が誕生することになったわけである。

渡辺少佐のいう空戦フラップは、この紫電に決定的な強みを増したようだ。「格闘戦をやるときに、少しこのフラップを出すんだ。これが自動的な全く確実な作動で、じつに頼もしかったな」と述懐する岩下邦雄大尉（当時、戦闘七〇一飛行隊長）は、この紫電隊を引きつれて、フィリピン上空でグラマン、P38、P51と格闘したり、艦爆隊や特攻隊の直掩にあたった歴戦のパイロットである。

またスピードの速いこの機は「昼間の強行偵察にも使われた」らしい。岩下大尉の後輩の光本卓雄大尉は、敵機動部隊を捕捉発見、戦果への緒口（いとぐち）をつくったということである。

零戦時代には性能のよくなかった戦闘機電話も、いちだんと工夫改良されたようだ。操縦、空戦、特殊攻撃法などの実用実験にあたった塚本祐造大尉（戦後、伊藤忠航空機課）は、この電話改善に重要な役割をはたした人だが、約半ヵ年にわたって実用講習二十数回を各隊でおこない、「従来三十浬（かいり）程度の感度だったのが、三百浬にまで可能」という線を実現した。

スピードや空戦性能だけではなく、機銃の著しい改善も見逃すことはできない。機銃といえば、かのハワイ空襲のときいらい零戦に積んで、その威力を示した二〇ミリ機関砲をまず第一に挙げねばなるまいが、当初これは六十発装填だった。もっとも、しばらくたってから百発入りの弾倉となったものの、激しい空戦になると、またたく間にこれぐらいは使い果たしてしまう。

それで紫電の登場とともに、もっと初速が早く装填数の多いものにするために、従来の

〝弾倉式〟から〝ベルト式〟に踏み切った。川上陽平少佐（戦後、防衛庁装備局航空機部）は、当時、空技廠射撃部にあって日本特殊鋼の河村正彌博士らとともに、この研究に着手、二百発装塡可能のベルト式を完成した。

この「初速が毎秒七五〇メートル（当初六〇〇）、装着機銃四門の強威力に改善した」川上少佐の語るところによると、「紫電、紫電改のような優秀機にとって、この四梃の機銃はうってつけだったが、何しろ狭い所に無理に積むわけだし、翼の中に四門定着するということは設計上、大変な難点だった」という。そこで多少でも銃の軽量化をはかろうとすると、今度はGをかけた場合、ねじれる恐れもあったし、地上射撃の成果と空戦時のそれとは違う結果が出たという。

この二〇ミリ弾には、焼夷弾を挿入したりして一層強力な威力を発揮するところとなったが、高々度で低温になった場合、銃が凍りついたり、薬莢の油が凍ったりすることもあり得るので、機銃用不凍油の研究がおこなわれた。

新郷少佐憤慨す

昭和十九年の秋、台湾沖の航空戦のとき、機動部隊から発進してきた敵機グラマンを邀撃せんとする三四一空戦闘四〇二飛行隊でのことだ。藤田怡与蔵大尉（のち少佐。戦後、日航機長）はこの飛行隊長だったが、「全くバカげたことだが、本当なんです」という。話は、グラマンと交戦中、味方地上部隊が、わが紫電をグラマンと誤認したことからはじまる。

紫電一一甲型。ドラム給弾式翼下面ポッドの機銃が乙型との違い

「燃料がしだいに乏しくなり着陸姿勢に入ろうとすると、地上砲火がめちゃくちゃに射ってきた。バンクを振ってわかるものじゃない。これには慌てたね」

つまり、それほどよく似ていたらしいのである。当時の新聞には「卑劣極まる米機わが日の丸をつけて本土に侵入」という記事を載せているが、これがじつは米機ではなく、わが紫電なのであった。なんのことはない、敵グラマンF6Fと味方対空射撃の挟み撃ちにあって、「とんでもない損害を出してしまった」というのが真相のようだ。

ところが、こういう誤認をやらかしたのは友軍だけではなかった。敵機もよく紫電にだまされたらしい。これもグラマン数機と遭遇した際、試みにバンクを振って挨拶を送ってやると、奴さん喜んで尻を持ち上げながら、これに応える。ソレッとばかり、持ち上がった尻のド真ん中に向けて一連射——というようなことでやっつけたことも、一度ならずあったという。全くよく似ていたらしい。

さて、快速をほこる紫電にはP51サンダーボルト級ぐらいが立ち向かえるだけで、零戦時代の覇者グラマンはもう問題外だった。その性能は零戦五二型よりはるかによかったし、比島決戦にそなえ編成された戦闘四〇一・四〇二飛行隊および七〇一飛行隊は、当面の戦局にたいする起死回生の紫電決戦隊だった。

ところが、そういう重要任務をもつ紫電に、致命的ともいえる一つの欠陥があった。〝長い脚〟の問題である。もともとが水上戦闘機出身の機だから、脚が短くてはプロペラが地面を叩いてしまうわけで、離陸すると、この長い脚の中に通っている油圧パイプの操作で、ひとまず縮めてから胴体下に折り込む、という複雑な操作を要した。だから、この脚の事故が頻発したらしい。

戦闘七〇一飛行隊の新郷英城飛行隊長が訓練飛行を終わって、いよいよ着陸しようとしたとき、どうしたわけか脚が片方しか出なかった。心配した列機の分隊士が、胴体に操作方法を描いて指示してみたが、どうもうまくいかない。ままよとばかり、そのまま突っ込むように着陸してきた。そうでなくても着陸速度の早い紫電のことだから、たちまちひっくり返ってしまった。余談になるが、当時この新郷隊長（少佐）の下で分隊長をつとめた岩下邦雄大尉はこう語っている。

「この人はどうも紫電が嫌いだったらしい。普段の訓練にもあまり乗りたがらなかったんだが、その日どういう風の吹きまわしか〝今日は一つ乗ろうか〟といい出した。そこへあの事故だ。もうカンカンに怒ってしまってね、海軍省へねじこんで、どこか他の隊へ飛行長で転出してしまった」

脚が片方おりないので、急降下していきなり反転上昇、そのはずみでバタンと脚をはじき出すようなことをやってみたり、一方が出ないので、やむなく出ている片脚をピストルでふっとばして胴体着陸をやった（石坂光雄大尉談）こともあるという。

つぎにはどういうわけか、高度七千以上になると、ときたま油圧が上がって潤滑油が空気抜きからふき出すという妙なクセがあることだった。たちまちエンジンが焼ける。こうなったらもう処置なしである。たまたま塚本大尉が厚木上空でこの事態に直面している。このときは、装着していた二七号爆弾（弾丸をいっぱい詰めこんだ対爆撃機用爆弾）二発が脚のかわりとなって着陸した。

こんなこともあった。無線電話の講習で筑波上空にあるとき、洩れた潤滑油に排気が引火したのか突然、空中火災が起こった。着陸を強行して機から脱出したとたんに、搭載の二〇ミリ機銃弾が破裂し、危うく命びろいしたというのである。

落日の紫電にいどむ戦闘機気質

フィリピンの戦局が悪化したころ、戦闘四〇二飛行隊に特攻要員を出せという至上命令がきた。藤田隊長は「練習航空隊のころからの子飼いの搭乗員をどうして出せるものか、出すのならそちらで出せ」と、船木忠夫司令（中佐）にくってかかった。しかし、抗すべくもなく、園田飛行長らに選抜された特攻隊員たち十二名（海兵一、十三期予備学生二、あとは下士官搭乗員）を見送る仕儀となった。

紫電の落日の兆しは、この頃からはじまったというべきかも知れぬ。昭和二十年一月、特攻の悲しい最後を見送った三四一空の搭乗員たちは台湾へ帰ってきた。その間に、紫電十二機を内地から持ってきたが、その翌日のことである。

折りしも藤田隊長は訓示を終えて、いざ出撃という態勢にあったとき、突如としてP47二機が来襲してきた。地上砲火は一斉に火をふいたが、その間隙をぬいP47はロケットを吹いて、矢のようにまっしぐらに突っ込んできた。紫電隊十二機は、飛び上がろうという寸前だったから、逃げ出す間とてない。

地上三十メートルぐらいまで襲撃してきたその二機に、なめるような地上銃撃を浴びてたちまち炎上、搭載の二〇ミリ機銃弾は爆竹のように破裂しつづけた。不幸にも脱出の機を逸した搭乗員たちは、機もろとも壮烈な戦死を遂げた。

その結果、生き残った搭乗員わずかに一、二名という凄絶なありさまとなった。憎むべきP47は撃墜せしめたものの、この取り返しのつかない一瞬の惨劇は、落日の紫電隊にとって、まさに致命傷となったのである。

この頃からしだいに〝紫電改〟への要求が強くなってきたのである。岩下大尉が横空へ紫電改の実用実験のため着任したとき、紫電改は十数機できていたが、この紫電改と零戦の二隊をもって、敵機動部隊からの空襲を邀撃したことがある。

横空の山本重久、指宿正信、塚本祐造、岩下邦雄大尉の各指揮官に引き連れられた零戦十

五、紫電改十五の邀撃隊は、厚木上空においてグラマン四、五十機をほとんど壊滅的にやっつけた。小雪降る二月の夜のことだ。これが米空軍をして紫電改を注目せしめるようになった端緒である。

その後、敵機は横空をさけて本土に侵入してくるようになったから、この邀撃戦は米空軍に一大威力を与えたらしい。これが最後の望みを託して登場した紫電改の初陣である。

低翼で視界もぐっとよくなり、空戦性能を向上した紫電改は、B29などの大型爆撃機にそなえて、特殊な三号爆弾を使用することがあった。この爆弾をB29の前上空より投下すると、放物線を描いてちょうど敵機の真上でこれが爆発する、高度差を利用したものだった。その中には無数の弾丸がつめこまれていて、これにやられたら一たまりもないという代物である。そういう三号爆弾のほかに、ロケット噴射による二七号も装着していた。

こういう強装備のうえに、快速をほこる紫電改であるから、その戦果はいちじるしかった。塚本大尉のごときは、グラマンF6Fをフラフラになるまで追いつめ、江の島洋上に突入させたという、胸のすくような空戦をやってのけている。

紫電改の飛行隊として編成されたのは前述の横空と、源田実司令麾下の三四三空であるが、いずれも生えぬきの古参者であり、勇猛搭乗員ばかりだったから、まさに鬼に金棒というところだったのだろう。

いわゆる〝戦闘機乗り魂〟というものについて藤田怡与蔵少佐は、二〇一空における菅野直大尉の一例を話してくれた。

菅野大尉はたいへん優秀な戦闘機乗りだった。たまたま空輸のため、紫電搭乗員たちを連れて〝陸攻〟で帰還する途上のこと、俊鋭なP38にとりつかれた。鈍重な陸攻は、あわや餌食となる寸前と見えた。陸攻の操縦士は「皆さん覚悟してもらいたい」といってきた。憤然とした菅野大尉は、

「バカなことをいうな、貴様どけッ」とばかり、その陸攻搭乗員を座席から引きずりおろすと、ヒシと操縦桿を握りしめて、まっしぐらに逃げはじめた。山にすれすれのところを飛び去ったりする無謀に近い操縦で、ついにP38から逃げ切ったという。「この最後まであきらめぬ精神が、戦闘機乗り気質」というものであろう。

また、九十九里浜で、コンソリデーテッド飛行艇を発見した藤田隊長は、待機中の三機を出撃させた。ところが見くびったものか気のゆるみか、これを逃がしてしまった。

帰還してきた搭乗員たちは、いささか不服な顔をしてみせたところ、相手はどうやらムカムカしたらしい。間もなくボーイングの一群が本土攻撃にきたとき、先ほどのある分隊士は、エンジンの調子が悪いからと出撃を止めたのを振り切って出撃していった。壮烈な空戦の末、この機は散華したが、負けず嫌いで名人肌の戦闘機乗り気質がここに窺われる。

佐野、鶴野両技師の横顔

さて、このような搭乗員たちのことであるから、ずいぶんと放れ業もやったらしい。羽切松雄、武藤金義両中尉をつれた塚本大尉は、あるときB29を銚子沖に捕捉した。敵は二百ノ

震電。発動機やプロペラを後部におく先尾翼型。脚の長さや配置が目をひく

ットぐらいしか出ないが、こちらは三百ノットは優に出るからたちまち追いつめた。

そこへ突如あらわれたP51が激しい一撃を浴びせかけてきて、羽切機はたちまち煙を吹き出した。このとき敵の射ち込んできた機銃弾は、羽切中尉の左膝から右手へ抜けたのだが、煙と闘いながら、左手操縦で厚木へ着陸を敢行した。

また、塚本大尉自身も全速上昇のとき一撃をかけられ、一三ミリ機銃弾に前部から射ち抜かれてしまった。風防の中はガソリンの煙が充満して、目が猛烈に痛くなったが、強引な着陸を強行した。

ところが、幸運にも着陸と同時にエンジンがスーッと止まったというから、ウソみたいな話だ。

だいたいが塚本大尉という人は、部下に性能のよい機をあてがって自分は馬力の弱いので甘んじるという人情指揮官だったらしい。このときも乗っていたのは試作七号機であった。

いずれにせよ、機、人ともに優秀な紫電改のあげた業績は甚大だった。終戦にいたるまで、本土防空戦に最大の期待をかけられながら、その活躍を見まもられた紫電改ではあったが、いかんせん量産が思うようにいかなかった。

終戦のころ、横空に残った紫電改は、十機内外ということである。

同じ海軍の快速局地戦闘機として試作されたものに、〝閃電（せんでん）〟というのがあった。

空技廠でともにこれに携った樋口周雄技術少佐の話によれば、「チョビひげを生やした三菱らしくない型の技師だった」佐野栄太郎氏の熱意で、この設計がはじまった。

慎重で繊細な仕事をする零戦の堀越二郎技師とは正反対に、佐野技師はカンで仕事に取り組む、いわば名人肌の設計家だった。

しかし、大口径砲を搭載する企図を持っていたこの〝閃電〟も、会社首脳部の熱意がさめていったため、ついに沙汰止みになってしまった。

〝震電（しんでん）〟という日本最初の先尾翼式局地戦闘機が計画された。川上少佐の話によると、「設計チーフの鶴野正敬大尉（当時、空技廠飛行機部）は、これらの原型に似せて、三十ないし五十馬力のエンジンつきグライダーを作って、操縦性能を徹底的に研究してみた」ということだが、三〇ミリ機関砲四門を搭載し、四〇五ノットという性能を要求するこの機は、推進式プロペラの珍らしい戦闘機だった。

落下傘で脱出するための特殊な飛び出す装置の研究も重ねられていたようである。

ついでながら最後に、前出の渡辺正少佐は、紫電にもまして「晴嵐（せいらん）」への愛着が深かったようだ。山本五十六長官の「パナマ運河攻撃をやるように」という命令によって、六千トンの大型潜水空母がつくられた。晴嵐はこれに搭載する特殊攻撃機である。

愛知時計で作ったこの飛行機は、一トン爆弾を積み、魚雷をかかえた〝羽ばたく鳥〟の姿にも似ていた。フロートをはずして羽をひろげ、水冷のエンジンを轟かせて三百ノットの快速をあげた。

一路ウルシーへ出撃、快挙を目前にして終戦の悲報が伝わったという。そう語る渡辺少佐は晴嵐の名づけの親である。

告白的 私の対サッチ戦法 開眼記

硫黄島上空でF6F二機と初めて体験した編隊空戦法

元 台南空搭乗員・海軍中尉　坂井三郎

開戦前、米国の戦闘機パイロットたちが零戦に関する知識を全く持ち合わせていなかったのと同様に、われわれ零戦隊のパイロットも、米英空軍の戦力に関する資料は皆無にひとしい状態であった。しかし零戦隊には、支那事変における実戦の体験があったことが唯一の救いではあった。

事変中に相手にした中国空軍の内実はソ連戦闘機が大半で、たまに英米機もふくまれていたが、概して性能の悪い旧式機であった。それでも日本海軍戦闘機隊では、この実戦の体験は貴重なものであり、事変の後期からこの体験をもとにして、従来おこなってきた無統制に近いバラバラの単機空戦の戦法から脱して、リーダー先頭の相互連係を重視する編隊空戦の思想を採り入れることに、戦術が統一された。

後述する米海軍戦闘機隊が途中から採用したサッチ戦法なるものも、実戦の体験から編み出された編隊空戦の一つの型である。

一般の方の中には、編隊空戦の戦法とは、最小単位の小隊（三機）が小隊長を先頭に密接な編隊を組んだままの形で空戦をおこなう戦法と誤解されている向きもあるようだが、秒速一五〇メートル前後の猛スピードで自分も吹っ飛び相手も吹っ飛ぶその状態で、相手に機銃弾を命中させるということは、地上でたとえるなら駆け足の状態で針の穴に一発で糸を通すほどの曲芸に近い技であって、なかなか命中するものではない。

大戦中に一人で五機撃墜すれば、エースの称号があたえられた。それほど至難な技である。そのはげしい命のやり取りの空中戦が編隊を組んだままの動きの中で、できるものではない。

日本海軍が採用した編隊空戦という戦法は、当時、三機編制の三個小隊九機が中隊長を先頭に各小隊が連係をとりながら戦うことを基準とはするが、実戦場ではとてもそれは無理なことであって、せめて最小単位の小隊、すなわち三機だけは小隊長を中心に——これを具体的に述べると二番機は左後方約一二〇～一三〇メートル、三番機は右後方一七〇～一八〇メートルに展開する戦闘隊形を基準として、状況によっては二番機、三番機が入れ代わって先頭に立って敵機に立ち向かう一番機の、とくに後方を掩護し巧みに集合離散をくりかえしながら行なう空中戦の戦法である。

そこで矢面に立って敵機を撃墜するのが小隊長の役目であり、小隊長がミスったら二番機が二の矢となり、二番機が失敗したら三番機が進み出て仕留める。一戦終わればただちに原型にもどり、つぎの敵機に立ち向かう。

このように、これを行なうには小隊長を先頭に阿吽（あうん）の呼吸、高度のチームワークが必要で、

古賀兵曹機を回収する米軍。徹底した性能実験をへてサッチ戦法が考案された

幸運にも勝利してここで得た戦果は小隊の戦果になるのである。この間、相手も必死でこの連係をくずしにかかり、三機が遠く離ればなれとなりバラバラの単機空戦になることもめずらしいことではなく、大乱戦ともなれば味方の誰がどこで戦っているのか、指揮官の所在はもちろん、自分の小隊長さえ見失ってしまうこともある。

ゼロに勝つサッチ少佐の戦法

開戦当初、私たちが相手にした米戦闘機は陸軍のP40、P39であったが、格闘戦では零戦の敵ではなかった（同等の腕前なら）。それでもラバウル戦闘機隊では、空中戦をかさねるうちに味方古参搭乗員でさえ、相当数のパイロットがこの相手に一瞬の隙をつかれて墜とされた。

ミッドウェー海戦からソロモン戦線、ガダ

ルカナル戦における米海軍の主力戦闘機はグラマンＦ４Ｆであったが、相手が日本海軍の零戦であるだけにライバル意識を燃やして、熱心に対零戦戦法を実戦の中から研究を進めた。

その過程で気がついたことは、零戦はＦ４Ｆに比較して上昇力にすぐれ、特に中低速時における格闘戦では格段に強いことを知ったが、高速急降下性能ははるかにＦ４Ｆが勝っていることに気づき、格闘戦を避け高速一撃離脱戦法、やむを得ず格闘戦に入った場合は中低速を避け、高速戦に引きこむ戦法に活路を開きかけた矢先、米戦闘機隊にとっては天の恵みとも思われる零戦が手中に入ることになったのである。

一九四二年六月五日、アリューシャン方面を攻撃した空母龍驤の零戦隊のなかの一機が不運にも被弾、ダッチハーバー東方のアクタン島の湿地草原に不時着、搭乗員の古賀忠義一飛曹は無念の戦死をとげたが、その零戦二一型は、ほとんど無傷のまま米軍の手に渡った。

その後、完全に修理されたあとカリフォルニア州サンディエゴのミラマー海軍基地に運ばれ、徹底的なテスト飛行をくり返した後、米海軍航空部隊の戦闘機パイロットたちの手に渡され、対Ｆ４Ｆ、出来たてのＦ４Ｕコルセアを相手に徹底的な空戦実験がくり返された。

そのパイロットたちの中で、ミッドウェー海戦でも空母ヨークタウン戦闘機隊の飛行隊長であり、以前から対零戦空戦法研究のリーダー格であったサッチ少佐（後に中将）はとくに熱心で、他のパイロットたちと協力してあらゆる高度、考えられるすべての状態で空戦実験をくり返した。その結果、これまでの研究の正当性を再確認し、さらに数多くの新発見をなしとげた。

そのなかでも、中低速ではきわめて操縦性のよい零戦が高速時には三舵の利きが重くなり、微妙な操縦が困難になること、とくに急降下時の操縦性不良であること等々を知り抜き、これらを知ることによって、零戦の長所をおさえ短所をつく戦法を編み出したが、零戦隊もこのことに敏感に反応して戦ったことは当然のことであるが、さらに数において勝る米戦闘機隊は、徹底して一機の零戦に対して二機のＦ４Ｆで立ち向かうサッチ戦法なるものを開発し、これが実施に移されることになった。

これが有名なサッチウィーブといわれる戦法である。（Weaveとは辞書によると、毛糸を編む。布を縫いこむの意とある）

これを具体的にあらゆる場面において、一機の零戦にたいして二機のグラマンが巧みに連係をとりながら執拗にまとわりついて挟みつけ、相手を惑わし、機を見て仕止めるという戦法であるが、敵味方入り乱れての乱戦場では、なかなか定石通りにはならなかった。

たしかに効果はあったようである。この戦法は攻撃面に限られたわけではない。むしろグラマン一機が零戦に攻められたとき、すなわち防禦の際にも確かに活用されていたのである。後述する硫黄島の戦いで、私はこれと対決した。

この米海軍のサッチ戦法にたいして、零戦隊もただちに対応して従来の一個小隊三機の編制を四機とし、これを二分して一番機・四番機を一区隊、二番機・三番機を二区隊として対抗した。

さて、そのサッチ戦法は米海軍待望のグラマンＦ６Ｆヘルキャットの戦線参加によって、決定的ともいえる効果を発揮した。宿敵零戦を倒すために生まれたヘルキャットは、二千馬力の強力エンジンをそなえ、水平スピードはもちろんのこと上昇力においても零戦を追いこし、とくに六梃の高性能の一二・七ミリ固定銃の偉力はものすごく、開戦以来したたかな強さを誇った零戦隊にも、ここにいたってようやく翳り（かげ）が見えはじめたのであるが、零戦五二型もパイロットの腕さえたしかなら充分これに対抗し得た。

硫黄島上空で見た新しい戦術

一九四四年夏、私は「あ」号作戦参加のため硫黄島に進出し、八幡部隊の一員として零戦五二型を操縦して、連日のように押し寄せるアメリカ機動部隊の飛行隊と戦った。なかでも六月二十四日の硫黄島上空における敵味方ほぼ同数、合計一五〇機入り乱れての戦闘機同士の決戦は、まれにみる壮烈な戦いであった。

その空戦は、開戦当初に比較して相対的に敵も味方もはるかにレベルダウンした大混戦で、その空戦の大きな戦いの渦の中では、随所に目を覆いたくなるような光景が展開された。

一機のグラマンF6Fに零戦が追尾しながら撃っている。その零戦の後ろにグラマンが喰いつき、そのグラマンの後ろにさらに零戦と、数珠（じゅず）つなぎとなって一本棒、最先頭のグラマンがやられてキリキリ舞いとなって墜ちる。やった零戦も一瞬おくれて火ダルマとなる。そのやったグラマンが後ろの零戦にやられる。最後尾に喰いさがっていた零戦だけが残って味方の方へフッ飛んでいく。

この姿はおたがいに目の前の敵機にのみ気を奪われて、照準発射の直前、後ろをふり返れ、自分も前の敵機のようにつけられているぞ！　という空中戦の教訓の鉄則を忘れた結果であるが、無理もない、これが初心者同士の真剣勝負の姿である。アメリカ空軍では、これをチェック・シックス！　といって戒めた。時計の針の六時の方向、すなわち自分の真後ろをふり返れということである。

もちろん、こんな戦いばかりではなかった。警報によって最先頭で離陸した空戦の達人武藤金義少尉は、す早く層雲を突き抜けて上昇し敵機群より優位の後上方攻撃をかけつづけ、グラマンを蹴散らし単機よく四機か五機を撃墜して着陸後「弾丸が足りなくて残念！」と悔しがっていた。

その日、私は離陸順番待ちで発進がおくれ層雲の下まで上昇したところで、雲をつらぬいて降ってきたグラマンとの戦いとなり、劣位戦であったが敵味方の渦の中で一機のグラマンを捉えて撃ち墜した直後、また一機のグラマンが雲の中から約三十度の角度で降ってきた。その機は私の直前法で水平飛行にうつった。

私にとっては棚からボタ餅である。射って下さいの態勢だ。距離約二五〇メートル、そのグラマンが雲から飛び出したとき、私が相手の真下にいたため相手は私に気がつかなかったようだ。私はスロットルレバーを極限まで押して、エンジン全開全速で一七〇～一八〇メートルに追いすがり、ＯＰＬ照準器に相手をピタリと入れ、息を止めてなお接近しながら機銃の発射把柄を握ろうとした。

その時である。左側方から現われたもう一機のグラマンが、私の狙っているそのグラマンを庇（かば）うように覆いかぶさりながら、右斜めに横切って間に割りこんできた。

二機のグラマンが瞬間、私の眼から見てかさなった。そして離れた。空戦の最後の詰め、全精神統一の瞬間に私の気が散った。瞬間、私は当然のように近い方の新手の敵機に狙いを変えようとした。わずかの隙にはじめに狙ったグラマンは、はじかれたように左急旋回で私の射弾を回避する操作に入った。（うまく電話を使ったな！　と私は思った）

新手の敵機はあっという間に右へ機を上らせ、大きく右バンクをとりながら斜めに上昇し、私の後上方へ廻りこもうとする態勢に入った。零戦以上の上昇力だと瞬間、私は感心した。私はそうはさせじと、右急旋回で相手の腹の下へもぐり込み、得意の下からの突き上げ戦法で仕留めようと機速を増してもぐりこみ、右垂直旋回をつづけながら先に左急旋回で逃れた一機を横目で追った。

その相手はそのとき左急旋回をつづけ、私の右前方に躍り出て、二機で私を挟み撃ちにしようとした。みごとな連係プレーである。しかしその相手が、私に照準をつけるには距離がまだ遠い。思いきって近い左上の敵機の腹を目がけてさらに突き上げた。

相手は左上昇に切りかえ雲をつらぬいて姿を消した。振り向くと右の一機も雲に入って見えなくなっていた。こいつは手強いと思ったのか、母艦への帰投予定時刻となったのかわからない。〝二兎を追うものは一兎も得ず〟私はまんまと敵の術中にはまってしまったようだ。この間、長いようだが三十秒たらずの戦いであった。

捕獲され米本土へ輸送すべく空母飛行甲板に積まれた二六一空の零戦五二型

幻のわが『空戦指導書』

その直後（当日負傷による視力低下のまま戦場に出た私は）、味方編隊と見誤った敵機群にかこまれて十五対一の決闘を演じ、この絶対のピンチを切り抜けて着陸したが、手をたたいて私を迎えてくれた中島正飛行隊長に、今日のグラマン二機との妙な空戦の模様を説明した。隊長は、「資料によって知ってはいたが、それはきっと、サッチウィーブという戦法であろう」ということであった。

瞬間をあらそう戦闘機対戦闘機の死闘では、日頃の打ち合わせや、約束したことがなかなか実行できないのが実態である。米海軍がほこったサッチ戦法も、当然、攻めの型と守りの型、その応用型とあったはずであるが、戦後まで生き抜いた零戦パイロットたちの中に、明らかにこのサッチ戦法と対戦したという人の体験談をほとんど私は聞いていない。

これは、それほど実戦の中では千変万化して型どおりにはいかないという証明であり、またこのサッチ戦法に引き込まれて撃墜され散っていったパイロットたちは、永久にこのことについては語れないからである。私はこの後の空戦でも、何回かサッチウィーブを感じたが、二度とその手に乗せられることはなかった。

私は六月二十四日の空中戦を終わって、グラマン隊が全機引きあげたあとの空戦空域をただ一機で飛びながら、今日の戦いをふり返った。

すごい戦いだった。敵も味方もよく戦ったが、よく墜ちた。墜ちた場所の海面には一機一機の油紋が残っていたが、その花輪にも似た墓標を七十機まで数えたが、一歩間違ったら、その一つが私であったかもしれない。何と空しいことであろうか。

私は、その後、数回の迎撃戦を体験して、たまらなくなって宿舎の薄暗い裸電球の下で、また飛行場の塹壕の中で二日がかりで、空中戦の注意書きを書き上げた、タイトルは『実戦未経験及び経験の浅い戦闘機パイロットに告ぐ』として、実戦における迎撃戦闘のやり方、パイロット一人一人が心得べき条項、味方の欠点、敵の長所、常套手段、サッチ戦法にたいする対応策等々、微に入り細にわたる戦闘指導書であった。

事は急を要する。序列を飛び越えて飛行隊長に提出した。

「これを至急、横須賀海軍航空隊に空輸していただいて、ガリ版刷りでも結構ですから小冊子にして全硫黄島戦闘機パイロットたちに配布して頂きたい。このままでは、硫黄島戦闘機隊は長続きしません」飛行隊長は「坂井少尉、これは良いものを書いてくれた、早速手配しよう」という良い返事をもらった。

願いは叶った。一週間はかからなかった。それがガリ版ではなく活版刷りの立派なものになって帰ってきたのには驚いた。さっそく全搭乗員に配られたが、横空の意見により当時の全海軍戦闘機隊に配布されたことを私は後で知った。私はその空戦指導書をじっと見つめた。

一海軍少尉の書いた指導書のタイトルはもちろん、本文の一言一句、加筆訂正がなされていないことは感激であったが、筆者海軍少尉坂井三郎の文字はどこにも見当たらず、表紙の左下の発行者名は横須賀海軍航空隊司令、海軍少将松田千秋となっていた。

体験的〝艦上戦闘機〟戦法の夢と現実

元十一航空艦隊参謀・海軍中佐　野村了介

野村了介中佐

飛行機を大別すると、水上機と陸上機にわけられる。水上機をさらにわけると、いわゆる下駄ばき機と飛行艇になるし、陸上機は、そのままの陸上機と艦上機とになる。あとの二つは、いずれも車輪をつかって発着するので、見た目には区別できない。

艦上機は、航空母艦の飛行甲板から発着しなければならないため、離着陸距離の短いことが要求される。そのほか、艦上機としてとくに要求される性能としては、母艦のせまい飛行甲板が着艦の最後の瞬間までよく見えるように、パイロットの視界がよいこと、また母艦の格納庫に入れられる大きさであることである。このためには、翼端を折り曲げられるようにしたものもあった。

最後に、万一、洋上に不時着したときにそなえて、自動的に開くようになった浮泛（ふはん）装置で、

大分基地で訓練中の六五三空の零戦五二型。こののち比島沖海戦に出撃

少なくとも数時間は海の上に浮いていられることも要求されていた。

　飛行機がやっと飛べる最低速度と、そのおなじ飛行機が出せる最高速度とには一定の比率があって、これをスピードレンジといっていた。着艦を楽にするためには、最低速度の低い飛行機がよいのは当然だが、それでは一番たいせつな最高速度も低くなって役に立たなくなる。

　スピードレンジは、何ら付加装置をつけない飛行機では約一対三であった。つまり最低速度五十ノットの飛行機ならば、その最大速度は一五〇ノットしか出せないことになる。そこで、このスピードレンジをひろげるために、フラップ、スロット、バリヤブルピッチプロペラなど、各種の航空力学的な付加装置が発明され、それらはすべて艦上機に真っ先にとり入れられた。

　したがって、おなじ大きさ、おなじ馬力の飛行機とくらべると、一般の陸上機よりも艦上機の方がソフィスティケートだったことは事実である。しかし、何といっても一番大きな制約は機の大きさで、こればかりはどうしようもなく、大型機の分野では、陸上機と張り合うことはできなかった。

設計者泣かせの艦上戦闘機

艦上機を任務別に分類すると、戦闘機と攻撃機、偵察機にわけられる。艦上攻撃機は主として敵の艦艇を爆撃または雷撃する飛行機で、艦上戦闘機は敵の飛行機を攻撃する飛行機と考えられていた。

戦闘機の任務をいま少しくわしく見てみよう。英語には、戦闘機を意味するものが三つある。インターセプター、チェーサー、そしてファイターである。

インターセプターは迎撃機と訳されていたが、艦上戦闘機としては、まず自分の乗っている航空母艦や、航空艦隊にむかって攻撃してくる敵機を迎え撃つことが、その任務の第一にあげられる。そのため艦上戦闘機は、もともとインターセプター型のものが要求されていたのだ。

艦上戦闘機が敵機を迎え撃つのには二つのパターンがある。一つは、あらかじめ敵のやって来そうな時間を推定し、そのころに艦隊の上空にあがって待ちかまえている方法。つぎは、攻撃しようと向かってくる敵機を、なるべく遠方で発見して、飛行甲板で待期している戦闘機をスクランブル（緊急発艦）させ、敵機に向かって急上昇していく方法である。この二つのパターンで成功するためには、インターセプターはすぐれた上昇力と速度が必要になる。

その速度と上昇力とは、少なくとも敵のいかなる攻撃機よりも優れたものでなければならない。

つぎにチェーサーであるが、これは駆逐機と訳していたが、空中で敵機を追いかけて撃墜したり、友軍攻撃機隊の掩護にあたったり、時としては攻撃隊の艦艇攻撃に協力したりする機種で、優速と、とくに強力な火力が要求された。

最後にファイターであるが、これをそのまま戦闘機と訳した。ファイターは主として敵の戦闘機と空中戦闘をおこなって、これを撃墜する飛行機のことで、当然、空中格闘戦に強い特性、たとえばすぐれた運動性と火力とがもとめられた。

戦闘機とは、飛行機同士の戦闘で一番強い王者でなければならないが、それを母艦に搭載できるようにした艦上戦闘機には、いままで書いてきた条件から考えても、矛盾だらけの要求をつきつけられた〝設計者泣かせ〟の機種だったともいえる。古くより名戦闘機といわれた機体は、これらの多くの矛盾した要求を合理的にバランスさせ、その当時の要求にもっとも適合するように出来あがっていたものを指すようだ。

第二次大戦中にも、名戦闘機といわれたものはたくさんある。一例をあげると、英本土上空の戦いで英国の空を守り抜いたと称えられたスピットファイア、緒戦においてドイツの電撃戦を成功させたメッサーシュミットＢｆ109など。これらは艦上戦闘機ではないが、当時の航空戦の要求によく適合した飛行機だった。艦上戦闘機を持っていたのは、日米両国しかなかったので、アメリカのＦ６Ｆヘルキャットと、わが零式艦上戦闘機しかない。しかしこの二機とも、名戦闘機というのにふさわしい飛行機であった。

名機なればこその人命救助

では零式艦上戦闘機（零戦）を、いろいろな角度から点検してみよう。

まず艦上機としての評価だが、これはもう満点以上だった。パイロットの視界は、私が実際に着艦した三式艦戦（三式艦上戦闘機）、九〇艦戦（九〇式艦上戦闘機）、九六艦戦（九六式艦上戦闘機）とくらべ、三式艦戦に匹敵するもので、九〇艦戦や九六艦戦よりもずっと良好だった。操縦性からは九〇艦戦や九六艦戦は、接地の瞬間にすこし間違えるとバルーン（フワフワと飛び上がる）気味になりやすく、甲板に車輪が着くまで安心できなかったが、零戦は接地の瞬間まで思うとおりに操縦できた。

九〇艦戦で着艦を経験したパイロットでも、九六艦戦にかわったときは、約一ヵ月くらい慣熟飛行をやらないと着艦することはできなかった。しかし、九六艦戦から零戦になったときは、はじめて零戦に乗った者でも、半日ほどの慣熟飛行でいきなり着艦させても大丈夫だった。これは私が空母蒼龍の飛行隊長のとき、台湾の高雄基地で待機中の飛行隊員約二十名に、一日訓練しただけで、翌日には母艦に全機を収容して実際に体験したことである。

零戦での着艦に慣れてくると、たまに九六艦戦の着艦をやると怖くて仕方がなかった。古いパイロットたちはそれを見ていて、あいつだんだん着艦が下手になってくるゾ、などといって笑い合ったものだ。ともかく、着艦視界のよいこと、着艦操作の楽なことでは、零戦は第一級の艦上機だった。

　昭和十六年の五月だったと思うが、私は海南島の沖合で着艦に失敗して、母艦から転落したことがあった。あの高い飛行甲板から飛行機もろもろに転落して、助かった奴はいないといわれていたが、私の場合は右の肩胛骨にひびが入っただけで助かった。運もよかったが、失神する直前に座席から脱出できたのは、甲板から真っ逆さまに転落した零戦が、波の荒い洋上で浮いていてくれたからだった。この点、零戦は要求どおりにできていた。これ以上、艦上機としては何もいうことはない。

　ファイターとしてはどうか。これは愚問にちかいと思うが、米海軍のＦ６Ｆが戦場にあらわれ、いわゆるダイブズームの戦闘が多くなってくるまで、零戦は完全に世界の無敵ファイターだった。

　前にあげた名戦闘機のうち、スピットファイアとはオーストラリアのポートダーウィンで見参して完全に勝っている。戦場で会わなかったのはメッサーシュミットＢｆ109だけだが、これは開戦前、ドイツから送ってもらったＢｆ109と、霞ヶ浦で比較実験をすませてある。その結果、格闘戦では、メッサーも零戦の敵ではなかった。

　インターセプターおよびチェーサーとしては、翼内装備二〇ミリのカノン二梃が大きくものをいった。昔、フランスのドボアチン510型戦闘機を陸海軍で買い入れ、九六艦戦と比較研究したときドボアチンの取り柄は二〇ミリのモーターカノンだけという結論が、零戦の二〇ミリ翼内装備を生むもとになったのだ。この二〇ミリ機銃の偉力をもっとも端的に示したのは、マニラでの地上銃撃と、マカッサル海峡上空のＢ17編隊の撃墜だった。

このように見てくると、零戦は一機種で戦闘機の三つの任務を満足に果たしうる性能をそなえていたことがわかる。しかもそれでいて、艦上機としての諸要求を完全に満足させていたのだから、当時としては申し分のない艦上戦闘機だったことになる。

海軍は、この零戦を艦上戦闘機（ファイター型を意味していた）と、局地戦闘機（インターセプター型の意味）両方の役割につかっていた。そしてその成果は母艦機動部隊の真珠湾の攻撃、基地航空部隊のマニラ攻撃などに見るように、それぞれの役割を十分に果したのである。とくにマニラの攻撃では、在地機の地上銃撃という、攻撃機の役割にまで入り込んで成功している。太平洋戦争前半の大勝利は、この零戦による地上攻撃が大きな功績となっている。

すべてを変えた電子の登場

ものにはすべて寿命というものがあるが、米軍がＦ６Ｆを使いだしてから、ファイターとしての零戦は、ついにその王座をしりぞかなければならなかった。その大きな原因は、格闘戦の様式が横から縦にかわったことと、もっと重要なことは、防禦性能の劣弱と、機体強度の不足だった。最後の二つについては、戦前のテストパイロットが誰も思いもつかないことだった。兵器の適否は戦場で使用するまでわからない、というのは真実である。

零戦がインターセプターとしても使えたのはＢ24が相手だったころまでで、Ｂ29が高々度

群。左端の雷電の右に２機の零戦五二丙型があり、その間の奥に雷電が見える

終戦により厚木基地でプロペラを取りはずされ、処分を待つ三〇二空の戦闘機

を高速で飛んでくるようになってからは、零戦ではどうしようもなく、専門の局戦が必要になってきた。

いままでは、飛行機の性能についてのみ話してきたが、このへんですこし飛行機隊にたいする支援装置とか、支援組織についてふれておく必要がある。

終戦も真近く、連合軍の機動部隊が九州沖に来襲したときのことである。連日のわが軍の攻撃に、敵は退却しているのではないかと思われた時があった。そして最高司令部では、とっておきのロケット特攻機「桜花」を全力使用することになった。はなばなしく九州の基地を発進した桜花特攻隊は、敵機動部隊を発見する以前に、敵の推定位置から六十浬以上もはなれたところで、全機が敵艦上戦闘機によって撃墜されてしまった。

何故こんな悲惨なことが起きたのか。桜花の母機である一式陸攻は防禦力がなく、ワンショットライターなどといわれていたくらいで、母機として不適当だったとか、桜花の航続距離が短かすぎるとか、つまらぬことが論議されたが、問題は使用機材以前のところにあった。一口にいって、米軍のＧＣＩシステム（艦上指揮による迎撃法）の勝利だったのである。

ＧＣＩというのは、まずレーダーで敵機を発見する（味方機はＩＦＦで識別できるから間違うことはない）。レーダーは哨戒艇までがもっていたので、母艦から三十浬の地点で、レーダーによりその有効距離である六十浬先で敵機をとらえていた。

敵機の位置を戦闘機隊に知らせるとともに、レーダーをつかって戦闘機のパイロットが敵る。

を見つけるまで誘導する。空中戦がおわると、また戦闘機を母艦上空までレーダーで誘導する。

最後の誘導は、何故そこまでやらなければならないのだと考えられそうだが、これが大切なのだ。何も目標のない洋上で大格闘を演じて、西も東もわからなくなるのは当然のことで、一人乗りの戦闘機では迷い子になるのが当たり前、私たち海軍の戦闘機乗りは、行きはよいよいだが、帰りが怖くて十分に任務が果たせなかったことを、何度も経験しているのだ。

こんなことは、今から思えば当たり前のことだが、日本軍の場合はそうはいかなかった。

まず見張員が眼鏡で敵機らしいものを見つける。距離は視界のよい時で二十浬くらい。電話で戦闘機隊に敵機の方向、距離を知らせてやる。戦闘機乗りの半分は、雑音がうるさいので電話の受話機をはずしている。したがって敵機の方向、距離も聞いたり聞かなかったりだから、敵を発見できたり、できなかったりだし、目を皿のようにして見まわしている間に、敵は友軍母艦の上空に進入していたなどという例が多かったのである。

とかく日本人は物真似にいそがしく、基礎になる諸条件を忘れがちなところがある。飛行場と飛行機とパイロットがいれば、それで飛行隊ができると思っている人が多かったのだ。

燃料もなく爆弾も補給しないで、通信装置もないのに攻撃にいけという。特殊な任務には特殊な支援組織が必要なわけで、アポロ計画などをテレビで見ていると、この辺のことがよくわかると思う。艦上よりの誘導がなくて、戦闘機隊が空中で敵機を適時に発見するのは、至難のことなのである。

B29の出現を機として、零戦がインターセプターとして使えなくなったと書いたが、もし当時われわれが、米軍のGCIにちかい支援組織を持っていたら、もっとちがった所見が出ていたかも知れない。

話はちがうが、内之浦のロケット実験は、無誘導方式だと聞いている。これが昔の戦闘機隊とおなじ考え方でなければよいが、と内心非常に心配しているのは私だけだろうか。

以上でおわかりのように、支援組織のない飛行機隊の任務遂行力は、不確実なものであって、その成功は天佑神助をまつ以外にはないのである。

ゼロの後に続くものなし

さて、神通力を失った零式艦上戦闘機のかわりは、どのように計画されていたかをつけくわえておこう。

海軍も艦戦と局戦がほしくなったことは前に述べた。局戦として初めてつくられたのは雷電であるが、滑走距離が長く着陸が難しいわりに、飛行性能は零戦とあまりかわりはなかった。

つぎの試作局戦は震電(しんでん)で、尾翼を先にして飛ぶ、いわゆるエンテ型で、速度ははじめて四百ノットを越えることが予測されていた。しかし、終戦の日まで飛行実験はできなかった。

最後はメッサーシュミットMe163を真似てつくった秋水ロケット機だったが、これも試飛行の失敗とか、推薬の準備に問題があって、終戦まで間に合わなかった。

艦上戦闘機の代機は紫電改であって、紫電隊は源田実司令のもとに、終戦直前に活躍した。このころは艦上戦闘機といっても、かんじんの母艦がなくなっていて、紫電改が艦上機として適していたかどうかは、ついに不明のままである。その次に期待された烈風（れっぷう）も、九機の試作機がつくられたにすぎなかった。

インターセプターは無人機になるが、ファイターはどうなるのか、昔のような格闘戦はあまり起こらないだろうから、無人機にしてもよさそうだが、私はまだ残るだろうと思っている。しかし空対空の誘導ミサイルが発達すると、今までの格闘戦のようにクルクルまわる必要はなく、超音速機同士の空中戦は、反航か同航かでおわってしまう。だから艦上機はこれまでの戦闘機とか攻撃機とかの区別はなくなるであろう。

そのかわり、装備と支援装置はますます細分化し専門的になっていくだろう。そしてこの次に、もしこのような記事を書く人があるとすれば、艦上機は高速機とヘリコプターの二機種にわけられる。その任務は、水上および空中の作戦と、水中の作戦とにわけて、それぞれ専門の支援組織をもつ、と説明されるかも知れない。

※本書は雑誌「丸」に掲載された記事を再録したものです。執筆者の方で一部ご連絡がとれない方があります。お気づきの方は御面倒で恐縮ですが御一報くだされば幸いです。

単行本　平成二十六年七月　潮書房光人社刊

NF文庫

海軍戦闘機物語

二〇二〇年一月二十四日 第一刷発行
著 者 小福田晧文他
発行者 皆川豪志
発行所 株式会社 潮書房光人新社
〒100-8077 東京都千代田区大手町一-七-二
電話/〇三-六二八一-九八九一(代)
印刷・製本 凸版印刷株式会社
定価はカバーに表示してあります
乱丁・落丁のものはお取りかえ致します。本文は中性紙を使用

ISBN978-4-7698-3150-1 C0195
http://www.kojinsha.co.jp

NF文庫

刊行のことば

第二次世界大戦の戦火が熄んで五〇年——その間、小社は夥しい数の戦争の記録を渉猟し、発掘し、常に公正なる立場を貫いて書誌とし、大方の絶讃を博して今日に及ぶが、その源は、散華された世代への熱き思い入れであり、同時に、その記録を誌して平和の礎とし、後世に伝えんとするにある。

小社の出版物は、戦記、伝記、文学、エッセイ、写真集、その他、すでに一、〇〇〇点を越え、加えて戦後五〇年になんなんとするを契機として、「光人社NF（ノンフィクション）文庫」を創刊して、読者諸賢の熱烈要望におこたえする次第である。人生のバイブルとして、心弱きときの活性の糧として、散華の世代からの感動の肉声に、あなたもぜひ、耳を傾けて下さい。